新 潮 文 庫

# 日蝕・一月物語

平野啓一郎著

新 潮 社 版

9101

●目次

# 日蝕・一月物語

日にっ

蝕しょく

神は人を楽園より追放し、
再度《ふたたび》近附けぬように、その地を火で囲んだのだ
——ラクタンティウス「神的教理」

これより私は、或《あ》る個人的な回想を録《しる》そうと思っている。これは或いは告白と云《い》っても好《よ》い。そして、告白であるが上は、私は基督者《キリスト》として断じて偽らず、唯《ただ》真実のみを語ると云うことを始めに神の御名《みな》に於《おい》て誓って置きたい。誓いを此処《ここ》に明《あきらか》にすることには二つの意義が有る。一つは、これを読む者に対するそれである。人はこの頗《すこぶ》る異常な書に対して、径《ただ》ちに疑《うたがい》を挿《はさ》むであろう。私はこれを咎《とが》めない。如何《いか》に好意的に読んでみたとて、この書は所詮《しょせん》、信を置く能《あた》わざる類《たぐい》のものだからである。多言を費して無理にも信ぜしめむとすれば、人は仍《なお》その疑を深めゆく許《ばか》りであろう。然《しか》るが故《ゆえ》に、私は唯、神に真実を誓うと云う一言を添えて置くのである。今一つは、私自身に対するそれである。筆を行《や》るほどに、私は自らの実験したる所に耐えずして、これを偽って叙《じょ》さむとするやも知れない。或いは、未《いま》だ心中に蔵匿《ぞうとく》せられたること多にして、中途で筆を擱《お》かむとするやも知れない。これは猶《なお》偽りを述べむとするに変わる所が無い。これらを虞《おそ》れるが故に、私は誓いを敢《あ》えて筆に上《のぼ》し、以《もっ》て己を戒めむとするのである。

冀《こいねがわく》は、上《かみ》の誓いと倶《とも》に、下《しも》の拙《つたな》き言葉の数々が主の御許《おんもと》へと到《とど》かむことを。

千四百八十二年の初夏、私は巴黎《パリ》からの長い旅路を経て、孤《ひと》り徒《かち》より里昂《リヨン》に至った。回想の始めとして、私は先《ま》ずこれに及ぶまでの経緯を簡単に明《あか》して置こうと思う。

巴黎《パリ》大学に籍を置き、神学を学んでいた私は、当時の自分の乏しい蔵書の中《うち》に、或る一冊の古びた写本を有していた。一体、写本とは云っても、凡《およ》そ本としての体裁は整っておらず、表紙も無く、所々に随分《ずいぶん》と脱簡《だっかん》が看《み》られ、就中《なかんずく》前半の頁《ページ》はそっくり抜け落ちてしまっていたから、寧《むし》ろ写本の一部とでも云っておいた方が好いのかも知れない。内容は羅甸《ラテン》語に翻訳せられた異教徒の哲学書らしかったが、書名は頁と倶《とも》に失われていて不明であった。

私がこれを如何なる事情を以て手に入れたのかは、今では解《わか》らない。或いは、知人が外遊先から持ち帰ったものを譲り受けでもしたのかも知れないし、或いは又、それを借りた儘《まま》で返さずにいたのかも知れない。私の交遊の範囲などはその頃より知れたものであるから、無理にもそのいきさつを突き止めむとすれば協《かな》わぬこともあるまいが、そのこと自体は然《さ》して重要でもないから、兎《と》に角《かく》先へ進むことにする。

私はこの得体の知れぬ写本に頗《すこぶ》る興味を抱いていた。そして、座右に置き折に触れて読み返してみては、孰《いず》れ是非ともこの完本を落掌《らくしょう》したいと願うまでになっていた。

書名は軈《やが》て明《あきらか》になった。即《すなわ》ち、千四百七十一年に仏稜《フィレンツェ》で上梓《じょうし》せられたマルシリオ・フィチイノの『ヘルメス選集』であった。これを調べるには、私は些《いささ》か骨を折らねばならなかった。と云うのも、今では遍《あまね》く知れ渡ったこの著名な書物でさえも、当時の巴黎《パリ》に於ては、未だ極限《ごくかぎ》られた人のみの識《し》る所であるに過ぎなかったからである。それ故に、どうにかその原本を求めむとする私の努力は、悉《ことごと》功を奏せず、学業の傍ら八方手を尽くしてはみたものの、終《つい》にそれを得ることは協《かな》わなかった。

然るに、このことを聞き附けた或る儕輩《せいはい》は、私に里昂《リヨン》に行くことを勧めた。彼はこう云った。巴黎《パリ》ではやはりそれを手に入れることは出来まい、しかし、地中海諸国との貿易の昌《さか》んな里昂《リヨン》であれば、懼《おそ》らくはその手の文献も見附かるであろう、私が為《ため》にも、亜力伯《アルプス》を越え、仏稜《フィレンツェ》にまで赴くのは些《いささ》か難儀であろうが、里昂《リヨン》までであれば然程《さほど》苦にもなるまい、と云った。

この忠言が、如何《いか》許《ばか》りの真実を含んでいたのかは解らない。私は今、そのことを、寧ろ頗《すこぶ》る疑わしく思う。何故《なにゆえ》と云うに、サンフォリアン・シャンピエに縁《よ》ってフィチイノの思想が里昂《リヨン》に齎《もたら》されたのは、これよりも遥《はる》かに後《のち》のことだからである。

しかし、当時の私は、この詞《ことば》の真偽に就いて慥《たし》かめるを得なかった。私には、それをするに足るだけの充分の智識《ちしき》も、又充分の時間も無かったからである。それが故に、私は猶《なお》胸中に多少の疑《うたがい》を抱きつつも、兎に角この儕輩《せいはい》の詞に従うこととし、学士の号を得た機会に、単身巴黎《パリ》を発《た》たむと意を決したのであった。

——これが、私が里昂《リヨン》へと赴いた直接の切掛《きっかけ》である。しかし、私は仍《なお》この記述に歉《あきた》らない。そして以下に、更に若干《そこばく》の事情を附記せむと欲する。上《かみ》の記述は、纔《わず》かに私と旅とを繫《つな》ぐ接点に就いてのみ語ったに過ぎぬからである。

……前《さき》に私はその手の文献と書いた。これは、既に百年以上も前から地中海の一部の都市で見られるようになっていた、復興せられた異教徒の哲学書のことである。フィチイノの『ヘルメス選集』は、その中《うち》の最も著名で且《かつ》最も重要なものの一つだったのである。私が里昂《リヨン》に行くことを決めたのは、慥《たし》かに、上《かみ》に見えている如く

『ヘルメス選集』を手にせむが為であった。しかし、今一つの理由として、当地でこれらの文献の幾つかをも併せて入手し得るかも知れぬと期する所が有ったからである。

　古代の異教哲学に対して、私は甚だ関心を有していた。不遜《ふそん》を懼《おそ》れずに云うならば、それは、十三世紀に聖トマスの抱いていたであろう或る種の切迫した危機感と同様の意識に由来するものであった。それは云わば憂慮であった。聖トマスがアリストテレスの哲学を我々の神学を以て克服したように、私は再度興《ふたたびおこ》ったこれらの異教哲学を、主の御名の下に秩序付ける必要を痛切に感じていたのである。私の不安は、啻《ただ》にプラトン及びそれに続く亜歴撒的里亜《アレキサンドリア》学派の受容の問題にのみ帰せられるべきではなかった。迫劫《はくきょう》する巨大な海嘯《かいしょう》は、前述のヘルメス・トリスメギストスの著作は云うに及ばず、その他の有相《うぞう》無相《むぞう》の魔術や哲学をも呑食《どんしょく》して、将《まさ》に我々の許へと到らむとしていた。私が虞《おそ》れていたのは、その無秩序な氾濫《はんらん》である。河を上り来《きた》る水は、煌《きら》めく魚鱗《ぎょりん》を伴って、慥かに我々に多くの潤《うるお》いを与えるかも知れない。しかし、一度《ひとたび》地に溢《あふ》れ出せば、必ずやそれは数多《あまた》の麦を腐敗せしめる筈《はず》である。異教徒達の思想も亦《また》、これに違《たが》う所が無い。我々はその氾濫の為に、信仰が危機に瀕《ひん》するを防がねばならなかった。その洪水が、我々の秩序を呑《の》み尽くし底に鎮《しず》めむとするを防がねばならなかった。径《ただ》ちに、迅速に。そしてそれが故に、私が為には、神学と哲学との総合と云う、既にして古色を帯びつつあった嘗《かつ》ての理想は、本復して再度その意義を新《あらた》にし、加之《しかのみならず》、それを実現することこそが、この現世で与えられた己の唯一つの使命であるとさえも信ぜられていたのである。

……今となってこの当時を顧《かえりみ》るに、私はやはり若干《そこばく》の苦い思いを抱かざるを得ない。と云うのも、私のこうした意気込みに対して巴黎《パリ》の儕輩《せいはい》達は如何にも冷淡であったからである。

一つにこれは、彼等の楽観的な憶測の為であった。彼等の多くは私の説く所の異教哲学の脅威などと云うものは、杞憂《きゆう》に過ぎぬと考えていたのである。

或る者は、

「そんならお前は異端審問官になるが好《よ》かろう。折角、ドミニコ会士となったからにはな。」

と冷笑した。

この見当違いの忠告は、無論私の望む所ではなかった。

異端審問の制度を否定する気は無い。しかし、当時より既にして失敗しつつあったそれに、一体異教哲学の氾濫《はんらん》を阻止すべき力を求めることが出来たであろうか。事実、金銭目当《めあて》の魔女裁判は横行し、一部ではそれを俗権に委《ゆだ》ねることさえ躊躇《ためら》われなかったのである。勿論《もちろん》私は実態が総《すべ》てそうであったとは云わない。だが、縦《よしや》それが正常に機能していたとしても、異端者を捕え焚刑《ふんけい》に処した所で、人を異端へと導く思想そのものが放置せられ、仍《なお》命脈を保っているのであれば、問題が解決せられたことにはならぬであろう。

抑《そもそも》私の願いは、異教哲学の排斥に在るのではなく、上《かみ》に見えている如《ごと》く、それを我々の神学の下《もと》に吸収し、従属せしめることであった。実際に、異教徒達の哲学的考察は或る部分に於ては真実である。但《ただ》その無智《むち》なるが故に、屡《しばしば》甚しき誤りに陥るを免れ得ない。従って、我々はそれを教義に照らして逐一閲《ちくいちけみ》し、その誤りの部分のみを論駁《ろんばく》してゆくべきなのである。

斯《かく》主張するのは、固《もと》より私が或る思想の完全な放逐《ほうちく》などは不可能であると考えているからである。哲学的正当性を含んだ儘《まま》に放逐せられた思想は、その正当性の故に必ずや復活する。そしてそれは、その誤った部分をも正当なものとして須《ま》つことなしには蘇《よみがえ》り得ぬのである。それ故に、我々はそれが誤りを徹底的に断じつつも、斯様《かよう》な哲学を総体として我々の教義の下に服せしめてゆかねばならない。排斥《はいせき》するを以て、仍《なお》我々の教義の外にそれが放置せられるを許してはならない。云うなれば、毒を含んだ水さえをも、葡萄酒《ぶどうしゅ》に変えてゆかねばならぬのである。――私はこれを可能と信じていた。何故ならば聖書の教えこそは、正にそれを可能ならしめる巨大さと深遠さとを備えているからである。

しかし、こう云う私の詞を逆手に取って、又或る者は次のように反論した。

「それは貴方《あなた》の傲慢《ごうまん》と云うものですよ。成程貴方のおっしゃる通り、聖書の教えは、深遠です。そしてそれに比べて、無智なる異教徒達の哲学は、多くの誤りを含んだものでしょう。しかし、その誤りを論駁《ろんばく》する為に、貴方はこの巨大な世界に就《つ》いて、何か一つでも語り得る所が有るでしょうか。一個の微小な被造物に過ぎぬ貴方が、神の創造したこの完《まった》き世界の秩序を理解し、それを説くことなど、どうして出来ましょうか。況《ま》してや、それを通じて神を理解しようなどと云うことは！……」

こう云った考えに、然《さ》も納得したように頷《うなず》く者は一人や二人ではなかった。私が前《さき》に、態々《わざわざ》しく月並な葡萄酒の譬《たと》えを用いたのは、斯《かく》云う彼等が、印刷したかの如く決まってボナヴェントゥラの有名な詞を引くからである。

しかし、私はこれを敬虔《けいけん》さとは考えなかった。或いはそれには、私が彼等の冷笑に歪《ゆが》む口唇《くちびる》を頗る侮蔑《ぶべつ》していたのも手伝っていたかも知れない。自身の矜持《きょうじ》を傷付けられまいと、蒼白《あおじろ》く凋《しお》れた肉の薄い口唇を顫《ふる》わせながら、二三の同僚と目配せをして、然《さ》も相手を軽んじているような風《ふり》をする彼等の為草《しぐさ》が、私には心底疎《うと》ましく思われていたからである。――が、私が斯の如き詞《ことば》を卑屈さと怠惰との現れとしか感じ得なかったのは、勿論、元《もと》はと云えば我々の主張の相違に由来する問題であった。

当時の私の置かれていた立場を一言で云うのは難しい。しかし、表向きは半年程の小巡礼となっていたとは云え、学士の号を得た許りで、既に教授の職に携わることも決まっていた私が、然《さ》して引止められることもない儘《まま》に旅立を許された所を看《み》れば、凡《およ》その事情は察せられると云うものである。斯様《かよう》な勝手な申出《もうしで》は本来は受け容《い》れられるべくもない筈であった。それ故に、出立《しゅったつ》が認められたとは云っても、還帰後の籍の保証などは甚《はなは》だ不慥《ふたし》かなものであった。

私が大学に籍を置いた十五世紀の後半には、普遍《ふへん》論争もほぼ終焉《しゅうえん》し、既にして唯《ゆい》名《めい》論が学界を席捲《せっけん》していた。勿論、巴黎《パリ》大学と雖《いえど》もその例外ではなく、私の所属していたドミニコ会の同僚の中にでさえも、唯名論を奉ずる者が多く在った。この事実は、少なからず私を失望せしめた。と云うのも、私が同大学に籍を置き、且又《かつまた》同修道会の会士となったのは、聖トマスに対する尊敬と云う、唯《ただ》その一念に因《よ》っていたからである。アヴェロエス主義とそれに導かれた詭弁《きべん》的な二重真理説との痼《しこり》が、ルフェエヴル・デタアプルと云う例外が在ったとは云え、アリストテレスそのものへの過度の不信として残っている一方で、オッカム主義を奉ずる者等が為にも、アリストテレスはその教条を打破すべき旧思想の象徴であり、聖トマスの構築したSummaの体系の如きに対しても、彼等はほぼ同様の見解に立っていたのである。

私は、齢《とし》に似合わぬ、時代遅れの珍奇なトマス主義者と目せられていたが、然《さ》りとて完《まった》く孤立していた訣《わけ》でもなかった。当時の巴黎《パリ》大学に於ては、少数ではあったが『聖トマス神学の擁護』を著したカプレオルスの為事《しごと》を受け継ぎ、トマス主義の再興に力を注ぐ者等が在ったからである。彼等と交りながら、私は時折、せめてあと半世紀早く生れていればと云う、埒《らち》も無い憾悔《かんかい》を抱くことがあった。カプレオルスが歿《ぼっ》したのは、千四百四十四年四月六日の事である。因《ちな》みに、近年優れたトマス注釈書を著わした枢機卿《すうきけい》カエタヌスの出生は、千四百六十九年二月十日の事である。

つまり、私の旅立の年には、彼は纔《わず》かに十三歳の少年であったことになる。……これに由《よ》って観《み》れば、私のトマス研究に費やされた日々は、或いは、この二つの峰嶂《ほうしょう》の谷間を流れる、細《ささ》やかな渓川の如きものであったと云い得るのかも知れない。

——とは云え、私は啻《ただ》にトマス主義者たることにも充分の満足を得てはいなかった。聖トマスの神学に対しては勿論常に畏敬《いけい》の念を抱いてはいたが、その一方で、何処《どこ》か知《し》ら慊《あきた》らぬ思いから、より進んだ世界の理解、つまりは神の理解を試みむが為には、やはりそれだに越えねばならぬものであろうとの考えを朧気《おぼろげ》に持していたのである。それ故私は、人の思惑《おもわく》と違《たが》い、偏狭《へんきょう》であると云うよりは、却《かえ》って随分と曖昧《あいまい》な思想を抱いていたように思う。例えば、オッカムに就いては終《つい》にその主張を容れること能わなかったが、他方でスコトゥスの研究に関しては、存外親近感を覚えていた。無論部分的にではあるが。又、異教哲学の克服と云う課題の為には、クザアヌスの神学からも慥《たし》かに相応の影響を被《こうむ》っていたのである。

旅立に際して私に為《な》された非難の一つは、私がトマス主義者としての責任を果たしてはいないと云うものであった。彼等は、私が戻って来ることをだに危ぶんでいたのだから、私の旅を以て所詮は研究からの逃避に過ぎぬと看做《みな》したのである。しかしこれは、私の旅が或る種の聖人的決断を以て為されたと云うのと同じ程に、正《せい》鵠《こく》を射てはいないであろう。理由は上《かみ》に見えている。聖トマスに関して云えば、私は今でも自身の思想の大部分をSummaに負うている位だから、影響云々《うんぬん》に就いては論を須《もち》いるまでもないが、少しく冷めた見方をするならば、当時の私は、存外その学説そのものよりも、寧ろ彼の赫《かがや》かしい業績に対して素朴な憧憬《しょうけい》を抱いていただけのような気もする。……これは些か自嘲《じちょう》が過ぎるかも知れぬが、しかし孰《いず》れにせよ、私の思想は未成熟であり、私が為には自らの手に縁《よ》る古代の異教哲学の発見と研究とは、啻《ただ》に人々を異端より救うのみならず、新しい神学の構築の為の一つの契機たり得る筈であった。そして、アリストテレスの哲学に就いて正にそうであった如く、その内容を正しく解釈することさえ出来れば、未だ見ぬ異教徒達の哲学は、神へと至る新しい路の標《しるべ》にすらなり得るものであろうと信ぜられていたのである。

——

……以上が旅立に至るまでの凡《およ》その経緯である。私はこれを叙するに、詞を費やすことの頗《すこぶ》る多きに及んだ。しかし、これは避くべからざることであった。以後の記述を進めるに丁《あた》っては、読者の為にも、又外でもなく私自身の為にも、これを慥《たし》かめて置くことが是非とも必要であろうと思われたからである。

此処《ここ》よりは、私は日を追って旅の跡を誌《しる》してゆこうと思う。

里昂《リヨン》に着き、其処《そこ》で数日を過ごした私は、求める文献を手に入《い》れることが予期した以上に困難であるのを知った。これは、文献が見附からぬと云う根本の面と、身を寄せた当地の修道院で、旅僧たる私にも、托鉢《たくはつ》と説教に因《よ》る司牧とが義務付けられたと云う実際の面との、二面を有した問題の為であった。

儘《まま》ならぬ思いで苛立《いらだ》ちを募らせる私が、同室の修道士の肝煎《きもいり》で、里昂《リヨン》司教の知遇を得ると云う僥倖《ぎょうこう》に遭ったのは、漸《ようや》く十日程を経てからのことである。

司教は、辺幅《へんぷく》を脩《おさ》めぬ人であった。白皙《はくせき》の美しい貌容《ぼうよう》で、一目でそれと解る温厚な人柄を湛《たた》えていた。彼は、焦燥と、謁見《えっけん》の欣《よろこ》びと、疲労とから、些《いささ》か狂態を為《な》して語る私の口吻《こうふん》に、顔を顰《ひそ》めるでもなく耳を傾けていたが、話が一段落すると、肝心の文献を入手する為には、やはり、仏稜《フィレンツェ》にまで足を運ぶのが好《よ》かろうと云う感想を漏らした。司教の考えはこうである。成程、貴方の云う通り、此処に留《とど》まっても、仏稜《フィレンツェ》と往来のある商人にでも申し付けておけば、多少時間が掛かっても、文献は手に入れることが出来るであろう。マルシリオ・フィチイノの『ヘルメス選集』に限れば、私も一部所有しているから、それで構わぬなら写しを取れば好い。だが、貴方の為には、是非とも自ら仏稜《フィレンツェ》に赴いて、その眼で当地で起っていることを慥《たし》かめるのが好い。もし、更なる旅に困難を覚えるのならば、私が馬を手配しよう、と。

――私は時折頷《うなず》きながらこれを黙って聴いていた。就中《なかんずく》、最後の詞は私が為には予期だにしなかったことであり、驚きと倶《とも》にその厚意に甚《いた》く感動もしていた。しかし、それ以上に私を昂奮《こうふん》せしめたのは、続いて語られた、当地に関する話の数々であった。司教は所用で羅馬《ロオマ》へ行く途中、実際に幾度《いくたび》か仏稜《フィレンツェ》に立寄ったことがあると云い、プラトン・アカデミイやそれに関わる者達に就いて、又、神学、哲学に関することのみならず、絵画や文学、それに、人々の生活の様子や信仰の質に至るまで、時に卓抜な考証を交えながら、豊かに語った。

司教は云った。

「……ですから、亜力伯《アルプス》以南では、こちらの側とはまったく違う世界が広がっているのです。但《ただし》、こんな言い方をすれば、然《さ》も魅力的に聞こえるかも知れませんが、実際に私はそれらが善いことなのかどうかは判断し兼ねています。亜力伯《アルプス》の山々が、新しい世界の為《ため》の障碍《しょうがい》となっているのか、それとも、今の我々の世界の為の防塁となっているのか、私には、軽々に云うことは出来ません。だからこそ、貴方には実際に、それを慥《たし》かめて来てもらいたいのです。……」

司教の落ち着いた口振《くちぶり》は、蒙昧《もうまい》な思潮の喧騒《けんそう》に倦《う》んでいた私に、如何《いか》にも新鮮に響いた。そして、この言《こと》の持つ深みは、これを聴いた当時よりも、現在の方が、即《すなわ》ちこの十六世紀と云う時代に在っての方が、遥《はる》かに沁々《しみじみ》と感ぜられるのである。

私は司教の説く所を聴きながら、次第に道中の苦労をも忘れゆき、直《す》ぐにでも、仏稜《フィレンツェ》に向けて出発したいと思い始めていた。

しかし、司教の方は、次いで徐《おもむろ》に何かを思い出したかの如く、瞼《まぶた》を擡《もた》げて私の顔を熟《つくづく》と眺めると、静かにこう問を発した。

「ところで、貴方は、所謂《いわゆる》錬金術と云うものに興味をお持ちですか？」

私は司教の意を解し得ずして、黙って小頸《こくび》を傾《かし》げた。

司教は語を継いだ。

「例の、黄金を産み出す術の事です。」

「……ええ、勿論、識《し》ってはいますが、……」

「実は、此処から少し離れた村に、久しく錬金術を試みている者が在ります。実際に幾度《いくたび》か成功を収めているとのことですが、少しばかり変わった者で、相も変わらず貧しい生活を続けながら、術に励んでいるようです。私は一度だけしか会ったことはありませんが、自然哲学に関する該博な智識《ちしき》は、到底私の及ぶ所ではありませんし、貴方の云う異教徒の哲学にも、随分と精通しているようです。勿論、慥《たし》かな信仰の持ち主です。もし、宜《よろ》しければ、仏稜《フィレンツェ》に行く前に、その者を訪《と》うてみてはいかがでしょう？　きっと得る所はあると思いますが。――」

司教はこう云うと、突然のことに呆気《あっけ》にとられている私を目守《まも》ったまま、

「村は、此処から南東へ二十里許《リュウばか》り下《くだ》った処《ところ》にある所謂《いわゆる》開墾集落です。維奄納《ヴィエンヌ》の司教管区内にありますから、然程《さほど》の回り道にもなりますまい。」

と附け加えた。

私は須臾《しゅゆ》の間《ま》思案した後《のち》に、存外迷うこともなく、司教に対する信頼と、その錬金術師なる者に対する若干《そこばく》の興味とを以《もっ》て、これに従うことを決めた。

そして、二日後の聖体の大祝日を経た後に、私は村を目指して、孤《ひと》り里昂《リヨン》を跡にしたのである。……

里昂《リヨン》より村へと向かう道すがら、私の胸中を去来していた思いを此処《ここ》に詳言することは出来ない。それらの思索の断片は、どの一つとして纏《まと》ったかたちを成すものもなく、互いに錯綜《さくそう》し合い、途切れたかと思えば、ふと蘇《よみがえ》り、相前後し、至る所で破綻《はたん》しながら、それでも丁度、雨上がりの澱《よど》んだ川の水面《みなも》が、日華《にっか》に時折煌《きら》めくように、何か知ら萌《きざ》しつつある思想のようなものだけを幽《かす》かに予感させて、仄暗《ほのぐら》く憂鬱《ゆううつ》な渾沌《こんとん》を成していた。

　行人絡繹《こうじんらくえき》として街道が賑《にぎ》わっている間《あいだ》には然程《さほど》にも感ぜられなかった旅愁が、ふと私を打った。そのうちに、奈何《いか》なる経絡を辿《たど》ったのか、私は、南仏蘭西《フランス》の美しい自然の中で、何故《なにゆえ》に摩尼《マニ》教の如き異端が猖獗《しょうけつ》を窮《きわ》めるに至ったのかと、答えを求めるでもなく考えるようになっていた。

　摩尼教の教義の中心を成すのは、云うまでもなく、この世界に対する苛烈《かれつ》な憎悪《ぞうお》であり、一方でそれは人々を放蕩《ほうとう》へと誘い、他方では、去勢さえをも厭《いと》わぬ極端な禁欲へと向かわしめるのである。一体私は、亜爾倬《アルビ》派や清浄《カタリ》派と云った異端が、この地方にまで北上していたのかどうかは識らない。放蕩も極端な禁欲も、程度の差こそ在れ、処《ところ》を選ばずに氾《ひろ》まっていたこの時代特有の病痾《びょうあ》の如《ごと》きものであったから、里昂《リヨン》の貧しき信者等を須《ま》たずとも、孰《いず》れそれと似たものは看られたであろう。しかし、私が為に猶《なお》疑われたのは、何故に南部に於《お》てでなければ、何故に、この光の夥《おびただ》しい土地に於てでなければならなかったのかと云うことである。——私は徒《いたずら》に想《おも》ってみた。それは、戦《いくさ》の所為《せい》であろうか。黒死病《ペスト》の所為《せい》であろうか。或《ある》いは単に、東方に近いと云う地理上の条件の所為であろうか。……

思索は舵《かじ》を失った船の如く、辿り着く先も知れずに危うくその行方を絶とうとしていた。とその時、熱せられた土の匂《にお》いがふと私の脳裡《のうり》に染《し》み入った。私は足を止め、額《ひたい》から流れる汗を拭《ぬぐ》って、蒼穹《そら》を見上げた。

「太陽の所為《せい》か。」

……私は独り言《ご》ちた。その刹那《せつな》に、彼方《かなた》に懸かる偉烈な太陽を眼にして、私には驟然《しゅうぜん》と、斯様《かよう》な異端は抑《そもそも》総《すべ》てこの目《ま》眩《ばゆ》い円を源として勃《おこ》ったのではあるまいかと疑われたからである。外でもなくこの光の故《ゆえ》に、この雄々しく熾《さか》んに赫《かがや》く巨大な光の故に、其処に秘せられた或る暗鬱《あんうつ》な予感の故に、人々は大地を憎むようになったのではあるまいかと、肉体を、その重くろしさを侮蔑《ぶべつ》するようになったのではあるまいかと。——

しかし、こう考えるや否《いな》や、私は窮《きわ》めて不愉快な或る寂寥《せきりょう》の沸き上がるのを感じた。

「……違う、……違う、そうではあるまい、……そうではないのだ、……断じて、……」

私は何かに劇《はげ》しく苛立っていた。懼《おそ》らくは心中に蠢《うごめ》く憧憬《しょうけい》とも憎悪ともつかぬ思いに。……そして徒《いたずら》に、今し方口にした許《ばか》りの詞《ことば》を嘲嗤《あざわら》うより外は無かった。

私は頸《くび》を折り、光に霞《かす》んだ視線を地に繫《つな》いだ。眼は路上に遊んだ。その時ふと、傍の岩膚《いわはだ》に、耿々《こうこう》と炫《かがや》く一点を認めた。

歩み寄れば、麦の粒程の皓《しろ》い蜘蛛《くも》であった。地に膝《ひざ》を着いて、ゆっくりと顔を寄せると、漸《ようよ》う睛《ひとみ》の裡《うち》にその姿が吞《の》まれていった。

その繊細で硬質な肢体、その静謐《せいひつ》、その妖氛《ようふん》。——それは、錬稠《れんちゅう》せられた、白昼の眩暈《めまい》であった。

□

村に這入《はい》ると、私は長靴《ながぐつ》だに脱がぬ旅の装いの儘《まま》で、教区司祭の許《もと》を訪れた。教会へ向かうのを私が躊躇《ためら》わなかったのは、里昂《リヨン》で司教より授かった手書を携えていたからである。管区の異なる司教からのこの書状は、私が当地で司祭に会う際の方便《たずき》にと、非公式に司教個人の厚意に因《よ》って裁《さい》せられたものであった。司教はこれを手渡しながら、不安気な私の色を看《み》て取って、「そう心配せずとも、彼なら好《よ》いように料《はか》らってくれるでしょう。」と笑って云《い》っていた。——

教会は、外界に対して村の全体を守護するかのように、その北西の入口に建っていた。

聖堂の傍らには、それとは不釣合な程に広い塋域《えいいき》が在り、疎《まば》らに茂った木々の隙《すき》を縫うようにして、墓は一面に無造作に散在している。宙《そら》には血脈の如《ごと》く条枝が浮かび、葉はそれを肉の如く覆《おお》っている。一瞥《いちべつ》すれば、色々の苔《こけ》の生《む》した墓石は、その下に蹲《うずくま》った許多《あまた》の老人の群のようにも見える。

塋域の様を更に仔細《しさい》に眺めれば、或《あ》る事実に気附かせられる。それは、新しい墓ほどその造りが粗末であり、風化して石が朽掛けたようなものの方が、却《かえ》って立派に見えると云うことである。聞けば、その新しい墓と云うのの大半が、羅馬《ロオマ》法王庁大赦《たいしゃ》の年《とし》の翌年《よくねん》から、この道敏《ドオフィネ》地方で猛威を振った、黒死病《ペスト》の犠牲者のものであるらしい。一陣の風が乾いた落葉でも攫《さら》って行くように、一時《いちどき》に余りに多くの村人が死んだ為《ため》、遺《のこ》った者等は、墓を建てるにも、その暇も、そして懼《おそ》らくは気力も持ち合わせなかったのである。

事実、歳若《としわか》い墓の中に察《み》られるのは、石の墓標だけとは限らない。中には腐った木の標《しるし》も在る。更には、それだに殆《ほとん》ど失われて、雑草の生え具合に拠《よ》ってのみ辛《かろ》うじて墓の跡だと解《わか》る箇所も在る。

村にはその当時の塋域の様を語る、一つの小話《しょうわ》が残されている。これは、後に私が、実際に此処《ここ》で墓を掘っていたと云う者より聴き知った話である。

その男の云うには、何程《なにほど》粗末であろうとも上に記すが如き墓標の残っているものは死者が為には幸《さいわい》である。何故なら、愈《いよいよ》黒死病《ペスト》の蔓延《まんえん》に手が着けられなくなった頃には、死者は都《すべ》て共同埋葬にせられていたからである。その為、屍体《したい》は老若男女《ろうにゃくなんにょ》を問わず皆塋域奥の大きな穴の中に放られていた。一杯になれば、土を被《かぶ》せて埋めるのである。或る時、この話を聴かせてくれた当の本人が、常《いつも》のように新しい屍体《したい》を運んで行くと、以前に埋めた筈の穴の一つから、醜く腐爛《ふらん》して、頰の肉が落ち、大きく歯を剝出《むきだ》しにした遺骸《いがい》の顔が露《あらわ》になっていた。獣に荒されていたのである。彼は少《しばら》く言も無くこれを眺めていた。すると、一緒に屍体を運んで来た別の男が、その露《あらわ》になった顔に向かって、こう声を掛けた。「そんなに嬉《うれ》しいかね、復戻《また》って来れて？」――この些細《ささい》な、取るに足らぬ饒談《じょうだん》が、後に村では随分と人の口に上ったと云うことである。

私は別段、この話を欣《よろこ》びはせぬが、然《さ》りとて憎くも思わない。斯《かく》の如き詞《ことば》は、成程悪い饒談かも知れぬが、仍其処《なおそこ》には、慥《たし》かに単なる悪巫山戯《ふざけ》より以上の深い失意と、それに抗《あらが》わむとする真摯《しんし》な逞《たくま》しさとが籠《こも》っているからである。その不謹慎を、その場違いな可笑《おか》しさを、私は愛さぬでもない。私には何となく、それが理解せられるような気がするからである。……

さて、教会堂の方に視線を転ずれば、先《ま》ず眼を惹《ひ》くのは、西の正面に懸《か》かる五尺《ピエ》程の薔薇《ばら》窓である。建物の面《おもて》は、これを中心に据えて、その周りを厳《いか》めしい尖頭《せんとう》型の拱《きょう》に領せられている。壁面には、その隙《すき》を縫うようにして、フランボワイヤン式の模様が刻せられており、各《おのおの》の曲線が、蔦《つた》のように絡《から》み合いながら上方に向かって這い昇っている。下には、扉口が唯《ただ》一つ見えている。隅切《すみきり》は浅く、彫刻は施されていないが、扉上のテュンパヌムに穿《うが》たれた壁龕《へきがん》には、纔《わず》かに粗末な主の像が彫《え》られている。鉛の屋根は、堂内の穹窿《きゅうりゅう》の様が宛《さなが》らに看て取れるような状《かたち》をしている。これを支えるようにして、両脇《りょうわき》には堅強な控壁《ひかえかべ》が突き出しており、それが為に、鏤《ちりば》められた意匠の数々は辛うじて零《こぼ》れ隕《お》ちずに壁面に納まっていると云った風《ふう》である。総じて、雑然とした印象を受けるが、斯様《かよう》に辺鄙《へんぴ》な小村の聖堂としては、寧《むし》ろ驚くべきものであるのかも知れない。就中《なかんずく》、私はフランボワイヤン式の模様を初めとして、その随所に建築上の流行の響いていることを興味深く眺めた。但憾《ただうらみ》とすべきは、建物そのものの貧しさと小ささとが、然《しか》るべき荘厳《そうごん》さを奪い、粉飾せられた侏儒《しゅじゅ》の如く、些《いささ》か哀れを誘うような滑稽《こっけい》さを呈していることである。村の聖堂は、蒼穹《そうきゅう》からは遠過ぎた。蓋《けだ》し巨大さとは、それ自体で一つの偉大なる価値である。これは頗《すこぶ》る単純で、猶且《なおかつ》、存外奥深い真理であろう。事実、縮減せられた巨大さとは、何と多くを失うことであろうか。

この教会堂の南の脇、即《すなわ》ち、前《さき》に述べた塋域へと通ずる小径《こみち》の中途には、村人が多く群を成しているのが見える。その顔触れは多様で、中には未《ま》だ物心もつかぬような稚《おさな》い児《こ》を連れた者も在る。彼等の頭上には木洩日《こもれび》が目眩《まばゆ》く瀉《そそ》いでいて、その鱗《りん》淪《りん》のような光の叢《むら》がりを下に敷き、聖堂に掲げられた十字架の翳《かげ》が一際《ひときわ》大きな身を横たえている。

「……あなた方は、しかしながら、神がヨブに御与えになった試練を忘れてはなりません。……」

熱に膨らんだ間歇《かんけつ》的な蟬声《せんせい》を縫い、集まった人垣の中からは激した男の声が響いている。乾木を撲《う》ったような高く澄んだ声である。そして、その声の主《ぬし》を目守《まも》る村人達の顔様は、恰《あたか》も今この刹那《せつな》に信仰に覚醒《かくせい》したかの如く蒼褪《あおざ》め強張《こわば》っていて、夫々《それぞれ》が皆同じような後悔と不安と希望とを湛《たた》えている。

私は、囲繞《いにょう》する彼等の隙よりその姿をちらと垣間見《かいまみ》た。横一列に並んだ三人の者の中《うち》、声を発しているのは真ん中に立つ壮齢の僧侶《そうりょ》である。

男は村人達に向かって大仰な身振を雑《まじ》えながら猶《なお》も説教を続けている。視線は定まることなく、絶えず発せられた詞《ことば》の一々を慥《たし》かめるようにして、面《おもて》から面へと移って行く。男の二つに割れた顎《あぎと》の谷には汗の雫《しずく》が今にも落ちそうになりながら小刻みに打顫《うちふる》えている。

「……主は使徒に向けて命ぜられました。『財布の中に金、銀、銭を入れて歩くな。旅の為の袋も、二枚の下着も、靴も、杖《つえ》も、持って行ってはならない。』……」

眼窩《がんか》の底深くに沈んだ信心煥発《かんぱつ》たる瞳睛《どうせい》が、この時須臾《しゅゆ》の間《ま》私の上に留《と》まり復直《また》った。その間も詞《ことば》は途切れない。僧侶のこの些細な為草《しぐさ》に促されて私の方を顧《かえりみ》た者が二三有ったが、彼等もやはり無関心らしく、直《すぐ》に視線を元に戻した。他の者は、これに気附くことだにないらしい。変わらず前を向いた儘《まま》、貪《むさぼ》るようにして説教に聴き入っている。

眺めるほどに、私の裡《うち》には漸《ようよ》う不信が兆《きざ》していた。一説教者に対する尊敬としては、村人達のそれは些《いささ》か度を過ぎたるように思われたからである。無論、こうして説教を聴きに集うこと自体は殊勝なことであるには違いない。しかし、説教者の一挙一動に感じ入るような彼等の態度は、私が為には訝《いぶか》しかった。それは、私が説教者個人への人間的な敬愛に因《よ》る信仰を、正当なものであると認めるのに猶躊躇《ためらい》を覚えているからである。私には、それは畢竟《ひっきょう》、信仰に似た何か別のものであろうと思われるからである。……

暫《しば》らくして踵《きびす》を旋《めぐら》すと、私は来た径《みち》を返して聖堂西の入口へと向かった。スカプラリオと、革帯より下がったロザリオとを見るまでもなく、私は彼がフランシスコ会の説教僧ではなく、私と同じドミニコ会の者であるのを認めていた。入口の前まで来ると、今一度彼の方を見遣《みや》った。声は到《とど》いていた。しかし、人垣と建物との陰に隠れて、その姿は既に見えなかった。

□

聖堂に這入《はい》る私を出迎えたのは助祭である。私は里昂《リヨン》司教より預かった書状を示しながら、彼に司祭に会いたい旨《むね》を伝えた。

助祭は書状に眼を落した。

「……少々、御待ちになって下さい。」

訝《いぶか》し気に私を眺めた後に、彼はこう云《い》って奥へと退《さ》がって行った。その歪《ゆが》んだ頸《けい》垂帯《すいたい》と同様に、何処《どこ》かしどけない返事であった。

孤《ひと》りになってから、私は椅子《いす》に腰を卸して祭壇を見上げた。徒《いたずら》に虚勢を張ったような外見と違い、堂内は甚だ質素であり、就中《なかんずく》、祭壇は慎《つつ》ましやかに設《しつら》えられていた。

私は長い溜息《ためいき》を洩《も》らした。

聖堂は、初夏の暖気を締め出して、その内部を石の冷たさで満たしている。襟元から昇る肉の息は熱い。汗に濡れた衣服の背《せな》が俄《にわ》かに冷《さ》めてゆき、蛭《ひる》のように膚《はだ》一面に張り附いた。

椅子に身を委《ゆだ》ねて、私は眼を閉じた。疲労が瞼《まぶた》の上に熱く澱《よど》んでいる。耳を澄ませば、先程の説教の声が、穹窿《きゅうりゅう》に向かって幾重にも重なりながら幽《かす》かに膨《ふく》らんでゆくのが解《わか》る。激昂《げっこう》した修道士の声は、石壁に濾過《ろか》せられて、囁《ささや》くように唯謐々《ただひっひっ》と谺《こだま》している。声とも、音とも、響きとも、如何《いか》にも表現に難い、或《あ》る微妙な空気の顫《ふる》えである。ぼんやりとそれを聞きながら、私はふと、説教僧の顔を思い浮かべた。吐き出される以前の彼の信仰心とは、その面《おもて》に現れたる所とは違って、存外このように落ち着いたものなのかもしれない。人の知らぬ裡《うち》なる彼の信仰とは、存外、――それが何となく、私には不思議に思われた。……

軈《やが》て幾ら待っても一向に司祭が現れぬ為《ため》に、私は徒然《つれづれ》にまかせて、埒《らち》もない思索に耽《ふけ》り始めた。

――先程の説教僧がドミニコ会の修道士であることは既に述べた。そして、今も会則に従い、熱心に民衆の司牧を行っている。同じ修道会に属しているとは云え、彼と私との間には明《あきらか》に一つの径庭が生じている。一体、私は学僧として、托鉢《たくはつ》や司牧と云った義務の多くを免れているからである。

一般のドミニコ会士に対して、私は常に或る疑念を抱いている。この疑念は、何も広く世に流布《るふ》し、艶笑譚《えんしょうたん》として私《ひそ》かに囁《ささや》かれているような風説に許《ばか》り負うているのではない。某村の某婦人から、ドミニコ会の説教坊主《ぼうず》が適切ならざる施しを受けたと云う類《たぐい》の話は、慥《たし》かに多く聞こえてくる。しかし、それは他の修道会に於《おい》ても同様である。フランシスコ会然《しか》り、アウグスティノ会然り、そうした話は、少しも珍しくはない。私はそれを云わむとするのではない。問題とすべきは、寧《むし》ろ彼等の有している甚だ稚拙な清貧の理想に就いてである。巴黎《パリ》に居た頃から、私は屢《しばしば》これに就いて儕輩《せいはい》達と議論を交わし、その都度失望させられてきた。それは、彼等の多くが、民衆を信仰に導くと云うことに関して、頗《すこぶ》る曖昧《あいまい》な意識しか持ってはいないからである。

「貧しき基督《キリスト》への追従」を掲げ、福音書の幾つかの章句に従って、原始の使徒的生活を開始したのは、先《ま》ず聖フランシスコであった。彼の回心の直接の切掛《きっかけ》は、従軍し捕虜となった後に経験した癩者《らいしゃ》との交りであったと伝えられている。これは、ディダクスの勧めに従い、始めから異端の折伏《しゃくぶく》を念頭に置いて清貧へと赴いた聖ドミニクスの場合とは、頗る事情を殊《こと》にする所である。

ところで、聖フランシスコに関して、私は今、先ずと記した。この詞《ことば》は、聖ドミニクスとの比較に於てのみ正しい。と云うのも、その当時清貧の理想を説いていたのは、独り聖フランシスコのみではなかったからである。

彼等の多くは異端であった。仔細《しさい》に看《み》れば、その中には二つの主要な運動が認められる。一つは、清浄派《カタリ》を中心とした摩尼《マニ》教の信仰である。今一つは、民衆の単純な福音解釈が産んだ貧しい信仰である。そして敢《あ》えて云うならば、聖フランシスコは、始めはその後者の運動の最中《さなか》に遅れて現れてきた一人に過ぎなかったのである。……断るまでもないが、こう書いたからと云って、私は聖フランシスコの偉業を否定するような積《つもり》は毛頭無い。例えば、一方でワルデスのような男が異端者とせられ、他方で聖フランシスコの説教が、教皇の許しを得るに至ったと云う事実は、啻《ただ》に偶然の故《ゆえ》ではないであろう。勿論《もちろん》、時の教皇インノケンティウス三世が見たと云う、例の夢の為でもあるまい。二人の間の懸隔《けんかく》は、時代許《ばか》りではない。これは、聖フランシスコが、教皇も教会も否定しなかったと云う一事を採ってみても、容易に識《し》られることである。

——論を戻そう。料《はか》らずも、私の思考は、再度摩尼《ふたたびマニ》教の異端に逢着《ほうちゃく》した。私はその浅薄な教義を、一々詳《つまびらか》に叙《じょ》さむとする意図を持ち合わせてはいない。唯《ただ》次のことを云わむとするのみである。即《すなわ》ち、この当時、上に記すが如《ごと》き異端者の清貧の理想を最も忠実に実践していたのは、外でもなく摩尼教徒の中の所謂《いわゆる》「完全者」であったと云うことである。

私は旅の途上で、民衆が異端へと墜《お》ちた理由をぼんやりと考えていたが、その一つが我々の教会の堕落に在ったことは殆《ほとん》ど疑を容《い》れぬであろう。これは頗《すこぶ》る重要なことである。慥《たし》かに、異端隆盛の最大の原因は、その教義の有する魅惑であった。生活への絶望が、人々をして、世界は愚神に因《よ》って創造せられた悪であると云う彼《か》の教えに向かわしめたことは論を須《ま》たない。しかし、彼等が異端に赴いたのは、それと倶《とも》に、その「完全者」なる者等に対して深い共感を抱いていたからである。その禁欲に対して、単純で素朴な尊敬を有していたからである。

私は前《さき》に、当時の異端運動は主たる二つのものに分け得ると述べた。それに正統信仰を加えて、正邪併せて三つの信仰が在ったことになる。しかし、その受け皿たる一なる民衆は、教義よりも寧ろ、それを唱導する人そのものを択《えら》ばむとしていた。疲弊した彼等は、三つを等しく見比べて、自ら欲を律する所最も甚《はなは》だしき者等に従ったのである。或いはそれは、摩尼教徒の「完全者」達であったのかも知れぬし、又或いは里昂《リヨン》の貧しき信者等であったのかも知れない。そして孰《いず》れにせよ、最初に見放されたのが、我々の堕落した司祭達だったのである。

聖フランシスコは、そして、惧《おそ》らくはより慥《たし》かに聖ドミニクスは、このことを理解していた。人々が彼等に向けた眼差《まなざし》は、摩尼教の「完全者」等に向けたそれと何ら違《たが》う所がなかったのである。彼等は、敢えてそれを身に引き受けた。聖ドミニクスは、その死に至るまで自ら進んで清貧の理想を実践し、無垢《むく》の貞潔を護《まも》り、他方で教皇に対しては堅い従順を示し続けた。聖フランシスコは、自らの清貧の理想を徹底し、「完全者」ですら平信徒より受けていた生活の保障を、衣料の調達と疾恙《しつよう》の際の援助とに厳密に限った。乞食《こじき》のような姿に身を窶《やつ》し、定住地を捨て、日々の糧《かて》の為に労働に勤《いそ》しみ、托鉢《たくはつ》を行い、民衆に向かって説教をした。或いは聖痕《せいこん》の痛みに苦しみながら、基督《キリスト》の生きた踪跡《そうせき》を辿《たど》り、各地を巡っては福音の言葉を語った。民衆は、この二人の生活に無邪気で力強い感動を覚えた。しかし憾《うら》むらくは、彼等はその同じ無邪気さを以《もっ》て、福音書の基督の一生に感動したのである。

何たる無邪気さ。何たる貧しさ。

人々は、終《つい》に基督《キリスト》の意味を解さなかった。私が為に最も堪《た》え難いことは、彼等が、神がこの地に下ったことの意味を、精々、生活規範の体現の為程《ためほど》にしか考え得なかったことである。彼等は人間基督を愛し、その生涯を愛した。そして基督に、卓越した人格者の姿をしか見なかったのである。

「誰でも我が主耶蘇基督《イエスキリスト》を肉に於《おい》て見るが、霊により神性に於《おい》て見ず、基督が真に神の子であるのを信じなければ、地獄に堕《おと》される。」

聖フランシスコは、斯《かく》の如く語った。そして後の托鉢修道僧達は、民衆に向かい、飽くことなく斯《かく》語り続けねばならなかったのである。

畢竟《ひっきょう》、我々基督《キリスト》者の為に、唯《ただ》一つ重要なことが在るとすれば、それは基督が神性を有すると云うことに外ならない。この疑うべくもない事実が、如何に屢《しばしば》見失われてきたことであろう。我々は、今こそ改めて、神の受肉の意義を、全能なる神が、肉を受け、女の胎内より産まれ出で、自らの創造したこの世界に、人として生き、死んだと云うことの意義を強調せねばならない。

パウロは云う。「われ中《うち》なる人にては神の律法を悦《よろこ》べど、我が肢体のうちに外の法《のり》在りて、我が心の法と戦い、われを肢体の中なる罪の法の下に虜《とりこ》とするを見る。」「われ自ら心にては神の律法に仕え、肉にては罪の法に仕うるなり。」

――如何にも、パウロの思念は疑うべくもない永遠の真実である。しかし、それでも我々はこの死すべき肉と世界とを愛さねばならぬ、大いなる理由を慥《たし》かに有しているのである。

即ち、世界は神に因って創造せられ、加之《しかのみならず》神は受肉したのである。想《おも》うが好《よ》い。神が為に、この世界が真に忌《い》むべきものであるならば、何故《なにゆえ》にその神自らが、一切を超越した神自らが、我々微小なる被造物の姿を纏《まと》い、被造物と共に、その同じ世界と時間とを生きねばならなかったのであろうか。何故に、自ら滅ぶべき肉に降《お》りて、具体的な或る一個の人間の死を死なねばならなかったのであろうか。

我々は、如何なる理由を以てしても世界を憎むことは出来まい。何故《なぜ》なら世界は、神に触れたその瞬間に、創造よりして再度《ふたたび》、真に偉大なる価値を得た筈《はず》だからである。神が自ら下り、生きたと云う唯その一事を以て、――唯その偉大なる慈愛の故に、我々はこの世界を愛し続けねばならぬのである。

パウロは云う。「神は己の子を罪ある肉の様にて罪の為に遣《つか》わし、肉に於て罪を罰し給えり。」――読み誤ってはならない。然《さ》れど、十字架にかけられたのは、独り肉のみではなかった。其処《そこ》に在ったのは、云わば神であり、人であった基督の渾《すべ》てだったのである。

……斯《かく》て我々は苦悩する。それは、我々基督者が、一方で主に因って導かれた霊の生活に努めながら、他方で肉の生活をも否定し得ぬからである。だがこれは、我々のみに与えられた輝かしい苦悩である。多くのドミニコ会士等に対する私の苛《いら》立《だち》は、正に此処《ここ》に存している。彼等はこの苦悩を知ることなしに、清貧を説き、その実践を勧めるのである。そして、自らその道を示してみせては、教義にではなく彼等自身に直接に向けられた感銘を以て、民衆を回心せしめむとするのである。

　私は、こうした者等に導かれて、奇妙な摩尼《マニ》教徒の如き厭世《えんせい》的生活を営む人々を多く知っている。彼等の実践する清貧は、殆ど肉と世界とへの憎悪《ぞうお》より成っていると云っても過言ではない。しかし、世界は拒絶せられるべき悪であると云う愚かな教えを奉ずる者等に対して、徒《いたずら》に貧困の程度を競うことに何の意義が在るであろうか。それは、慥《たし》かに異端を放逐し、人々を回心せしめるかも知れない。しかし、その結果として新たに信ぜられる所の主の教えは、既にして本来の深遠さを失い、色《いろ》褪《あ》せ変質した浅薄なものとなっているであろう。其処《そこ》から、人々は真の信仰へと覚《かく》醒《せい》してゆくであろうか。或いはそうかも知れない。但《ただ》私が、その楽観的な期待を信じないと云うだけのことである。清貧は、布教の為の手段であってはならない。それは、独り基督の学《まね》びと云う我等の窮極の目的に於てのみ意義を有するものである。

聖ドミニクスが、方法として如何にこれを異端者達から学んだと雖《いえども》、彼がこの本義に就いて無自覚であったとは云えまい。そして何よりも、清貧の生活を実現する為には、常に基督の受肉を思わねばならぬのである。そのことの意義を慥《たし》かめ、この世界を、この肉と物質との世界を愛さねばならぬのである。――

……こうした思索に、私がどれ程の間耽っていたのかは解らない。単に司祭を待つにしては長過ぎたのかも知れぬが、それでも、然《さ》程《ほど》の時間は経なかった筈である。気が附けば、私は何時《いつ》か瞼《まぶた》を開いて、祭壇の上に掛かった炳乎《へいこ》たる十字架を眺めていた。

その背後には、色々の装飾硝子《ステンドグラス》が、鮮やかな光を瀉《そそ》いでいる。軈《やが》て前《さき》の助祭が現れた。私は聖堂の外へと延《ひ》かれた。

□

助祭は、取次に手間取ったことの弁解らしき辞《ことば》を、二三口籠《くちごも》るようにして喋《しゃべ》っていたが、私はそれを意に留《と》めなかった。この時私の感覚が集中せられていたのは、寧《むし》ろ彼の袖《そで》が放つ葡萄酒《ぶどうしゅ》の移り香の方であった。甘味ではあるが、何処《どこ》か痩《や》せた、鼻孔の奥に不快に澱《よど》む質《たち》の匂《にお》いである。それが微風に運ばれ、生暖かい空気に滲《にじ》んで辺りに漂っている。

隣を歩きながら私はその面《おもて》を偸《ぬす》み眄《み》た。強張《こわば》った、俄《にわ》かに峻厳《しゅんげん》さを繕《つくろ》った顔である。齢《とし》は私に長ずること二十歳許《ばか》りであろうか。然程《さほど》老いているようにも見えぬが、頭にはもう随分と雪髪《せっぱつ》が雑《まじ》っている。

暫《しばら》く、私は彼の努力に附合ってその顔を眺めていた。しかし、直《じき》にそれも莫迦《ばか》らしくなって、視線を背けると、覚えず小さな嘆息が洩《も》れた。猶《なお》しも彼の放っている一向に褪《あ》せぬ葡萄酒の香を嗅《か》ぐうちに、私には、その敬虔《けいけん》振った面《おもて》の所々から、出来の悪い樽《たる》の如《ごと》く、膨れ上がった困惑がしとしとと泄《も》れ出ているように覚えてきたからである。

　聖堂奥の僧院に至ると、我々は中から飛び出して来た三人の若い女と擦れ違った。女達は、皆、丈の長い素《しろ》い衣服を身に纏《まと》っている。風に翻《ひるがえ》るその裾《すそ》の様が、奔馬の蹴《け》散《ち》らした土塊《つちくれ》のようである。顔を赭《あか》らめ俯《うつむ》き加減に哂《わら》っては、私《ひそ》かに詞《ことば》を交し合う。振り乱した髪には、蔦《つた》を象《かたど》ったような小さな飾りが揺れている。助祭が慌《あわ》てて、諫《いさ》めるように声を掛けると、この場違いな女達は互いに顔を見合わせ、少しく黙った後に、復《また》吹き出して声を挙げた。そして、中のひとりが去り際《ぎわ》に助祭の頬を叩《はた》いて行った。広い襟から零《こぼ》れた肩が、木《こ》洩日《もれび》を受けて、仄《ほの》かに耀《かがや》いていた。

　僧院内に入《い》ると、私は二階へと導かれた。助祭は動揺を隠し得なかったが、私は敢《あ》えて口を開かずにいた。こう云《い》う男と接するに、尊大な緘黙《かんもく》を守っていられるのは、私のささやかな美点の一つである。

　階段を上り詰め、奥の一室の前にまで来ると、助祭は扉の外から声を掛け、応《いら》えを待った。戸が開《あ》いた。現れたのは、司祭本人である。

司祭は私の顔を慥《たし》かめることだになく、背を向け窓際の椅子《いす》へと歩み寄り、そこで漸《ようや》く振返って腰を掛けた。卓に肘《ひじ》を着くと、瞼《まぶた》がゆっくりと擡《もた》げられ、それから甚だ遅れて二つの眸子《ぼうし》が昇った。

助祭に促され、私は前に進んだ。手短に名前と身分とを明《あきらか》にし、里昂《リヨン》司教より預かった書状を取り出すと、司祭に手渡した。司祭は黙して私の顔を目守《まも》った儘《まま》、それを片手で受け取った。そして、書状に眼を落とし、ちらと裏を慥《たし》かめると、復《また》私の面を仰いだ。椅子に座した司祭は、実際に私を仰いだには違いなかったが、私が為《ため》には、これを見卸したと記するも誤りではないであろう。私に向けられた司祭の眼は、不審らしく書状の裏側を覗《のぞ》いたそれと、何等違う所が無かったからである。

——

部屋に意を注ぐ余裕の生じたのは、漸《ようや》く司祭が書状に眼を通し始めてからのことであった。

私は視線を先《ま》ず奥へと遣《や》った。

司祭の背では、西に向かって開いた窓が日昃《にっそく》の明かりに赫《かがや》いている。窓は小さく、光は其処《そこ》から這入《はい》って、瓶《かめ》に溜《たま》った微温湯《ぬるまゆ》のように澱んでいる。山の翳《かげ》は、この時間には未《ま》だ部屋を侵すには至らぬらしい。室内に置かれたものからは、僅《わず》かに小さな罅が漏れていて、その各《おのおの》がこちらに向かって流れ止《さ》した儘《まま》、冷めた熔岩《ようがん》のように固まっている。

窓の両脇《りょうわき》は稍《やや》暗い。右手に在るのは葡萄酒の古い酒樽である。左手には長持《ながもち》が在る。酒樽の前面には錐孔《すいこう》が穿《うが》たれ、木製の嘴管《しかん》が、乱暴に斜めに埋められている。錐孔の下には掌大《しょうだい》の沁《しみ》が見える。積年のくすんだ赤銅色《しゃくどういろ》の上に、今し方流れ出たばかりの葡萄酒が、乾き遣らずに膿血《のうけつ》のように残っている。丁度、治癒し敢えずに瘡蓋《かさぶた》の剝げた擦傷《すりきず》のようである。私はこれに導かれて、この時漸く室内に満ちた葡萄酒の匂いに気が附いた。先程助祭の袖より発していたのは、この匂いである。

更に次いで、私の感覚は俄かに醒覚《せいかく》したかの如《ごと》く、細部に現れた、司祭の堕落した生活の痕《あと》を見出《みい》だし始めた。

驚くべきことに、先《ま》ず窓辺に学問用の机が無い。在るのは今、司祭が肘を突いている食事用と覚しき小卓のみである。

酒樽近くの、苔《こけ》の生《む》したように埃《ほこり》の積った木棚には、蛇の鱗《うろこ》のような模様の捺《お》された革製の瓶が横倒しになっていて、やはり葡萄酒を吐き出している。沁《しみ》だらけの革は、手垢《てあか》に磨かれて、鉛のような鈍い光沢を放っている。その隣に在るのは、布を被《かぶ》った食物の籠《かご》である。籠の隙《すき》より、乾酪《チイズ》が見える。乳酪《クリイム》が見える。林檎《りんご》やプラムのような果物が見える。胡桃《くるみ》が見える。瓶詰にせられた酸酪《ヨオグルト》が見える。蜂蜜《はちみつ》が見える。……これらは孰《いず》れも食べ止《さ》したもの許りである。外は陰になって見えない。施錠《せじょう》せられた長持の中には、勿論《もちろん》更に多くのものが詰まっている筈《はず》である。——因《ちな》みに、此処《ここ》に列挙せられた類《たぐい》の食物は、或《ある》いは然《さ》して贅沢《ぜいたく》とも思われぬかも知れぬが、少なくとも私は、これらのどの一品に限ってみても、それが斯程《かほど》に豊かに盛られているのを、村では外《ほか》に終《つい》ぞ眼にしなかった。これは、前年よりの冷害の為に、亜力伯《アルプス》以北では広くこの地方をも含めて、兎《と》に角《かく》食物が無く、人々は日々の糧《かて》にだに窮《きゅう》すると云った態《てい》であったからである。勿論、司祭がこれを知らぬ筈はなかった。布を覆《おお》って隠さむとするのは、或いは若干《そこばく》の罪の念に因《よ》ることであろうか、或いは又人口に入るを懼《おそ》れてのことであろうか、——孰《いず》れにせよ、此処では独り司祭のみが、これらを食する贅《ぜい》に与《あず》かっているのであった。

類することは、随所《ずいしょ》に露見していた。たっぷりと葡萄酒に浸され、炙《あぶ》り焼きにせられた麵麭《パン》の欠片《かけら》が、床《ゆか》の隅に転がっている。砕けた卵殻が塵《ちり》に塗《まみ》れている。左手に眼を転ずれば、羽根布団《ぶとん》の寝台が在る。……

こうした例を、この上書き連ねるには及ぶまい。固《もと》よりそれらに心附かずとも、司祭の赤く膨らんだ瞼《まぶた》と、疎《まば》らに伸びた髭《ひげ》と、腮《おとがい》を包む肥肉とを見れば、事情はほぼ察せられるからである。

――さて、書状を読み了《おえ》た司祭は、傍らにそれを打遣《うちや》ると、

「ニコラと云ったな、……お前は、ジャックの連《つれ》の者ではないのか？」

と問うた。

「ジャック……？」

「そうじゃ。ジャック・ミカエリスじゃ。お前と同じドミニコ会の者よ。今日も朝から下で喚《わめ》いておったわい。あのジャックのことを云っておるのじゃ。」

私は司祭の詞《ことば》を漸《よう》く理解して、

「いえ、あの方のことは存じません。書状にどのように書かれてあったのかは解《わか》りませんが、兎に角、私は今日初めてこの村に着いたのです。目的は司牧に在るのではありません。托鉢《たくはつ》を行うつもりもありません。」

と応えた。司祭は復《また》大仰に卓に肘を突き、無関心らしく私の方を見て、

「そう云えば、そんなようなことが書いてあるわい。まァ、どうでも好《よ》いことじゃ。魔法使いの爺《じじい》に逢《あ》いたいのなら、村の東に住んでおるから、勝手に行って逢ってくるがよい。わしに遠慮はいらん。……それから、書状は一応受け取っておくが、宛《あて》名《な》はわしのではない。前任の者の名になっておる。わしはユスタスと云う名じゃ。わしがこの村に来たのは七年前のことで、その前の者は死んだと聞いておる。」

と云った。

私は少しく呆気《あっけ》にとられて司祭の言《こと》を聞き、次いで嫌厭《けんえん》の情の生ずるを禁じ得なかった。——しかし、それは、如何《いか》にも凡庸《ぼんよう》な嫌厭であった。司祭の惰容《だよう》が月並であるのと同様に、それに向けられた私の嫌厭も亦《また》、在り来《きた》りのものでしかなかった。そしてそれと同時に、予《かね》て里昂《リヨン》司教より聞き知っていた司祭の為人《ひととなり》と、実際に会した司祭の印象とが、甚だ違《たが》うことの疑を解いた。

佇立《ちょりつ》した儘《まま》黙している私に、司祭は酔眸《すいぼう》を卓上に這わせながら、

「さァ、もう用がないのなら行ってくれ。こう見えてもわしは忙しいのじゃ。」

と、懶気《ものうげ》に言い放った。

私は簡単な暇乞《いとまご》いをして部屋を跡にした。

扉の向こうから、「ふん、乞食坊主《こじきぼうず》が。」と云う呟《つぶや》きが聞えた。……

□

村は小川に因《よ》って二つに分たれていた。これは、南東の山中より湧《わ》き出て北西の平野へと真直《まっすぐ》に至る、一本の細い流れのことである。至るとは云《い》っても、勿論其処《もちろんそこ》で途切れるのではなくて、同じような幾つかの川と并《あわ》さって、軈《やが》てはロオヌ河に入るのである。道中の私は、これらの川を以《もっ》て標《しるべ》とすることが実際に幾度もあった。

村の舎《やど》は、この小川を挟んで教会の向かいに建っている。これは、先程の助祭の案内であった。私は彼より二三の指示を受けた後に、此処《ここ》に漸《ようや》く行李《こうり》を卸した。街道を逸《そ》れた辺境の小村のこと故《ゆえ》に、舎《やど》と云っても、平生利用する者は殆《ほとん》ど無いらしい。一階は、村人の集う酒場となっている。此処には風呂《ふろ》も見えている。二階は、纔《わず》かに三部屋が在るのみである。私の宛《あて》がわれたのは、この二階の部屋の中《うち》の一つで、外は舎主《やどぬし》自身の部屋と、物置部屋とになっている。

旅の間《あいだ》に、私はこうした乞食坊主には相応《ふさわ》しからぬ場所に舎を採ることが度々有った。それ故に、此処でも戸惑を顕《あらわ》したのは、寧《むし》ろ舎主の方であった。これは至極当然のことである。一体、農作業を了《お》えた村人達が、誰憚《はばか》ること無く疲れを癒《いや》す場に、僧侶《そうりょ》が居合わせるのは具合の悪いことであろう。況《ま》して、風呂に就いては論を須《ま》たない。こうした舎《やど》で、自分が余り好《よ》い顔で迎えられぬのは常のことである。然《しか》るに、私の為《ため》に仍 幸《なおさいわい》であったのは、此処の主《あるじ》が、窮《きわ》めて厚い信仰を有するを以て自任していることであった。就中《なかんずく》彼はジャック・ミカエリスを尊崇する者の一人であった。主《あるじ》は、彼と私とが同じドミニコ会士であるのを懌《よろこ》んだ。そして、これを以て始めの躊躇《ためら》いを打捨て、私をして此処《ここ》に宿泊せしめることとした。私とジャックとの間には、こうして互いに詞《ことば》を交すよりも早く、或《あ》る因縁が生じていたのである。

——

翌朝、祈禱《きとう》を済ませた私は、一階へと通ずる僅《わず》かの階段の中途で、蹌踉《そうろう》として、壁に身を預けねばならなかった。里昂《リヨン》よりの旅路は、思いの外に困難であった。糅《か》てて加えて、盗賊の出没するとの噂《うわさ》が、その路程を無理にも急がしめたのである。

已《や》むことを得ず、私はその日一日を床《とこ》の裡《うち》にて臥《ふ》して過ごした。

明けて更に翌日、私の具合はやはり勝《すぐ》れなかったが、それでも午《ひる》を過ぎた頃より舎を出て、村の中を歩くことにした。微恙《びよう》の原因は、懼《おそ》らくは疲労に過ぎなかったのであろうが、それでも、私が為には、この決断は多少の無理を押してのことであった。これには二つの理由が有った。一つは、私の身を案じた舎の主《あるじ》が、余り頻繁に加減を窺《うかが》いに来る為、却《かえ》ってそれが、私をうんざりとさせていたことである。主《あるじ》の態度は、所謂槌《いわゆるつち》を以て庭を掃くと云った体のものではなかったが、何処《どこ》と無く、病を看、以て自らを満足せしむと云った風で、それが私には甚だ疎《うと》ましく思われていたのである。今一つは、旅の途上で病褥《びょうじょく》に臥すことの不安の為である。これは、旅を畢《お》えるまで、私が終《つい》に解放せられることのなかった一つの焦燥より発していた。本意《ほい》を遂げねばならぬと云う最も単純な焦燥が、即《すなわ》ちこれであった。一体人は、目的と云うものに対して、平時より、此処《ここ》に云うが如《ごと》き焦燥を多少は有しているのであろう。しかし、その同じ焦燥は、旅の途上に在っては、格別に劇《はげ》しく感ぜられるのである。蓋《けだ》しこれは、固《もと》より目的とは直接の関係を有さぬ、旅そのものに備わった不安が、何時《いつ》しか目的の達成を危惧《きぐ》する心情と結び合い、両《ふた》つながらにして膨らんでゆく為なのであろう。

私は兎《と》に角《かく》、この上じっと床に臥せていることにも耐えられなくなって、少し早めの正餐《せいさん》を済ませると、舎を出て、行き先も決めずに村の中をふらつき始めた。未《ま》だ朦朧《もうろう》とした頭を抱えていたので、その儘件《ままくだん》の錬金術師を訪《と》わむとする積《つもり》はなかったが、それでも歩くほどに漸《よう》う気も晴れていって、少し経《た》つと村の様子に眼を向ける余裕も生じてきた。

私が先《ま》ず興味を惹《ひ》かれたのは、その地形に関してである。村が小川に因って分たれていることは既に述べた。その中《うち》、南西の側の土地は、川を直径として半円状に拡《ひろ》がっている。教会の在るのはこちらの側である。一方、北東の側の土地は、同じ小川を斜辺とする東寄りの直角三角形を型造《かたちづく》っている。舎はこちらの側に在る。村の全体は、従って斜《はすがい》に罅《ひび》の入った桜貝のような形をしているのである。

彼が周囲には、その円周をなぞるようにして、なだらかな斜面が起《おこ》っている。山と云うよりは、丘陵と云った方が正しいであろう。此処《ここ》には家畜が多く放されている。又一方、此《これ》は、北東よりも稍《やや》東に寄った処《ところ》に直角の頂点を有していて、その背後を濃密な森に衛《まも》られている。この頂点に丁《あた》る場所には、一軒の石造の家が在る。

後に聞く所に拠《よ》れば、これが件の錬金術師の居であるらしい。森は更に、村に対しては、此処《ここ》より二辺に沿うが如くにして迫り、奥に向かっては、背後に控える巍々《ぎぎ》たる石灰岩質の山の麓《ふもと》まで、鬱勃《うつぼつ》と地を覆《おお》っている。この山は、村の周囲を巡るものの中では、最も険岨《けんそ》である。面《おもて》には、白い山骨が所々剝《む》き出しになっていて、それが、遠望すると、羊の群のようにも見える。——

村の地形は凡《およ》そ斯《かく》の如きである。これに就いて誌《しる》した叙《ついで》に、私は此処に、今一つを加えたい。これは、私がこの日の散策で発見し、未《いま》だに時折不思議に思うことである。即ち、村の小川に架かる、橋に就いてのことである。

これまでの記述の中で、私は稍《やや》不用意に、固より川の長さが規定せられているような書き方をしてきた。厳密に云えば、この場合に私が考えているのは、村の南東の森の出口から、北西の教会に至るまでの川の長さである。私が円の直径と書いた時にも、直角三角形の斜辺と書いた時にも、等しくこれを以てその長さとしているのである。

然るに今、この線分の真中に、橋が架かっている。そして、これより外に村には橋が無いのである。

橋は、石ではなく、森より採られた木を以て造られている。一体川とは云っても、極細い流れに過ぎぬのだから、橋を架けずとも渡れる箇所は幾つか在る。実際、私は、教会から舎へと移るに際して、橋を用いることをしなかった。しかしこれには、この季節に川の水位の下がっていることが、大いに手伝っている。春先、山より雪解の水の入《い》る時には、斯《かく》の如くにはゆかぬであろう。糅《か》てて加えて、農作業の為には、これは頗《すこぶ》る不便である。私の看《み》た所、村には三圃《さんぽ》制が跡を留《とど》めており、鍬《くわ》や鎌《かま》なら兎も角も、共同作業に用いる重量有輪犂《カルカ》の如き大きな農機具の受渡は、橋を以てするより外はないからである。

このことの不思議を、私は夕刻舎に戻ってから、主《あるじ》に問うてみた。しかし、信心深いこの男は、別段意味が有るのではないと答える許《ばか》りで、口を噤《つぐ》んでしまった。信心深いと態々《わざわざ》断ったのは、他日私が、橋に就いての土着の異教的な伝承を、他《た》の者より聞き識《し》ったからである。

この伝承の中身を、此処に詳《つまびら》かに録《しる》すことは出来ない。私が識《し》り得たのは、唯《ただ》、橋の上で時折、死者の霊に遭遇する者が在ると云うことだけである。こうした伝承は、寧ろ街道の十字路に纏《まつ》わる話として屢《しばしば》聞かれるものである。橋を以て陸路の延長とし、川を以て無理にも水路と看做《みな》すならば、或いはこれとて十字路の一つと呼び得るかもしれない。しかし、私はこれに満足せられなかった。固より川には、小舟一艘《そう》泛かべる余裕もないのだし、第一この説明では、何故《なにゆえ》に橋がたった一つしかないのかと云う抑《そもそも》の疑に対して、充分の答えが得られぬからである。

村に在った間、私は折に触れてこのことを考えていた。私の興味が以後一向に薄れることを知らなかったのは、これより日を閲《けみ》するほどに、幾つかの新しい事実が発見せられていったからである。例えば、この橋が精確に測量したかの如く、私の云う線分の中心に在ることである。従って、此処を中心として線分を直径とする円を描けば、その軌跡は、南西の村の周囲とほぼ一致するのである。この時、北東に於《お》いては、軌跡は森の中に隠れてしまうが、唯一箇所だけそれと接する点が生じる。これが、錬金術師の居を構える場所である。更にこのことに関連して、今一つの事実が有る。橋の上から教会を見遣《みや》り、その儘視線を巡らせて、この錬金術師の家にまで至ると、その角度が凡《おそ》そ三分の四直角であることが解《わか》る。それ故に、橋と、錬金術師の家と、森の出口である線分の末端とは、或る正三角形の頂点を成すのである。……

これらの事実を、私は啻《ただ》に幾何学的遊戯の結果に過ぎぬとは思わなかった。否《いな》、今以てそうは思わぬのである。それが人為に因るものなのか、或いは偶然の為業《しわざ》なのかは解らない。しかし、後に叙《じょ》する所を見れば、私許《ばか》りではなく、これを読む者も亦《また》、必ずや此処《ここ》に何らかの意味を認めむと欲するであろう。事実私は、混乱した村での日々に於てよりも、寧ろ少しく時が経《た》ち冷静にこれを振り返ってからの方が、より強く其処《そこ》に存するであろう意味を思うようになったのである。——但《ただ》、一方でこうした思索の跡が一つ慥《たし》かに示していることは、私の関心が、次第に橋そのものから、橋と錬金術師が居《きょ》との関係へと移っていったと云うことである。その関係は、勿論橋に纏《まつ》わる尽きせぬ興味の一つに過ぎぬが、然《さ》りとて私が殊更《ことさら》それに惹《ひ》かれていったと云うのも、別段奇とすべきことではないであろう。それを説明するには、仍後《なおのち》の記述を須《ま》たねばならないが。……

さて、しかし、この日の散策が、私の為に忘れ難いものとなったのは、斯《かく》の如き様々なる地理上の発見の為と云うよりも、寧《むし》ろ次に記すが如き一つの邂逅《かいこう》の有った為である。

村の中を方々巡った後に、川伝いに足を進めていた私は、森の入口に至るに及んで、踵《きびす》を旋《めぐら》せ、舎に戻らむと歩き始めた。

陽は既にして傾き、村一面が、燃え立つように赫《かがや》いていた。歩き始めて幾許《いくばく》もせぬうちに、私はふと、人の無い筈《はず》の背に幽《かす》かに跫音《あしおと》を聞いた。気にせず更に二三歩行くと、復《また》跫音がして、今度はそれがこちらに向かって近附いて来る。私は漸《ようや》く振り返って、森の奥へと眼を遣《や》った。森は生茂った木々に厚く覆われ、闇《やみ》の裡に閉じている。そして、その暗がりの中、時折聞こえる妖《あや》しい禽獣《きんじゅう》の鳴《こえ》の底で、蟬声《せんせい》が常と殊《こと》なる不思議な重々しさを以て響いている。……

現れたのは、独りの初老の男であった。漸《ようよ》う、光に濺《そそ》がれてゆくその面《おもて》の中で、眼窩《がんか》に溜《たま》った闇の名残が今にも零《こぼ》れむとしている。奥に窺われるのは、冷たく乾いた漆黒《しっこく》の双眸《そうぼう》である。

忽《たちま》ちにして、私はその容貌《ようぼう》に魅入られた。――強靭《きょうじん》で聡明《そうめい》な思考の、絶え間の無い痕《あと》を示す秀《ひい》でた額《ひたい》。鷹鸇《ようせん》の雄々しく広げた双翼の如き眉《まゆ》。俗事を侮蔑《ぶべつ》する威高な隆準《りゅうせつ》。鼻翼の根から、左右の頰を制するが如く刻まれた深い皺《しわ》。不敵に結ばれた、一際《ひときわ》大きな口。そして、下に控える、短く、底の広い顎《あぎと》。……体軀《たいく》は長大にして魁《かい》偉《い》であり、その歩き方一つにも何処《どこ》か知《し》ら堂々とした趣が窺われる。服飾は質素を以て旨《むね》としたるが如く、色は遍身《へんしん》悉《ことごとく》黒である。

男の風丰《ふうぼう》は、どの一つを採って看ても、煙火中の人をして容《い》れること能《あた》わざらしめる、狷介《けんかい》な性を湛《たた》えている。それでいて、卑屈さは微塵《みじん》も見えない。却《かえ》って周囲の気をも呑《の》まむ許りの威神に溢《あふ》れており、その侵し難い雰囲気を、彼を包む踝《くるぶし》程もある丈の長い外套《がいとう》のように緊《かた》く身に纏《まと》っている。

——私は感嘆し、膚《はだ》に粟《あわ》の生ずるのを覚えた。何《いず》れの時と場所とを思い返してみても、私は嘗《かつ》て、斯《かく》も高勁《こうけい》な人の姿を眼にしたことがなかった。霊魂の偉大さが、斯もありありと現れた人の姿を金輪際見たことがなかったのである。

淙琤《そうそう》と滞《とどこお》らずに流れる小川を挟んで、男は彼方《かなた》に、私は此方《こなた》に在った。色を失って立ち尽くす私を睥睨《へいげい》するように一瞥《いちべつ》すると、彼はその儘《まま》背を向けて己が居へと去って行った。

程経《ほどへ》て、驟然《しゅうぜん》と私は、彼の何人《なんぴと》たるかを悟った。——即ち、これが錬金術師であった。

□

翌早朝、私は多少の昂奮《こうふん》を以《もっ》て眼を覚ました。体調は頗《すこぶ》る善かった。未《ま》だ冷め遣《や》らぬ床を整えながら、私は、昨日の邂逅《かいこう》を思い返していた。……ユスタスと会した時と同様に、錬金術師の貌容《ぼうよう》は、私が里昂《リヨン》司教の話より想像していたそれと、頗《すこぶ》る殊《こと》なるものであった。しかし、前者の時とは違って、この度は失望させられたのではなく、云《い》うなれば若干《そこばく》の期待を抱かせられたのである。私はこれに少しく安堵《あんど》を覚えていた。何故《なにゆえ》と云うに、実際に村には来てみたものの、正直な所、私は未だ司教の云うことには半信半疑であったからである。勿論《もちろん》、昨日の邂逅《かいこう》に因《よ》って、疑の総《すべ》てが払拭《ふっしょく》せられた訣《わけ》ではなかった。但《ただ》、これまで努めて信ぜむとしていた司教の詞《ことば》が、何となく自然と信ぜられるように思えてきたのである。——しかし、こう思うのと同時に、私は忽然《こつぜん》と不快の萌《きざ》すを禁じ得なかった。これは、昨日舎主《やどぬし》との間に交した一つの遺取《やりとり》を思い出したからである。

　ことの次第はこうである。

　夕刻、舎に帰って私の見た所を話すと、主《あるじ》は如何《いか》にもそれが錬金術師でしょうと応《いら》えた。この時初めて、私は彼の名のピエェル・デュファイなることを識《し》った。これは不思議と、里昂《リヨン》の司教も当地の司祭も明《あきら》にはしなかったことである。併せて私は、彼の為人《ひととなり》に就いて主《あるじ》に尋ね、その許《もと》を訪《と》うことの是非を問うた。

　彼は言下に応えて、こう云った。

「あの男に逢《あ》いに行くとおっしゃるのですか？　そんなことは御廃《や》めなさいませ。行ったところで、追い帰されるのが落ちでございます。あの偏屈男の人嫌いは、識《し》らぬ者の無い位、有名な話なのです。私にしても、もう随分と長くこの村に棲《す》んでいますが、未《いま》だ嘗《かつ》て、一度として詞《ことば》を交したことが無いのですから。いいえ、私が声を掛けたって、まともな返事が返ってくる筈《はず》はありません。悪いことは申しません。御廃《や》めなさいませ。ニコラ様も、わざわざそんな所に行って、不愉快な思いをなさることはないではありませんか。」

　私はこれに当惑した。

「しかし、私はその男に逢う為《ため》だけに、この村にやって来たのですから。……」

こう云うと、主《あるじ》が為にはその言《こと》が余程意表に出たらしく、暫《しばら》くものも云わずに私の顔を目守《まも》っていたが、軈《やが》て、徐《おもむろ》に口を開くと次のように問うた。

「ニコラ様も、例の秘術を識ろうとなさっているのですか？」

「ええ、協《かな》うことならば。」

「……そうですか。」

主の面には、侮蔑《ぶべつ》の色が挿《さ》した。

「それなら、なおのこと、御已《よ》しになられた方が宜《よろ》しいでしょう。欲の昂《こう》じた若い村人の中にも、術の秘密を識ろうと、足繁《しげ》くピエェルの許に通った者がありましたが、皆、門前払を喰わされてます。……教えようとはしないのですよ、あれは、……まァ、そういうことですから、ニコラ様も、……それにしても、私はてっきりあれの許へは説教をしに行かれるのかと思っておりましたが、……」

この詞《ことば》に、私の矜持《きょうじ》は些《いささ》か傷付けられた。そして、此処《ここ》に及んで、私は漸《よう》く主《あるじ》の心中を解し得たのである。主《あるじ》は私がピエェルを訪わむとするを、貪欲《どんよく》の故《ゆえ》にと考えているらしかった。しかし、これは無論、勝手な臆断《おくだん》である。私は誤解を正さむとした。そして、その奈何《いか》なる語を以て為《な》すべきかに、甚だ窮した。

私のピエェルに逢わむとするのは、術に通じ、以て学問の研鑽《けんさん》に努めむが為である。それを以て黄金を得むとするは、固《もと》より私の考えるだにしなかったことである。然《しか》るに今、そのことを主《あるじ》に説明するに丁《あた》って、私は何処《どこ》からどう手を着けるべきか、思い迷っていた。錬金術が、啻《ただ》に悪魔の術として排せられるべきものではなく、自然学の対象たり得るものであると云うことを、辺境の村の舎主に過ぎぬこの男に、どう説明したら好《よ》いものかと、私は迷っていたのである。

私は先《ま》ず、抑《そもそも》私をして旅へと向かわしめた異教哲学の問題に就いて、根気良く順を追って説いてゆくことを考えた。しかし、これには余りに多くの詞を要する上に、理解を得る望みにも乏しく、直《すぐ》に断念せられた。

次に、錬金術をスコラ学の原理の上より説いて、その可能性が必ずしも否定し得ぬものであることを理解せしめむとした。しかし、これもやはり膨大な説明を要することであり、固より主《あるじ》が、自然学に関して何等の智識《ちしき》も有していない上は、不可能であった。

最後に考えたのは、大アルベルトゥスを例に挙げ、実際に過去の偉大な基督《キリスト》者が、錬金術の研究に携わったと云う事実を以て、主《あるじ》を納得せしめると云う方法であった。これは最も単純にして、且《かつ》功を成す可能性も大きいであろうと思われたが、主《あるじ》に先ず、大アルベルトゥスに就いての説明より始めねばならぬのならば、期する程の結果も望めなかった。

——斯《かく》て私は、もどかしさに耐えぬ儘《まま》、沈黙せざるを得なかった。主《あるじ》は又、この沈黙を以て答えとし、所用を理由に奥へと退《さ》がってしまった。……

こうしたことを思い出しながら、私は何となく莫迦《ばか》らしくなって嘆息した。これは、常のことである。

私が説明の為に考えた種々の方法は、所詮《しょせん》は、瞬時に脳裡《のうり》を掠《かす》めたに過ぎない。斯様《かよう》な些細《ささい》な不快を、事々しく此処に書き連ねたのは、常より、私の世人に容《い》れられぬを、苛立《いらだた》しく思っているからである。

世人と交り、彼との間の遣取《やりとり》が一向に儘《まま》ならぬ時、私が更なる詞《ことば》を以て理解せられるを求めむとせぬのは、啻《ただ》に煩《はん》を厭《いと》う故のみではない。その為に費される膨大な詞が、私には徒《あだ》ごとのように思われるからである。私の裡《うち》なる諦念《ていねん》は、理解を欲する情を、快不快の情に簡単に結んでしまう。日常の束《つか》の間《ま》の快の為に、多言を用いることを私は潔《いさぎよ》しとしないのである。加えて、世人の無智《むち》が、全体私の理解せられることへの希望を絶ってしまう。これは人をして、私を驕慢《きょうまん》と云わしめる所以《ゆえん》の心情である。しかし、敢《あ》えて反駁《はんばく》するならば、この驕慢は、別段独り私にのみ存するものでもあるまい。斯云うのは、私よりも遥《はる》かに学識に優れた者の為には、私に解されむとする努力も亦《また》、等しく虚《むな》しいものであろうと想《おも》われるからである。——

さて、ピエェルに逢わむとする思いには勿論一向に変りはなく、私は午後になるのを待ってひとり舎を跡にした。主《あるじ》は呆《あき》れたような顔で見送った。私とて、完《まった》く不安の無い訣ではなかった。彼の忠言は固より、昨日自身の眼で慥《たし》かめた印象からも、ピエェルが青眼を以て私を迎えるとは、到底考えられなかったからである。

舎を出て、森に沿って暫く行くと、小高く隆起した土地の上に、一軒の石造の家が見えてきた。これがピエェル・デュファイの居であった。巴黎《パリ》では別段珍しくもないこうした建物も、村では教会を除いて、纔《わず》かに二三を数えるのみであり、外は皆土壁に藁葺《わらぶき》屋根と云った粗末な造りとなっていた。私は、昨日遠望した時の印象と違《たが》わず、その淡然とした様に心惹《ひ》かれた。壁には蔦《つた》一本這《は》ってはいない。窓は小さく刳貫《くりぬ》かれ、南北に一つずつ在る許《ばか》りで、その各《おのおの》が、人眼を避けるようにして極僅《わず》かに開いている。装飾と目せられるものは何も無い。家畜の姿も見えない。棟は精確に西を向いて建っている。その正面の戸口からは、真直《まっすぐ》に一条の径《みち》が伸びていて、庭の中でも其処《そこ》だけ草が生えずに白く浮かび上がっている。径《みち》の先には木戸が在る。周囲に隙《すき》無く巡らされた柵《さく》は、此処で一つに結ばれるのである。漸《ようや》く家に辿《たど》り着いた私が、此処で猶須臾《なおしゅゆ》の間《ま》中に入《い》るを躊躇《ためら》ったのは、啻《ただ》にこれらの佇《たたず》まいの為のみではなかった。私の足をその場に留《とど》まらしめたのは、寧《むし》ろ家の背後に迫った鬱乎《うっこ》たる森の威容であった。蒼穹《そうきゅう》に向けて枝葉を伸ばした大木の群が、この時の私の眼には熾《さか》んな焔《ほのお》の如く映じていたのである。

それは云うなれば、何か知ら全的で、神々《こうごう》しく、猶且巨大で破滅的な力の横溢《おういつ》であった。澎湃《ほうはい》たる、威霊《いれい》の迸《ほとばし》りであった。私はその様に、ソドムやゴモラを灰燼《かいじん》にせしめた、硫黄の大火を見たように思った。婬蕩《いんとう》を勦滅《そうめつ》せむとする裁きの大火を見たように思った。底に溜《たま》った森の闇《やみ》は、屍肉《しにく》より噴出する黒煙の如《ごと》、繁茂した条枝の先端は、将《まさ》に浄化せられ、昊《そら》へと放たれむとする、人の罪の最後の妖《あや》しい赫《かがや》きの如。……眼前に幻出した光景に、私はその刹那《せつな》、慥《たし》かに立ち会っているかの如き錯覚を覚えたのである。

幻影の衝撃は、私を或《あ》る思考へと連れ去った。私は、悪の実在に関する我々の教義を疑った。悪が、単に善の欠如に対して為された命名に過ぎぬのであるならば、何故その贖《あがな》いの為に、斯《かく》の如き瞬間的で、無時間的な裁きが必要とせられるのであろうか。何故、永い運動の果てに得られるであろう、その本性の存在と完成とが待たれることがないのであろうか。……私は股栗《こりつ》した。被造物が悪としては存在し得ぬのであるならば、この焔が焼残せしめむとしているのは、啻《ただ》に人の堕落のみではない筈である。それは、善悪を遍《あまね》く孕《はら》んだこの世界の根源的な秩序であり、この世界そのものである筈であった。否《いな》、独り世界のみではない。眼前の焔の凄まじさは、世界と時間とを両《ふた》つながらに呑《の》み込まむとしていた。そのうねりと目眩《めくるめ》く赫《かがや》きとの裡に、或る瞬間的な到達の暗示と再生の劇的な予感とを閃《ひらめ》かせながら。——世界の全的な到達と再生。そして私は、その濃緑の焔の渦中《かちゅう》に、幽《かす》かに己自身の姿を垣間《かいま》見《み》たような気がした。……

私のこの異常な体験は、正《まさ》しく無時間的に得られたものであった。それは殆ど瞬時の目撃であり、瞬時の戦慄《せんりつ》であった。我に帰った私は、記憶の光景の不可思議な力強さと、其処《そこ》に寄せられた思索の跡とを怪しんだ。それは、燃え残った燠《おき》の如き、森の底の若木の繁茂と相須《あいま》って、今し方眼にした許りの幻影が、啻《ただ》に幻影ならざることを仄《ほの》めかしているかのようであった。……事実、この体験は暗示的であった。顧《かえりみ》れば、この北東の森には、慥《たし》かに或る力が、我々の世界とは隔絶せられた或る異様な力が、深秘せられていたように思われてならぬからである。——

戸を叩《たた》きピエェルを待っていた私は、この故《ゆえ》に却《かえ》って多少の落着を得ていた。それは丁度魘夢《えんむ》の後の安堵《あんど》のようなものであった。

暫《しばら》くすると、中から低い声で誰何《すいか》するのが聞こえてきた。私は名を名乗った。次いで、巴黎《パリ》よりの旅程で此処を訪れるに至った経緯を短く喋《しゃべ》った。ピエェルは、ゆっくりと戸を開けた。外套《がいとう》の無いことを除けば、昨日と変わらぬ丈の長い黒い装束に身を包んでいる。髪はさっぱりと後ろに流されていて、例の際立《きわだ》った額《ひたい》には、仄《ほの》かに汗が滲《にじ》んでいる。

彼と向き合って、私は少しく途方に暮れた。ピエェル・デュファイは、戸口に立った儘、やはり一言だに発することなく、冷徹な眼を以て繁々《しげしげ》と私の顔を目守った。私は兎《と》に角《かく》彼の関心を惹く為に、先ず巴黎《パリ》でのトマス研究のことに就いて話し始めた。それが一応は済むと、続けて更に、アリストテレスそのものに言及して、その自然学に関する、甚だ論旨の不明確な意見を述べた。ピエェルは変らず無表情の儘《まま》、唯《ただ》黙ってそれを聞いていた。そして、私が言に窮《きゅう》するようになると、何か知ら思う所の有るらしい様子で、視線を落とし、再度《ふたたび》上げ、軈《やが》て返って部屋の奥へと退いた。私は思い迷った後《のち》に、その戸の開かれた儘《まま》なることを以て応諾の標《しるし》とし、跡に従って屋内に這入《はい》った。

薄暗い部屋の中で、最初に私の眼に留まったのは、名のみ高く、永らく実物を見ること能《あた》わなかった、所謂《いわゆる》哲学者の卵であった。錬金炉《アタノオル》であった。それから私は、何時《いつ》もの癖で書棚を探し、其処に並んだ書の類《たぐい》に眼を遣《や》った。

書棚は北の壁の大半を占めていて、上下六段程に分れており、各《おのおの》に隙無く本が詰められている。その数は膨大であり、此処にその都《すべ》てを録《しる》すことは出来ぬが、試みに幾つかを例に挙げてみれば、次の通りである。

即《すなわ》ち、聖トマス、大アルベルトゥスに依《よ》る、アリストテレスの『自然学』、『生成消滅論』、『分析論後書』の注釈の類、ボエティウスの翻訳なるポルフュリオスの『アリストテレス範疇《はんちゅう》論入門』、アヴェロエスに依るアリストテレスの注釈書、ヴァンサン・ド・ボオヴェの『自然の鏡』等。又一方で、カルキディウスの翻訳なるプラトンの『ティマイオス』。更に、ロジャア・ベイコンの『大著作』、『錬金術の鏡』、ライムンドゥス・ルルスの『聖典』、フラメルの『象形寓意《ぐうい》図の書』、亜拉毘《アラビ》亜《ア》人のゲエベルの著した『錬金術大全』。その外、『神学大全』、『形而上学《けいじじょうがく》註解』を始めとした一連の聖トマスの著作、それに、抑《そもそも》私をして旅へと立たしめた、フィチイノの『ヘルメス選集』等、……

——書棚を一瞥《いちべつ》して径《ただ》ちに領解せられるのは、ピエェルの蔵書が、頗《すこぶ》る偏無《へんな》く党《とう》無《な》くして収集せられていると云うことである。以上の書名は私の意に任せて列挙したに過ぎぬが、珍書奇書の類は別として、プラトンに比して、アリストテレスに関するものが多いのは、錬金術そのものの性格と、時代の制約との為であろう。——勿論、そう云った分析より以前に、抑《そもそも》、斯様《かよう》な田舎の片隅にこれ程の蔵書の在ること自体が驚嘆すべきことであった。題名の知れぬ羊皮の古書や写本の類も随分と多い。私はこれを観《み》ながら、彼のこの村に至るまでの遍歴を想った。如何《いか》なる手段を講じようとも、これらの都《すべ》てを此処に居ながらにして集めることは不可能だからである。

さて、書棚から引き続き、壁伝いに視線を巡らせゆくと、東の面には、一幅の絵が掛っている。描かれているのは、皓《しろ》い一角獣で、それが、焞々《たいたい》と焰《ほのお》の罩《こ》める湖の中で、項《うなじ》を垂れて、脚の中程まで水に浸《ひた》っている。立上がろうとしているのか、或いは、伏せようとしているのか、前脚を稍《やや》折って、角を斜めに落した姿は、嫋《たお》やかにも見え、又、雄々しくも見える。

額の下には机《き》案《あん》が在る。壁に沿って一基の二股《また》の燭台《しょくだい》と幾本かの蠟燭《ろうそく》とが立てられていて、その前には、開かれた儘の二三の古書が、折重なるようにして置かれている。蠟燭は、澄んだ皜《しろ》い色をしている。我々の日常に使う獣脂を固めたものではなく、本物の蠟で出来ているらしい。

次いで、眼を南の壁に転ずると、窓の上には十字架が掛っている。下には木棚が設《しつら》えてあり、薬品名を記した色々の瓶が井然《せいぜん》と並んでいる。瓶は孰《いず》れも硝子《ガラス》製で、底の丸く口の筒状になったものや、三角錐《すい》を成したもの、円錐を成したもの等が在り、各《おのおの》の奇態が、或る落着いた謐々《ひつひつ》とした趣の下に一様に鎮《しず》んでいる。

窓からは、幽《かす》かに光が射《さ》している。

私はこの時、ふと、石の沈黙を思った。これらの薬品より、音に聞く賢者の石なるものが生まれるのならば、この静邃《せいすい》は、結合し凝固する以前の石の沈黙であるのかも知れない。堅彊《けんきょう》で、外界を厳しく拒絶し、猶《なお》も常に内向し、際限無く満たされ続ける、石の沈黙。それが、今は未《ま》だ結び敢《あ》えずに、夫々《それぞれ》の柔弱な姿を纏《まと》った儘《まま》、唯その沈黙だけを湛《たた》えているのである。

然るに、これは独り薬品のみに存するものではなかった。この部屋に在るもの渾《すべ》ては、やはり同じ沈黙を帯びている。書籍も、絵も、焰も、気も、蒸留器も、錬金炉《アタノオル》も、その他の怪しげな器具の類も、軈《やが》てはそれらの薬品と同様に石として結実し、同じ沈黙の裡《うち》に一塊を成すのである。洋溢《よういつ》する硬質な静寂は、云《い》わば遍《あまね》く石の沈黙である。

そして、その熟し遣らぬ沈黙の中心に在るのが、ピエェルであった。

部屋に這入《はい》ってより、覚えずその佇まいに魅せられていた私を傍らに、ピエェル・デュファイは何時しか作業に戻っていた。私はこれに気が附かなかった。能々《よくよく》考えてみれば、始めに錬金炉《アタノオル》を眼にした時には、既にその隣にピエェルの姿が見えていたような気もする。私はそれを、殆ど気に留めずに見過ごしていたのである。否、見過ごしたと云うよりは、認めていながらもピエェルを個人として意識することをしなかったのである。奇妙な云い方ではあるが、私の眼にはピエェルが錬金炉の部分の如く映っていたのである。

　ピエェル・デュファイは、稍《やや》前屈《かが》みに椅子《いす》に腰掛けて、じっとそれを打目守《うちまも》っている。手を掛ける様子は無い。面には洩《も》れ出《い》づる焔の赫《かがや》きが踊っていて、時折それが、鼻翼の脇《わき》や瞼際《けんさい》の皺《しわ》に異様な深い翳《かげ》を刻んでいる。実際の表情は一向に変わらぬが、その刹那《せつな》にだけは、未《ま》だ知らぬ今一つの別の表情が現れるように見える。焔は肉に食込んで、分ち難く結び合っている。それでいて、異質感は無い。それは恰《あたか》も、映じているのではなく、裡《うち》より顕現しているかのようである。

　……後に解《わか》ることであるが、私が村にいた間、ピエェルは、所謂《いわゆる》白化《アルベド》の作業に取組んでいた。これは、錬金術の大作業中、黒化《ニグレド》と呼ばれる最初の過程に続く第二番目の過程である。この過程の作業を了《お》え、更に赤化《ルベド》の過程に成功すれば、目指す賢者の石が得られるのである。因《ちな》みに従来、白化《アルベド》と赤化《ルベド》との間には、黄化《キトリニタス》と呼ばれる今一つの過程が有るとせられていたが、ピエェルはそれを認めなかった。これは、一方で伝統的な硫黄―水銀理論に固執していたのとは殊《こと》なり、経験に則し実証を尊ぶ、彼の今一方の態度の現れであった。

　暫《しばら》く作業を眼にしているうちに、私はゆくりなくも、幼時に街の時計屋に赴いた時のことを思い出した。その時も、私は今と同様に、微細な器械とそれを覗《のぞ》き込む職人とに眼を瞠《みは》っていた。男の老練の手の中で、針が進み、復《また》戻り、分解せられては止まり、組立てられては再度動き出す。……それが私には甚《はなは》だ不思議に思われていたのである。

私はその時、或る名状し難い畏《い》敬《けい》の念を抱いていた。それは、啻《ただ》に歯車を扱う彼の技術にのみ向けられたものではなかった。稚《おさな》い私の連想は、時計と時間とを等しく見《み》做《な》していた。即ち、彼の手中には、時間そのものが在ったのである。——斯《かく》の如き回想は、信ずるに足らぬものであろうか。或いはそうかも知れない。事実として、私の見た所のものが何程慥《たし》かであるにせよ、其処《そこ》に附された印象は、所《しょ》詮《せん》は、後年になって改めて添えられたもののようにも思われる。私は懼《おそ》らくは、当時未《ま》だ珍しかった歯車時計を、子供らしい好奇心と驚きとを以《もっ》て眺めていたに過ぎぬのであろう。事実、時間の儘《まま》ならなさに就いて私が苛立を覚えるようになったのは、それよりも遥かに後のことだからである。

……だが孰《いず》れにせよ、この時私が、ピエェルの姿に、時計職人に看《み》たと信じた時間の支配の現れを感じていたのは慥《たし》かであった。ピエェルの錬金炉に向かう態度には、敢えて云うならば、我々が彌撒《ミサ》を行い聖体を拝受する時と同様の、儀式的な厳格さと敬虔さとが在った。それは常の生活を越えて、何か知ら崇高な存在に触れているかのような態《てい》であった。

そして私には、やはりそれが不思議であった。何故《なぜ》と云うに、ピエェルより受けた斯様《かよう》な感銘は、賢者の石と云う未智《みち》なる物質の成就《じょうじゅ》の予感に、直接に由来するものではなかったからである。私がピエェルに見出《みいだ》したこの超絶の質は、云わば、不毛に畢《おわ》るやも知れぬ、作業と云う行為そのものに因《よ》っていたからである。

私は些《いささ》か思案した。抑《そもそも》この行為は、目的を遂げなければそれ自体としては何等意味を持たぬ筈《はず》のものである。私の不思議は、この単に手段に過ぎぬ作業と云う行為が、目的を離れて一つの本質的な価値を有するように映ることである。錬金術師が、作業と倶《とも》に人格上の鍛練をも重視すると云うのは屢《しばしば》耳にする話である。私はその為《ため》の具体的な方法を詳《つまびらか》にはしない。しかし、彼等の信ずる所に拠《よ》れば、それは殆ど作業の進展に沿うようにして実現せられるらしいのである。一体錬金術とは、賢者の石を手に入れ、万物を黄金《きん》に変成せしめることを以て、その終局の目的とするには疑を容《い》れない。しかし、その為の作業自体が、抑《そもそも》の目的とは離れて一つの修養の術として用いることが出来るのであれば、縦《よし》や黄金の探求と云うものが絵空事に過ぎぬとしても、猶《なお》これを径《ただ》ちに否定するは太早計《たいそうけい》と云うべきではあるまいか。勿論《もちろん》それには、錬金術が、異端の業《わざ》であるか否かの検討に耐え得ると云うことが前提として在る。それはこれからの問題である。しかし、私はそれに幾分期待したいような気もする。こうした心情を、どう説明すべきかは解らない。が、少なくとも今の私の為には、眼前のピエェルの姿を纔《わず》かに一瞥《いちべつ》するだけで、それが完《まった》く正当な期待として肯定せられるような気がする。私には、その姿にありありと現れたる所が、啻《ただ》に彼の個人的な資質にのみ由来するのではなく、作業と云う行為を通じて、始て贏《かちえ》られたものと覚えてならぬからである。——

　立ち尽くす私は、こうした思いを抱くのと同時に、他方で、云い知れぬ遣《や》る方無さを感じていた。自然学としての錬金術は、依然として私の詳《つまびらか》に識《し》る所ではなかったが、然《さ》るにても、この異教的な秘術には、慥《たし》かに我々の世界が喪失しつつあった、或る根源的な、力強い魅力が存しているように感ぜられたからである。それが、何であるのかは未だ解らなかった。しかし私には、何故《なにゆえ》に嘗《かつ》てあの大アルベルトゥスが憑《つ》かれたかの如くこの術の研究に没頭したのかが、何となく理解せられたような気がした。……

それから、どれ程の時間が経《た》ったのかは覚えてはいない。結局、我々はその後も一語だに交すことなく、薄暗いこの部屋の中で夕刻を迎えるに至った。これまで絶えて炉から離れずにいたピエェルは、此処《ここ》に及んで徐《おもむろ》に私の方を振返ると、五日後に今一度足を運ぶようにとだけ云って、憔悴《しょうすい》したような面持で椅子に躰《からだ》を委《ゆだ》ねた。私はこれを諾《だく》した。そして、戸口にまで進んで、ちらと後ろを顧《かえりみ》た。深閑とした部屋の中には、孤《ひと》り錬金炉《アタノオル》の焰が、猶《なお》も赫奕《かくえき》と灯《とも》っていた。

□

ピエェルの許《もと》を辞して程無く、私はひとりの男に声を掛けられた。これが、ギョオムであった。ギョオムは、村で鍛冶《かじ》屋を営む壮齢の男で、小丈《しょうじょう》にして容貌《ようぼう》は頗《すこぶ》る醜く、剰《あまつさ》え、両脚に畸型《きけい》が看《み》られた。農耕に携わること能《あた》わず、鍛鉄を以《もっ》て業《なりわい》としたるも、この畸型が為《ため》であると云《い》う。

ギョオムは、その時は未《ま》だ見知らぬ筈《はず》であった私を摑《つか》まえて、ピエェルが居に赴いた理由を仔細《しさい》に問うた。そして、それが一応は領解せられると、今度は打って変ってピエェルの為人《ひととなり》を事々しく称《たた》え始めた。讃美《さんび》の辞《ことば》は如何《いか》にも拙《つたな》く、思いのみが勝って、一向にその主旨の伝わらぬものであったが、私には、却《かえ》ってその故《ゆえ》に、ピエェルに対する彼の尊敬の程が推せられるように思われた。

それから暫《しばら》くの間、私は、誰《た》そ彼時《がれ》の夕明りの中で、この瘢痕満面《はんこんまんめん》の男の何時《いつ》果てるとも知れぬ話に耳を傾けていた。ギョオムの云うには、ピエェルの家に出入りすることの出来るのは、村では自分唯《ただ》一人であり、食事の買入その他の雑用は総《すべ》て自分が請け負っているとのことであった。又、村人等を口悪《くちあ》しく罵《のの》っては、その都度私に向かって同意を求め、他方で、ピエェルの術は完《まった》き偽りの無きものであり、現に日々の暮らしは、それに因《よ》って得られた黄金《きん》を以て立てられているとも語った。

ギョオムの口吻《こうふん》には、実直さの節々に卑屈さが垣間見《かいまみ》え、猶且《なおかつ》私に対する牽制《けんせい》が隠蔽《いんぺい》し敢《あ》えず随所に現れていた。声は、喉《のど》の奥に毀《やぶ》れた牛皮でも貼《は》っているかのような通りの悪い嗄《しわが》れ声で、それが傍らを流れる澄んだ小川のせせらぎに混って、芥《あくた》の如《ごと》く滞りがちに耳に這入《はい》って来るのである。

　山の端《は》に沈み遣《や》らぬ夕日は、ギョオムの面を照らし出し、その皹《ひび》割れた口唇《くちびる》の両《りょう》脇《わき》に細泡と成って溜《た》まった唾液《だえき》を、血を吸って朱《あか》く膨らんだ虱《しらみ》の群のように浮き立たせている。

　その時、背後から突然、女の声が聞こえてきた。女は、ギョオムの婦《つま》であった。

「あんた、いい加減におしよ、またあの悪魔みたいな爺《じじい》の話をしておいでだね！　あんなのに関わってたら、ろくなことにならないって、何遍云ったら解《わか》るのさ！　早く戻って来て、たまにはジャンの面倒でも看たらどうだい。」

　これを聞いたギョオムは俄《にわ》かに烈火の如く熱《いき》り立ち、

「喧《やかま》しい、この阿婆擦《あばずれ》め！　滅多なこと云うんじゃねェ！　見ろ、御坊様も困ってらっしゃるじゃねェか！　お前はとっととすっこんで、飯の準備でもしやがれ！」

と罵声《ばせい》を浴びせた。それから、私に気遣《きづか》うらしく、

「莫迦《ばか》な女で、……嗚呼《ああ》、まったく、何てお詫《わ》びをして好《よ》いのやら、……畜生、奴《あいつ》め、帰ったらただじゃおかねェからな、……嗚呼、まったく、とんでもねェ恥をかかせやがって、……いや、本当に、奴《あいつ》に代わってこの通りです、この通りです、

……」

と独り言ともつかぬ口調で、断りを述べた。私は大仰に頭《こうべ》を垂れるギョオムを尻眼《しりめ》に、振り返って声のする方を見遣《みや》った。

女は依然として、戸口の前に立っている。大柄で肉附きが好く、口唇が、熟れ過ぎて張り裂けた果実のように、だらしなく開いている。

それから、然《さ》して思う所も無く向直った私は、途中ふと眼に入《い》ったものに促されて、再度家の方を顧た。

棟《むね》の隣には、二本の大木が枝を広げていて、その間に、絶えず往復運動を繰返すものが在る。看れば、鞦韆《しゅうせん》に遊ぶ孤《ひと》りの少年である。

私はこれに、一瞬慄然《りつぜん》とした。少年は、能《あと》う限り大きく口を開いて声無く笑っている。髪は踊り、眼は瞶《みひら》かれ、頸《くび》には筋が浮いている。それらが、一向に欣《よろこ》びを湛《たた》えてはいないのである。啻《ただ》に欣びのみではない。凡《およ》そ、人間的な感情から奇妙に隔たった所で、唯笑顔だけが水月《すいげつ》のようにぽつんと浮かび、快活に煌《きら》めいているのである。

少年は、枝も折れむ許《ばか》りの勢いで、身を乗出し絶え間無く鞦韆を漕《こ》いでいる。前方に放《ほう》られた躰《からだ》は、虚《むな》しく戻され引き絞った矢のように後方に懸かる。復放《またはな》たれる。しかし、矢は決して到《とど》かない。その刹那《せつな》に必ず摑まれるようにして引き戻されてしまうのである。そして、復放たれる。戻る。放たれる。……

暫《しば》し眺めていた後に、私は耐え兼ねて眼を反らせた。この遊びが、永遠に続くならばと云う有り得ぬ想像が、私をして再度《ふたたび》股栗《こりつ》せしめたからである。

向直れば、俯《うつむ》き加減にギョオムが立っていた。そして、口許《くちもと》を顫《ふる》わせながら、こう漏らした。

「……啞《おし》なんです。……」

□

舎《やど》に戻ると、一階の酒場には既にして多くの村人等が集《つど》っていた。

陽は早入り果て、窓より漏れる酣楽《かんらく》の明かりが辺りに滲《にじ》んでいる。

村人達は、私の姿を眼にするや、一斉に声を潜めた。正面の戸口より這入《はい》って自室に向かう道すがら、私はこの侮蔑《ぶべつ》の籠《こも》った沈黙に耐えねばならなかった。段梯《きざはし》に差し掛かった所で、漸《ようや》くひとりが口を開いた。

「よォ、御坊様、御坊様も時にはわしらと一緒に、酒でも飲んで、風呂《ふろ》にでもはいりましょうや。」

部屋の方々で失笑が洩《も》れた。男は応《いら》えを待つ風でもなく、更に語を継いだ。

「御坊様は、あの変人に逢《あ》う為《ため》に、わざわざこんな村にまで御出《おい》でなさったそうで。まったく、御苦労なことだよなァ、え、おい。」

男に促されて、別のひとりが声を上げ、更に幾人かの声が錯綜《さくそう》した。

「あのピエェルに逢って来たんだったら、ギョオムにも逢ったんじゃないのかい？」

「ギョオム？」

「誰だ、ギョオムって？」

「知らねェなァ。誰だ、ギョオムって？」

「ギョオムねェ。」

「とぼけるなって。」

「鍛冶屋《かじ》のギョオムだ。」

「いや、跛《ちんば》の青衣《あおごろも》だ！」

場内に哄笑《こうしょう》が勃《おこ》った。幾人かの者が、続いて「跛、跛、」「青衣、青衣、」と連呼した。これに併せて、机を叩《たた》く者が在る。床を踏鳴す者が在る。又、食器を打つ者も在る。

私は段梯《きざはし》の一段目に掛けた足を戻し、彼等を顧た。喧騒《けんそう》は已《や》まない。囂然《ごうぜん》たる騒ぎの中に、一際声《ひときわ》を荒らげてこう云《い》う者が在る。

「おいおい、御坊様にちゃんと説明して差上げねェと、きょとんとなさってるじゃねェか！」

すると、部屋の中央に居た男が卒然と立ち上って、

「ええ、青衣と云うのはですねェ、寝取られ夫《おっと》のことだと、旧約の詩篇の第百五十三篇に記されてあります。」

と応じた。一同は、復腹《また》を抱えて笑った。

「嘘吐《うそつ》け！」

「いいえ、聖アルヌウルに誓って、本当のことです。……」

次いで、この男は調子を変じ、ジャックの説教を模して、ギョオムに関する巷説《こうせつ》を縷々《るる》として語った。——そのあらましはこうである。生来不具であったギョオムは、久しく嫁を娶《めと》ること能《あた》わず、村の外れで鍛冶屋を営み暮らしを立てていた。或《あ》る日、村にジプシイ紛《まが》いのひとりの女が流れて来た。一体素性の知れぬ女で、大方娼婦《しょうふ》か何かであろうとの噂《うわさ》であったが、慥《たし》かなことは解《わか》らない。但《ただ》、何処《どこ》か凄《すご》いような魅力が有って、それ故《ゆえ》に村では忽《たちま》ちにして人皆の知る所となっていた。この女が何等《なんら》の事情を以《もっ》てのことか、幾許《いくばく》かを経て、ギョオムの下で暮らすようになったのである。無論、村人は一様に喫驚した。女は既にしてギョオムに嫁《か》したこととなっていた。しかし、彼等をして更に驚かしめたのは、女がそれから程経ぬうちに、今度は当地に来た許《ばか》りであった司祭のユスタスと姦《かん》したことである。これが即《すなわ》ち、ギョオムが青衣と呼ばれる所以《ゆえん》であった。女は後に児《こ》を孕《はら》んだが、産まれてみれば、唖《おし》で、猶且《なおかつ》白痴であった。これが、先刻鞦韆《しゅうせん》で遊んでいた少年、即ちジャンである。

——

こうした話を、滑稽《こっけい》に眼を瞠《みひら》いて昂奮《こうふん》の態《てい》で語った男は、次のような詞《ことば》を以てその結びとした。

「ジャンは、あの飲んだくれのいんちき坊主《ぼうず》の児に違いありません。これも神の思《おぼ》し召しです。云わば、神罰です。アァメン。」

一同は喝采《かっさい》し、復哄堂《またこうどう》が勃《おこ》った。……


その夜、私は夢を見た。

旅の途上の、人気の無い一本道の彼方《かなた》から、黒い一群が向かって来る。見れば、癩者《らいしゃ》の行列である。

私は驟然《しゅうぜん》と歩みを止め、路傍《ろぼう》に立ってその先頭を行く女の顔を窺《うかが》った。微風に揺らいだ面紗《ヴェイル》の裾《すそ》から、艶《つや》やかな緋《ひ》色《いろ》の口唇《くちびる》が翻《こぼ》れている。膚《はだ》は皙《しろ》く澄んでいて、病《やまい》の痕《あと》は微塵《みじん》も見えない。——私は直《すぐ》に、それがギョオムの婦《つま》であることを認めた。

それからふと、視線を転じた際に、彼等の手中に在る例の鐸鈴《ガラガラ》が、先程から少しも音を立てていないのに気が附いた。癩者達は、歩みを進める度に、各《おのおの》大仰にそれを振ってみせているのだから、これは頗《すこぶ》る奇とすべきことである。と、その刹那《せつな》に、彼等は私の傍らではたと足を止めた。そして、面紗の奥の顔を上げると、私に歩み寄って、眼前で鐸鈴を劇《はげ》しく揺《ゆす》り始めた。……しかし、不思議と音は鳴らない。苛《いら》立《だ》たし気に、更に劇《はげ》しく揺ってみせる。やはり、音は鳴らない。これを見て、件《くだん》の女はゆっくりと淫靡《いんび》に口許《くちもと》を歪《ゆが》めた。それを合図とするかの如《ごと》く、彼等は一斉に鐸鈴を頭上に掲げ、復一層劇しく揺り始めた。底より、内部で振れ続ける芯《しん》が見えた。梨《なし》の実のような形をした小さな芯である。右の壁を打ち、左の壁を打ち、更に復、右、左、復、右、左と、……それでも、やはり音は鳴らなかった。眺めるほどに、私はもの狂おしくなっていった。その運動は、私に迫って或る記憶の光景を引き出そうとしていたからである。

それから逃れる為に、私は二三歩後に退《さ》がった。――それと同時に、背《せな》より私の肩を叩《たた》く者が在った。そして、耳許《みみもと》でこう呟《つぶや》くのが聞こえた。

「唖なんです。」

……夢は此処《ここ》で果てた。

□

翌日、私は思い掛けず、ジャック・ミカエリスの訪問を受けた。

ジャックは教会で説教を了《お》えた後に、他の者を町に返して、ひとり舎《やど》を訪れたらしい。徒然《つれづれ》に倦《う》んでいた私は、彼の申出《もうしで》に従って村の南西の丘へと赴いた。

蒼穹《そら》は頗《すこぶ》る晴渡っていた。丘の上からは村が一望せられ、その奇妙な状《かたち》も、村人の様子も、悉《ことごとく》私の小さな眸《ひとみ》に収まった。中には、此方《こちら》に向って恭《うやうや》しく挨拶《あいさつ》をする者も在る。彼等は皆ジャックの信望者であった。

草叢《くさむら》に腰を卸《おろ》して、我々は暫《しば》しくつろいだ会話をした。私は彼の導くが儘《まま》に道中の由無《よしな》しごとを語った。ジャックは又、自らの経歴を明《あきらか》にした。彼は私に長ずること十歳許《ばか》りで、韜留《トゥウルウズ》大学を出て、今は維奄納《ヴィエンヌ》の修道院に身を置いているらしい。司牧の為《ため》に村を訪れるようになったのは、漸《ようや》く一年程前よりのことだと云う。

ジャックは、普段の説教その儘《まま》に頗る饒舌《じょうぜつ》であった。一頻《ひとしき》り、自分の現在の生活に就いて語った後に、話頭を村のことへと転ずると、その口吻《こうふん》は、次第に乱れていった。就中《なかんずく》、村人の不信心に就いては、口を窮《きわ》めて不満の程を打明けた。

「……これでも、随分と善くなった方です。私が初めて村を訪れた時には、彌撒《ミサ》もまともに行われない有様でした。尤《もっと》も、今でも週に一度、それも三時課からやっと始められる彌撒が有るに過ぎませんが。……兎《と》に角《かく》、その頃は酷《ひど》い状態で、稀《まれ》に彌撒が有ったとしても、若い男女は出逢《であ》いを求めて教会に足を運ぶ始末でした。厳粛な聖体拝受の行われている途中で、私語を交し、逢引の約束をする者も在りました。……それも、あのユスタスと云《い》う司祭の堕落ぶりが、大きな原因を成しているのには間違い有りません。――看《み》て下さい。」

こう云って、ジャックは襤褸《ぼろ》を丸めて遊ぶ村の児《こ》等を指《ゆび》ざした。

「司祭があの調子ですから、村の子供は皆文盲です。偽信者《パアプラアル》と云う言葉が有りますが、あの男こそ、その名に相応《ふさわ》しい者です。……」

私はこれに一応は頷《うなず》いてみせながら、昨日村人達より聞き知ったギョオムの婦《つま》とユスタスとの話を、ぼんやりと想《おも》っていた。

ジャックは、更に続けて村人の悪習を数え上げると、憤懣《ふんまん》遣《や》る方無しと云った風でその一々を痛罵《つうば》した。聞くほどに私は、自分などよりもこの男の方が遥《はる》かに村人達を侮蔑《ぶべつ》しているのが知られて、驚きを禁ずるを得なかった。……如何《いか》にも、ジャックのそれは、偸閑《あからさま》な侮蔑であった。

——私は、何時《いつ》か知れず彼方《かなた》に眼を遣っていた。西から流れて来た雲が、ゆっくりと村の上空を横切っている。地は波に濡《ぬ》れ行く砂浜のように、その翳《かげ》に染まっていった。

……そして、視線の先には、——ジャンである。

啞《おし》の少年は、昨日と同様に劇《はげ》しく鞦韆《しゅうせん》に揺られている。その気色は窺《うかが》い知ること能《あた》わぬが、懼《おそ》らくは今も、音無く笑っているに違いない。

ギョオムは白痴とは云わなかった。所詮《しょせん》は、心無い村人等の中傷に過ぎぬやも知れぬのに、私にはそれが信ぜられた。が、憐憫《れんびん》の情は一向に起らなかった。私が抱いていたのは、寧《むし》ろ怯怖《きょうふ》であり、憚《はばか》らずに云えば、或《あ》る遣る方の無い憎悪《ぞうお》であった。私には、無目的で無益なあの遊びが許し難かった。世界の中で、唯《ただ》あの一点だけが奇妙に秩序を逸脱し、有らゆる聯関《れんかん》から放たれて孤立しているように思われた。衣服を豸《むし》が喰ったように、秩序が毀《やぶ》れているように見えた。そして、悪は最早《もはや》、善との結び附きを離れて、宇宙の完全性から脱落してしまったのではと疑われた。それが、甚だ不愉快だったのである。

私は暗鬱《あんうつ》な思索に憑《つ》かれた。慥《たし》かに、ジャンの笑顔は、それを領するあの仄暗《ほのぐら》い口は、何か知ら不気味な異界に通ずる洞《ほら》のようなものにも思われ、又、その穴の彼方からは、神の創造を嘲弄《ちょうろう》する不快な声の谺《こだま》が絶えず響いているようにも思われる。私の為《な》さむとする有らゆる学問上の努力は、唯この一点が為に悉《ことごと》く不毛なものとせられ、終《つい》には水泡に帰せられるのではあるまいかと云う漠然とした予感すら在る。だが飜《ひるがえ》って、その暗い穴から撓垂《しなだ》れた、色の薄い奇妙に長い舌を想う時、私は存外、こうした不快の数々は、固《もと》より私の解決すべき問題に、本質として備わっているものなのではあるまいかと云う疑を抱く。異界は寧ろ、この世界の裡《うち》に、その最も深秘せられた所に存しているのではあるまいか。我々が日常、世界であると信じ、生き、解さむとしてきた所の皮相な層の下に、それよりも遥かに豊饒《ほうじょう》で複雑な層が、其処《そこ》に於《おい》てこそ神の創造の意図がより慥《たし》かに現れ得る所の巨大な層が横《よこた》わっているのではあるまいか。――そして今、私にその今一つの層を垣間見《かいまみ》せてくれるのが、外でもなく、この少年なのではあるまいか。

　如何にも、秩序はジャンに於て毀《やぶ》れ、損なわれているのかも知れない。しかし、我々が秩序と信じてきた所のものが、単にその皮相な層に於る秩序であるに過ぎなかったのであるならば、或いは、私の学問上の努力などと云うものが、それに対してのみ向けられてきたに過ぎなかったのであるならば、ジャンと云う少年は、神が我々にそれを知らしめむとして穿《うが》った、一点の小さな風穴なのではあるまいか。そして今、私は巨大な世界に開いた針の穴程の小さな隙《すき》から、初めてその別の層を発見したのではあるまいか。私は再度《ふたたび》ジャンの虚《むな》しい運動を想った。其処では、運動は決して成就《じょうじゅ》せず、目的も無く無限に繰り返されるに過ぎぬのかも知れない。或いは、運動の成就を須《ま》たずして、存在へと至る何等かの方法が在るのかも知れない。或いは、既にして其処は、……こう考えるうちに、私は復《また》、忽然《こつぜん》と懐疑に襲われた。そして、こうした思考が頗《すこぶ》る不愉快になった。――この世界の別の層。――私は、始めに自分を囚《とら》えた異界と云う奇妙な直感を怪しんだ。私がそれと見做《みな》していたものは一体何であろうか。地獄か。煉獄《れんごく》か。否《いな》、それらは畢竟《ひっきょう》神の懐《ふところ》の裡《うち》である。私が抱いていたのは、それらとは完《まった》く別の、抑《そもそも》神の創造の外に在るような世界のことである。宇宙の一なる統宰者に由来する普遍的な秩序を免《のが》れて、何か知ら殊《こと》なった秩序の下に服しているような、或いは、固より秩序自体を知らぬような世界のことである。この莫迦気《ばかげ》た空想から、私はこの世界の裡なる別の層と云う考えに至った。個別的な因《いん》の秩序を逸脱した果《か》が、奈何《いか》なる他の因へも還元せられることなく、普遍的な因の秩序から零《こぼ》れ落ちて、世界の底深くに層を成して沈殿している様を想像した。そして今、それに就いての虚しい思索に呑《の》まれむとしていた。しかし、この世界が殊なる二層に分れているなどと云うのは、抑《そもそも》私の恣意《しい》である。世界は創造の瞬間から、渾《すべ》てを堅く結び附け、窮極的には、独り神のみを目的として欲求しているに違いない。然《さ》れば、二層を成しているのは寧《むし》ろ私の認識そのものであり、穿たれた穴は、世界にではなく、私の睛《ひとみ》の裡にこそ存しているのではあるまいか。ジャンは、貫かれた世界の表層ではなく、神の放った一本の矢であり、而《しか》もその到かぬことを以て人を射むとする矢なのではあるまいか。……

こうした思いに耽《ふけ》る私に、少しく間の悪さを覚えたのか、ジャックは復《また》話頭を転じて、携えて来た一冊の書物を示した。表には『異端審問の実務』と著《しる》されており、その下にベルナアル・ギイと云う著者名が在った。

――この時を以《もっ》て、私は初めて、彼の異端審問官なることを知ったのである。ジャックは、摩尼《マニ》教を含めたグノオシス派の異端に就いて、私の意見を求めた。私は稍《やや》躊躇《ためら》った後に、その核心となるべき部分を纔《わず》かに撫《な》でる程度に、思う所を二三述べた。ジャックは、これに満足しなかった。更に続けて、より具体的な質問をしたが、私はそれにも曖昧《あいまい》に応《いら》えただけであった。

彼は憮然《ぶぜん》として口を緘《かん》した。

程経て傍らに書を置くと、ジャックは魔女と呼ばれる者に就いて語り始めた。ジャックの言《こと》に拠《よ》れば、現在の異端審問は教義解釈に関するもののみならず、民衆の中に在って、悪魔と直接に淫《みだ》らな関係を結び、瀆神《とくしん》の儀式を執り行う者等をもその対象とすると云うのである。――因《ちな》みに、悪名高いインノケンティウス八世の魔女に関する回勅が発せられたのは、これより二年後の千四百八十四年九月五日のことである。

「昨年から、コンスタンツの司教管区では、大規模な魔女の異端審問が行なわれています。捕えられた数多くの者等は、勿論《もちろん》処刑せられていますが、……」

ジャックはこれに語を継いで、抑《そもそも》自分が魔女なるものに就いての智識《ちしき》を得るに至った経緯を述べた。固《もと》より異端審問の職に携わっていたジャックは、数年前に謁《えっ》したドミニコ会士のインスティトリスに因《よ》ってその蒙《もう》を啓《ひら》かれたらしい。ここに云うインスティトリスとは、懼《おそ》らく後に、ヤアコプ・シュプレンゲルと倶《とも》に『魔女の槌《つち》』を著すこととなるハインリヒ・クラアメルのことであろう。

次いでジャックは、魔女を刑に処することの正当性を、『出埃及記《エジプトき》』の「魔術を能《よ》くする女は、これを生かしておいてはならぬ」と云う言《こと》を引いて説明した。これは、その後も審問官等が繰返し口に上す詞《ことば》であった。異端の問題に関して、私は甚だ興味を有していたが、ジャックの云う魔女に就いては、俄《にわ》かにそれに信を置くと能《あた》わなかった。ジャックの見解には、審問官の間に往々見受けられるような、或る種の狭隘《きょうあい》が在った。固陋《ころう》が在った。言葉と云うものが、本来理性の鞭杖《べんじょう》に因って鍛えられた、筋肉の如《ごと》くあるべきだとすれば、ジャックのそれは、感情に因って、その一部分のみに徒《いたずら》に脂肪の附いてしまったような、頗《すこぶ》る均衡を欠いたものであった。

私はやはり、空虚な相槌《あいづち》を打つより外無かった。

軈《やが》て、私の色を窺《うかが》いながら、ジャックは云った。

「……ところで、貴方《あなた》が昨日お逢いになった、あの男はどうでしょうか？」

私はこれに忽然と不快を感じた。そして敢《あ》えて、

「あの男とは？」

と問い返した。無論、ジャックが誰を指して云っているのかは解《わか》っていた。

「ピエェル・デュファイのことです。……あの男は、」

「あの男は、」

私は刹那《せつな》にジャックの詞《ことば》を遮《さえぎ》り何かを云わむとした。――しかし、語は続かなかった。

「……あの男は、……」

その時私は、こう考えていた。即《すなわ》ち、ジャックが態々《わざわざ》舎を訪れ私を丘に誘ったのも、此処《ここ》でこれまでに費やした詞も、畢竟渾《ひっきょうすべ》てはこの一事を訊《き》き出す為であったのだろうと。それに就いて、内密に調査を進める為であったのだろうと。そして、私にはそれが如何にも狡猾《こうかつ》に感ぜられたのである。思慮無く詞《ことば》を発したのは、云わばこれに抗さむが為であった。

私はこの時、懼《おそ》らくはジャックの詞を遮《さえぎ》って、ピエェルに掛けられた嫌疑に対し、

何か知ら弁護を為す積《つもり》であったのだろう。しかし、それをせむとするに、仍《なお》私をして止《とど》まらしめるものがあった。

それが何であったのかは解らない。但《ただ》私には、里昂《リヨン》司教の云った、「勿論、慥《たし》かな信仰の持ち主です。」と云う詞のみが想い出されていた。司教は何故《なにゆえ》に、敢えてそう断ったのであろうか。それは、私が今ジャックに対して同じことを云わむと欲するのと相通ずる心境からではなかろうか。司教は私に明言し、それを以て自らを納得せしめたのであろう。私と司教との間に存する径庭《けいてい》は、私が猶《なお》それを為す一歩手前で躊躇《ちゅうちょ》していると云うことである。

稍《やや》在って、私は強いて口を開いた。永過ぎる沈黙が、私の手を離れて勝手な意味を有することを嫌ったからである。

「……あの男に就いては、私も未《ま》だ、能《よ》く解らないのです。……」

これはしかし、私が為には、存外偽りの無い詞《ことば》であった。

□

数日後、私は約束通りに再度《ふたたび》ピエェル・デュファイの許《もと》を訪れた。

ピエェルはこの日も白化《アルベド》の作業を行っていたが、私の訪問を受けるやその手を休めて、書棚前の椅子《いす》へと腰を卸した。誘《いざな》われ、私もそれに続いた。刺すような薬品の臭《にお》いと、古書の放つ朽葉色の匂《にお》いとが、一瞬鼻を掠《かす》めた。

ピエェルは、やはり寡黙《かもく》であった。彼は、人と接するに緩頬《かんきょう》して相手の気を和ませむと努めるような江湖《こうこ》の人の習慣とは、固《もと》より無縁の人であった。愛想《あいそ》にも笑うことなどなく、この日も冷然として私に対峙《たいじ》したが、然《さ》りとてそれは、見る者の裡《うち》に不快の萌《きざ》す余地すら与えぬ程の、凜冽《りんれつ》たる様であった。私は改めて、その姿の立派なことを思った。

少しく落ち着くと、先日の周章狼狽《ろうばい》した不手際《ふてぎわ》な話し振りを反省しつつ、私は錬金術の理論に就いて微に入り細に渡り順を追って尋ねていった。ピエェルは始めにお前はトマス主義者なのかと慥《たし》かめたのの外は、自ら口を開くことなく、時折「成程」と頷《うなず》いては、訊《き》かれたことだけに短く応《いら》えた。この「成程」と云《い》う詞《ことば》は、ピエェルの口癖であった。私が問いを発すれば、先《ま》ずこう云って二三度頸《くび》を縦に振る。それから、少し間を置いて漸《ようや》く意見を述べるのである。私はこの「成程」と云う詞を何となく奥床しく聞いた。そして、それに続く返答の詞は、悉《ことごと》く私をして、室に入りて、以《もっ》て始《はじめ》て得られたるものとの感を惹起《じゃっき》せしめるのであった。

私と彼とは、話を進めるほどに多くの点で意見の一致を看《み》た。しかし、或《あ》る事柄に関しては、私は終《つい》にそれを理解するを得なかった。此処《ここ》にその煩瑣《はんさ》な哲学を論じ尽くす積《つもり》はない。但《ただ》、錬金術の理解の為《ため》には、それが些《いささ》か根本的なる問題を有している為に、私はその概略のみを誌《しる》して置こうと思う。

それはこう云うことである。

ピエェルは、有らゆる金属の裡《うち》に黄金の実体的形相の生ずる可能性を信じていた。この説の正邪は今は問わない。従って、金属は皆自然本性上、その窮極に至っては必《かならず》黄金たるべきなのである。ピエェルの続けて云うには、然りとて我々は、個々の金属の裡に直接に黄金の実体的形相を生ぜしめ、猶且《なおかつ》質料を径《ただ》ちに形相にまで至らしめることは不可能である。何故《なにゆえ》と云うに、その実体的形相は、聖トマスの指摘する通り、「太陽の熱に因《よ》って、鉱物的な力が強く働く特定の場所に於《おい》てこそ生ずる」からである。これを顧《かえりみ》ずに作業を行ったとしても、得る所のものは独り外的附帯性に於てのみ金に類似した、何か別のものの筈《はず》だと云うのである。

これを解決せむが為に、ピエェルは賢者の石なるものの創出の必要性を説くのである。

聖トマスが賢者の石に就いて言及しなかったことを批判しながら、ピエェルは再三に亘《わた》ってこれを強調した。前《さき》に書いた通り、錬金術の作業とは、この賢者の石を以てその終局の目的とするに外ならない。ピエェルがその為に採るのは、伝統的な硫黄―水銀理論である。

この理論は、アリストテレスの四元素理論が、亜拉毘亜《アラビア》を経由して我々の世界へと齎《もたら》される際に、奇妙に再解釈せられたものである。これに由《よ》れば、土、水、空気、火と云った従来の四元素は、哲学的硫黄と哲学的水銀と云う二つの原質に還元せられる。此処《ここ》に云う硫黄や水銀とは無論物質そのものではなく、云わば原理であり、土と火とが前者に、水と空気とが後者に対応する形で、互いに相容《あいい》れぬものとして対立している。更にその各《おのおの》には、不揮発性と揮発性、可燃性と昇華性、そして錬金術の用語に所謂《いわゆる》男性と女性などと云った反対の性質が付されている。二つの原質を、夫々《それぞれ》或る種の物質から抽出し、互いに結合せしめることに因って、石《レピス》と云う賢者の石の直接材料が得られるのである。この過程は屡《しばしば》「結婚」に譬《たと》えられる。そして、「結婚」に因《よ》って得られた石《レピス》を、一度《ひとたび》「殺生《さっしょう》」し、「腐敗」せしめた後に「復活」せしめる時、石《レピス》は賢者の石の実体的形相を獲得するらしい。この作業を繰返し進めることに因って、賢者の石が得られると云うのである。

　ピエェルはその「結婚」に就いて語る際に、本質が熔け合うと云った、奇異なる詞《ことば》を用いた。しかも、熔《と》け合って成る所の新しい本質は、仍《なお》以前の本質を何等《なんら》損なうことなく矛盾した儘両《ままふた》つながらに保ち得ると云うのである。そして、「死」の後にこれが真に可能となるならば、有らゆる対立は一なる物質の裡に解消せられる。その時、この一なる物質には、完き存在そのものが、ありありと現れると云うのである。――

　ピエェルの語る所は、此処《ここ》に至って頗《すこぶ》る韜晦《とうかい》に満ち、私はこれを、少しく自ら補って叙《じょ》した。憾《うら》むらくは、私の理解の不足が、その理論を誤って伝えることの虞《おそれ》を禁じ得ない。就中《なかんずく》、私が為に猶躊躇《なおためら》われたのは、その最後の部分に就《つ》いて筆に上すことである。

ピエェルは、賢者の石に現れる所のものを、終《つい》に存在と云うに止《とど》めた。しかし、これを以て何を意味しているのかは明《あきらか》であった。錬金術師は、この賢者の石を、即《すなわ》ち物質に顕現した存在そのものを手中に収め、それを肆《ほしいまま》に用いむとするのである。この存在、敢《あ》えて云うならば純粋現実態に触れることに因って、物質中には黄金の実体的形相が生じ、質料は、忽《たちま》ち形相に至り、有らゆる金属は一時《いちどき》に黄金へと変性する。独り金属のみではない。ピエェルの言《こと》に従えば、凡《およ》そ、月下の被造物界に在るものは、悉《ことごと》その質料が形相と一致し、加之《しかのみならず》、欠如態から所有態への復帰だに可能とせられるのである。無論、人間とて例外ではない。眼癈《めしい》の者は、その睛《ひとみ》に光を灯《とも》し、聾者《ろうしゃ》は音を聴分け、癩病《らいやみ》は癒《い》やされる。賢者の石を以て万能の薬と称するも、斯様《かよう》な事情の故《ゆえ》にである。

――然《さ》りとて、これは正気の沙汰《さた》であろうか。

私は、何程ピエェルの理論に納得せられた所で、やはりそれを絶望的な試みと考えるより外無かった。この絶望は、理論上の誤謬《ごびゅう》に基くと云うよりも、寧《むし》ろ、行為自体の不遜《ふそん》な性質に由来するものであった。これは云わば、覬覦《きゆ》である。私は対話の途中で幾度かそのことに就《つ》いて問わむとした。そして、その都度それを為《な》すこと能《あた》わなかった。私の戸惑は、喩《たと》えば、比類無く美しい一幅《いっぷく》の邪神の像を眼にした者のそれであった。人は、聖母や天使を描いた絵に就《つ》いては、径《ただ》ちにそれを評し、その難点を数え上げることが出来るであろう。天使の翼は、その羽の一本々々までもが、もっと鮮やかに的皪《てきれき》と炫《かがや》いている筈《はず》である、とか、聖母の眸《ひとみ》は、斯《かく》も貧しくあってはならない、もっと慈悲深く、もっと豊かに描《えが》くべきである、などと云った具合に。それらの辞《ことば》が奈何に拙《つたな》いものであろうとも、兎《と》に角《かく》、何等かを語り得る筈である。しかし、この上も無く美事《みごと》な異教神の絵を見る時に、人は一体何と評し得るであろうか。慥《たし》かにそれは、怪《け》しからぬものであるには違いない。然りとて、完《まった》く否定してしまうには惜しい気もする。それには猶、或る得体の知れぬ抗し難い魅力が有るからである。そこで人は、具体的にその誤りを指摘せむと努めるであろう。そして、どう手を着けるべきか必ず途方に暮れる筈である。何故なら、その怪しからぬ一点を留保した儘《まま》では、畢竟《ひっきょう》彼は何事をも語ることは出来ぬからである。——

私は、詞《ことば》を失ってしまった。

ピエェルは色を変えずに立上がると、ゆっくりと錬金炉《アタノオル》の方に向かった。私は、その魁然《かいぜん》たる背《せな》に眼を向けながら、ふと、人の為に神に叛《そむ》いて火を偸《ぬす》み、永劫《えいごう》の責苦に耐え続けると云う堅忍不抜の異教の巨人のことを思い出した。

程経て、しかし、私は強いて口を開いた。

「貴方《あなた》の云われる賢者の石とは、……其処《そこ》に現れる所の存在とは、……つまりは、……」

その時、私の脳裡《のうり》をジャックの言《こと》が過《よぎ》った。

『あの男はどうでしょうか？』

――詞《ことば》は続かなかった。私は、何事も耳に入らなかったかの如《ごと》くに錬金炉の前に座したピエェルを、暫《しばら》く黙して目守《まも》っていた。そして、漸《ようよ》う心中の、不快に領せられてゆくのを感じていた。それは云わば、私自身の迷執に対する不快であった。私がピエェルに対して云わむと欲していたのは、纔《わず》かに一言である。しかし、その一言を云わむが為には、私はそれに絡《から》んだ幾本とも知れぬ迷執の鎖を、一つ一つ都《すべ》て解《ほど》いて断ち切らねばならなかった。その鎖は、或いはピエェルの人格に由来し、或いはその学説の有する魅力に由来していた。そして孰《いず》れにせよ、私は、云わば怯懦《きょうだ》から、それらの悉《ことごと》をこの場で径《ただ》ちに処理せむと決断するを得なかったのである。ピエ
せむ方無く、私は携えて来た幾つかの書を束ねて、ピエェルに暇《いとま》を乞《こ》うた。ピエェルは、恰《あたか》も私の沈黙を総《すべ》て理解し尽くしているかの如く、同じく沈黙を以てこれに応えた。傍らを過ぎ戸口へと向かいながら、私は謐然《ひつぜん》とした室内に鳴る己の悩々《きょうきょう》たる跫音《あしおと》を聞いた。その幽《かす》かな響きに、自身の腑甲斐《ふがい》無さを思いながら。——

……それから私は、舎《やど》に戻る気にもならず、気が附けば当て所無く村の中を彷徨《ほうこう》していた。村人達の多くは男女を問わず外に出ていて、夫々《それぞれ》が何等かの労働に就いていた。思えば村に来てより、私が多少なりとも意識して、此処で暮す人々の生活そのものを観《み》むと努めたのは、この時が始てであった。

夕刻になると決まって酒場を訪れる男達は、今は皆一様に気色を曇らせ、窶《やつ》れたような冬麦を前にして立ち尽くしていた。私の姿を認めても、気にも留めずに作業を続けるか、情けないような溜息《ためいき》を吐《つ》いて、冷笑する位のものである。彼等は、昨年の冷害の記憶に怯《おび》えていた。この季節になっても、気温は一向に上がらない。実

際、冬麦のみならず、作物はどれを看ても病的な作《なり》をしている。

里昂《リヨン》に居た間、同室の修道士が、村での托鉢《たくはつ》は遣切《やりき》れぬと切《しき》りに零《こぼ》していた。何故かと問えば、村人達は、襤褸《ぼろ》を纏《まと》って托鉢をする我々の姿に、清貧ではなく怠惰《たいだ》を察《み》るからであると答えた。この修道士が続けて云うには、

「私は何度も、罵声《ばせい》を浴びました。彼等は、物乞いをする位なら、お前たちも畑を耕すなりして、働くべきだと云うのです。別段、私は罵《ののし》られるのが嫌だと云うのではありません。但《ただ》、彼等の云うことが尤《もっと》もだと思えてならぬからこそ辛《つら》いのです。事実、昨年は酷《ひど》い冷害で、村ではろくに食物も無い有様でした。そんな村人達から、どうして施しを受けることが出来ましょう？　一体、私たちは何時《いつ》からこうなってしまったのでしょうか？　こんな修道院生活を、聖ドミニクスが御望みになっていたのでしょうか？」

――私は托鉢はせぬが、彼の心中は推せられた。私が今、この村の人々を前にして覚える若干の忸怩《じくじ》たる思いも、或いは同様の無力感に因《よ》っているのかも知れない。

彼等の貧困の程度は、その継当《つぎあて》だらけの汚れた上着《コット》からも容易に察せられる。村人は既に久しく大地の不毛に苛立《いらだ》っている。が、憎しみが直接それへと向けられる

ことはない。人々の不満の向けられるのは、寧《むし》ろ天である。私は幾度か、村の女達が、天の「腰弱」を罵《ののし》る奇妙な光景を眼にした。そして、大地は云わばその犠牲者として憫《あわ》れまれているのである。それは、男達が為にも同様であった。圃畦《ほけい》に立つ彼等の昊《そら》へと向ける眼差《まなざし》には、慥《たし》かに軽侮の色が存している。そして、その不遇な大地との交りに於ては、寧ろ何か知ら濃密な秘密が隠されているかのようであった。彼等の労働は、その為に、或る云わむ方の無い迫力を以て私を撲《う》つのである。私の村人達への思いは、少しく嫉妬《しっと》に似ていた。

これには、彼等の間に殆《ほとん》ど貧富の差が存しておらず、それ故に労働が等しく共有せられていたと云う事実も手伝っていた。村の土地は、大半が周辺都市の富裕市民に買取られているらしく、私は一領主に因《よ》る包括的な支配と云ったものを此処《ここ》では殆ど感ずることが無かった。私のこの村に就いての印象が、何時でも記憶の巨川《こせん》の中に、偶然顔を覗《のぞ》かせた岩礁《がんしょう》の如く孤立しているのは、或いはこれが為であるかも知れない。

――然れば、教区司祭に就いてはどうであろうか。私は実際、此処幾日か、あのユスタスと云う司祭のことを考えていた。ユスタスは、成程初めの印象に違《たが》わず、月並な堕落した司祭に過ぎなかった。村人は皆この男を信ずること無く、一方でユスタスも、彼等を侮蔑《ぶべつ》して憚《はばか》らなかった。僧院には、予《かね》て二三の女が出入りしており、彼等は其処で終日淫佚《いんいつ》に耽《ふけ》っているらしい。彼を訪《と》うた際に私が出会した女達も、或いはこうした者等であったかも知れない。撞鐘《とうしょう》を始めとして、公事の多くは助祭が代って行っていると云う。ギョオムの婦《つま》に関するものは云うに及ばず、その外にもユスタスに纏《まつ》わる巷説《こうせつ》は枚挙に暇《いとま》が無い。酩酊《めいてい》は決して彼を去ることなく、村には、「あれだけ葡萄酒《ぶどうしゅ》をたらふく飲んでいれば、きっとユスタスの血は基督《キリスト》様の血と変る所がないだろう。」などと云う不謹慎な饒談《じょうだん》さえ氾《ひろ》まっている。成程、ユスタスの堕落は月並ではある。しかし、私が為には、その月並であることこそが、却《かえ》って疑わしくも思われる。それは、私が彼の姿に或る種の衰弱を認めるからである。そしてその衰弱は、嘗《かつ》ての放恣《ほうし》な生命力の残滓《ざんし》と、その将来に於《おけ》る蘇生《そせい》の予兆とを暗示せずには置かぬからである。酩酊は去らず、然りとて彼を狂痴へと導く力も有してはいない。秘めやかな淫佚《いんいつ》も、狂躁《きょうそう》の熱狂からは程遠い。加うるに、初めに私の心を惹《ひ》いた聖堂の祭壇でさえも、それを設《しつら》えたのがユスタスであると聞き知ってからは、その卑俗な凡庸さ許《ばか》りが眼に附いて最早《もはや》愛するを得なくなった。私は彼の生活を弁護する積は毛頭無い。にも拘《かかわ》らず、私が仍《なお》ユスタスの衰弱に興味を持つのは、それが、如何《いか》にも我々に親しいものであるかの如く想《おも》われるからである。彼の衰弱は、啻《ただ》に聖職者たるべき男が信仰に蒙《くら》い民衆の生活へと墜《お》ちてしまったと云うのみであろうか。どうもそうは想われない。それは、少なくとも私が為には、より甚だしい堕落から月並な堕落へと衰弱してしまったかに見える。尚《なお》精確に記するならば、或る本質的な堕落から周辺的な堕落へと衰弱してしまったかに見える。そして、それが私には、極《ごく》近い過去にユスタス個人に於て起ったことではなく、遥《はる》か以前より、我々総ての者に於て起っていることのように想えてならぬのである。恰もさかしまの堕罪であるかの如く。……私は己が邪推を疑った。何故と云うに、この刹那《せつな》、私の思考は理性の枷《かせ》を離れて、ユスタスの堕落を最も敬虔《けいけん》な修道院生活を送る僧侶《そうりょ》の姿に結ばむとしたからである。——

橋を渡ると、女が声を掛けてきた。既にして村には、私がジャックと懇意であるとの風説が流布《るふ》せられており、私も亦《また》人々のジャックに対する信頼の、四半分程度は担《にな》わねばならなくなっていた。事実この女も、ジャックの説教に因《よ》って回心した者の一人であった。

女は私に懺悔《ざんげ》の聴聞《ちょうもん》を求めた。村の中で、私は処《ところ》を選ばず屢《しばしば》こうした者に出会《でくわ》すことがある。これは、村にジャックの流儀の浸透した結果であった。ジャックは村人達に、何時如何なる場所に在っても、犯した罪を告白するようにと勧めていたからである。常のように、私は黙ってこれを諾《だく》し、聴き畢《おわ》ると、福音の詞《ことば》を二三授けて女と別れた。告白の中身は埒《らち》も無いものであったが、それを悔いむとする女の真《しん》摯《し》な表情が、怪しく鮮明に私の心を領《りょう》していた。

そして、私は復《また》ピエェルのことを思った。——

一体私は、単純な尊敬の念より、懼《おそ》るべき異端に対して盲目になっているのであろうか。……

こうした疑念に、己が胸裡《きょうり》に膨らむ迷いを幾度も閲《けみ》した。如何にも、里昂《リヨン》司教の云《い》う通り、ピエェルは信仰を有していた。彼は神の創造の偉大さを認め、この世界の歴然たる秩序を信じている。それは外でもなく、彼の窮《きわ》めむとする自然学の第一の前提である。私が彼の異端の疑に対するに、猶断乎《だんこ》たる態度を以《もっ》てするを躊躇《ためら》うのは、固《もと》よりこれが為であり、これに由って語られる所の錬金術の理論に、若干《そこばく》の魅力を覚える為である。そして、敢えて云うならば、其処にジャンを眼にした時より私を捕えて放さぬ、神の創造の全的な認識の可能性を示唆《しさ》せられたように感じた為である。私を悩ませて已《や》まぬその問題の解決が、錬金術の晦渋《かいじゅう》な森の奥深くにこそ秘せられているのではと疑われた為である。

しかし、啻《ただ》にそれのみではない。私はやはり、その孤峭《こしょう》の性を嘆じている。その超然たる態度を嘆じている。抑《そもそも》ピエェルには、或《あ》る不思議に異教徒的な雰囲気が在る。それは何であろうか。独り彼の為さむとする所にのみ負うているものなのであろうか。私が魅せられたのは、云うなればその尊大さである。しかし、私が懼《おそ》れるのも亦《また》、その同じ尊大さである。其処《そこ》には、私と彼との間に存する或る根本的な懸隔が認められるからである。

……舎へと戻りながら、私はふと、里昂《リヨン》で司教より借受け、旅立ち前に一読した『ヘルメス選集』の中の一説を思い出した。

「……そこで敢えて云おう、地上の人間は死すべき神であり、天界の神は、不死なる人間である、と。」

私は、斯様《かよう》な詞《ことば》がピエェルとの間に奈何《いか》なる聯絡《れんらく》を有するかは知らない。しかし、私がピエェルより得る所の驚愕《きょうがく》は、これが人をして感ぜしめる所と、存外違うものではなかったであろう。

□

その日から、私は屢《しばしば》ピエェルが居に往来した。

ピエェルは、私の訪問を厭《いと》わず、然《さ》りとて歓迎する風《ふう》でもなく、只《ただ》書棚に並べられた許多《あまた》の書物を肆《ほしいまま》に閲《けみ》するを許していた。蔵書の多くは写本であり、筆写は大アルベルトゥスのそれの如《ごと》き、端正で細かな文字を以《もっ》て為《な》されていた。私が為《ため》に取《とり》分《わけ》興味深く思われたのは、それらの頁《ページ》の余白に書き込まれた注釈の類《たぐい》である。その片々たる記述の群は、自然学に就いてのピエェルの理解が、奈何《いか》に深く精確であるかと云《い》うことの一つの証左であった。

私はそれに、新たな学問上の発見をすることさえあった。――とは云え、私の裡《うち》なる迷罔《めいもう》は猶《なお》一向に晴れることを知らなかった。

私は、或《あ》る呪縛《じゅばく》に擒《とら》えられていた。これを説明せむとするに、私は頗《すこぶ》る困難を覚える。強いて云うならば、呪縛とは即《すなわ》ちピエェル・デュファイそのものであった。

私は、ピエェルの家へと赴き、その傍らに在って書物に眼を通している間、彼の試みむとする所の作業が、疑うべくもない正当なものであるとの感を禁じ得なかった。しかし、一度《ひとたび》その居を離れて沈思するに、私の裡には、漸《ようよ》う敢《あ》えてこれに疑を挿《はさ》まむとする不安が萌《きざ》すのである。――それは無論、異端に対する不安であった。

私は、ピエェルの合理的精神を疑わなかった。彼の誌《しる》す所は、少なくとも一般の自然学に関する限り殆《ほとん》ど常に明晰《めいせき》であり、連綿たる実験の記録は詳細に渡り、その論攷《ろんこう》は炯眼《けいがん》の洞察に富んでいた。これは、巴黎《パリ》で呆《あき》れた愚説を弄《ろう》ずる多くの者等と交っていた私が為には、頗《すこぶ》る驚くべきことであった。しかし、神の秩序を解さむとするこの冷静な理性が、賢者の石と云う巨大な観念に対峙《たいじ》した途端、悉《ことごと》くその裡に呑《の》み込まれ熔《とか》し込まれてしまうことの不思議が、私には何としても理解出来なかった。これを思う度に、私は慄然《りつぜん》とした。何故《なにゆえ》と云うに、そのことの理由は解する能《あた》わずとも、私はそれを知らぬ間に自ら実感していたからである。

既にして幾度《いくたび》か、私は賢者の石の生成の可能性を駁《ばく》すべく、理論の構築を試みていた。しかし、終《つい》にその具体的な方法を講ずるに及ばなかった。奈何《いか》なる充実の時間に在っても、私はこの為事《しごと》に着手するやいなや、俄《にわ》かに或る虚《むな》しさに囚《とらわ》れるのである。そして、試みに幾つかの理論を立ててはみても、少しく時を経てそれらを検証すれば、必ずその無力に失望せしめられ、斯様《かよう》な企ては、固《もと》より不可能であったかの如く感ぜしめられるのである。成程、賢者の石が私の考える通りのものであるとすれば、私は殆ど奈何《いか》なる言葉を以てしてもこれを駁《ばく》することを得るであろう。にも拘《かかわ》らず、それが一向に儘《まま》ならない。言葉が其処《そこ》では、甚だ無力である。私が賢者の石と云う観念に触れむとするは、猶杓《ひさご》を以て火口の縁より熔岩《ようがん》を酌《く》まむとするかの如きであり、近附くだに能《あた》わず、達《とど》かず、其処に至れば即ち言葉は悉《ことごとく》燃え尽きてしまうのであった。

私は寡黙《かもく》たらざるを得なかった。能う限り慎重に詞《ことば》を択《えら》び、学問上の不明な点も、煩《はん》を厭わず自ら書の裡《うち》に答を求めた。私は何よりも、彼と論じ尽くすことを惧《おそ》れていた。その説の異端であるか否《いな》かを決するを惧れていた。熱烈たる護教家たりし、彼《か》の聖ドミニクスの修道会士たる私は。……

——が、こうした交りは、他方で私に彼の日常を窺《うかが》わせるを許していた。

ピエェル・デュファイの生活は、頗《すこぶ》る意識的に律せられたものであった。それは、朝起きて直《す》ぐの祈禱《きとう》に始まり、次いで盥漱《かんそう》し、一本だに残すことなく髭《ひげ》を剃《そ》り、作業を行い、正しく九時課の時間に正餐《せいさん》を採り、復《また》作業を行い、これを了《お》えて夕餉《ゆうげ》を採り、更に文献の研究に就いた後に、最後の祈禱《きとう》をして、藁《わら》を積んだだけの粗末な寝床に服を着た儘《まま》横になるまで、殆ど星の運行にも譬《たと》えられるべき精確さを以て繰返されていた。食事は、日に午《ひる》と夕との二度だけ採った。内容は、大麦や鴉麦《からすむぎ》の粗末な黒麵麭《パン》と空豆や豌豆《えんどう》とを中心としたもので、肉は一切含まず、香辛料も用いなかった。これらは皆、ギョオムが買い求めて調理したもので、総《す》べてを委《ゆだ》ねる代わりに、ピエェルは誤魔化された費用を不問に附しているらしかった。

私は一度だけ、ピエェルと正餐を俱《とも》にしたことがある。それがどう云う経緯であったのかは記憶しない。が、二人分の皿を準備しながら、ギョオムが然《さ》も訝《いぶか》し気に私を見上げていたことが印象に残っている。ピエェルは、食事の際には殊《こと》に厳しく人を遠ざけ、その食卓に就くを許さなかった。それは、ギョオムとて例外ではなかったのである。

作業を離れたこうした時に在っても、ピエェルの立振舞いには一向に変わる所が無かった。就中《なかんずく》ものを食べると云う行為に、彼は、窮《きわ》めて重要な意義を与えているらしかった。それは、食前の祈り《ベネディキテ》の敬虔《けいけん》さからも、食中の沈黙からも窺《うかが》うことが出来る。総ての動作が、甚だゆっくりと時間を掛けて為され、音一つ立てること無く進められてゆく。其処には、長い断食を了《お》えた人が、その最初の食事を口にせむとする時のような、畏《おそ》れにも似た静謐《せいひつ》と眼前の食物との真摯《しんし》な交りとが見えていた。生理的欲求は厳格に管理せられていた。然りとてそれは、貶《おとし》められ、抑圧せられていると云うのではなく、儀式的な型を付与せられることに因《よ》って、人に相応《ふさわ》しく高められていると云った風であった。この時食物は、ピエェルの為には慥《たし》かに外的で異質のものでありながら、猶体内に入るより以前に、早く既に同質性を獲得しているかのように見えるのである。これは、ピエェルが錬金炉に向かう時に、最も能《よ》く見られる所の、外界との不思議に充実した一体性の顕現であった。

この、一度きり倶《とも》に過ごした正餐の後に、ピエェルが何時《いつ》になく自ら口を開いたのを覚えている。話の中身は、金属の質料中に奈何《いか》にして黄金の実体的形相が生ずるかと云う問題に関してであった。それを詳《つまびらか》に記憶せぬことを私は憾《うらみ》とする。しかし、私が為に取分慥《とりわけたし》かに思い出されるのは、ピエェルが自身に就いて語った一つの逸話である。これは、私が彼の過去に就いて知り得た、殆ど唯一《ゆいいつ》の事柄であると云っても好《よ》い。

若年の頃、ピエェルは賢者の石の秘密を識《し》るべく諸国を遍歴していたらしい。或る時彼は里昂《リヨン》近郊の鉱山で監督の職に就いていた。此処《ここ》で過ごしたのは纔《わず》かに数年であったが、実際に日毎《ひごと》足を運んだ坑道の中で、ピエェルは錬金術の理論に係る幾つかの重大な発見をしたらしい。そして、物質に於る黄金の実体的形相の発生に関する確信を得たのもこの時であったと云うのである。

――私が聞き知ったのは、たったこれだけのことである。しかしその故《ゆえ》に、私のピエェルへの疑問は、以後、悉《ことごとく》此処にその源を求めむとするようになった。例えば、未《いま》だ私の信ずること能わざる彼の生活の費用の如きも、その一つである。そして就中、後に看《み》る所の彼の不可思議な行動に於ても、私はそれを解さむと、此処にアリアドネの糸を求めるのであった。

□

私がピエェル・デュファァイを訪《と》うのは、殆《ほとん》ど何時《いつ》も午前の中《うち》か、正餐《せいさん》を了《お》えた日昃《にっそく》の頃である。これは一つには、誰《た》そ彼《がれ》時になるとピエェルが多く家を空ける為《ため》であった。

その居に通い始めた頃、私はこれを何等《なんら》気に留めてはいなかった。家を訪ね、居なければ偶然のことと思うまでである。しかし、幾許《いくばく》かの時を閲《けみ》するうちに、私はこのことを不思議に思うようになっていた。と云《い》うのも、上に記したようなピエェルの厳しく律せられた生活の中で、この外出だけが殆《ほとん》ど情の赴く儘《まま》に何時でも不規則に行われていたからである。或《あ》る夕刻のこと、丁度初めて逢《あ》った日と同じように、私は森の中から戻って来るピエェルに出会《でくわ》した。私が愕《おどろ》きを禁じ得なかったのは、ピエェルの面《おもて》に、嘗《かつ》て看《み》なかった程の憔悴《しょうすい》がありありと現れていたことである。私は覚えずそのことを問うた。しかし、ピエェルは応《いら》えなかった。更に語を継ぎ、私は何故《なにゆえ》に森に這入《はい》ったのかと云うことを問うた。常ならず、敢《あ》えてこうした慎みを欠いた質問をも為《な》したのは、この時既に、彼の夕刻の外出に就いて幾つかの埒《らち》も無い詮索《せんさく》を巡らせ、平生心を惑わせていたからである。加之《しかのみならず》、この森には悪魔の往来があるとの噂《うわさ》が聞かれ、村人達は他の入会地とは違い、絶えて此処《ここ》には近附かなかったからである。ピエェルが、これを知らぬとは想《おも》われなかった。知りながら、猶《なお》森に這入らねばならぬ理由を私は識《し》らむと欲したのである。

彼は、やはり色を変えずに黙っていた。そして、程経た後に、唯《ただ》一言、「第一質料の為だ。」と応じ、私を残して家の扉を閉ざしてしまった。——

私は姑《しばら》くの間、これに一応の満足を得ていた。此処《ここ》に云う第一質料とは、アリストテレスのそれとは多少異なる、錬金術に独特の意味を有するもので、ピエェルの言《こと》に屢《しばしば》聞かれるものであった。ピエェルは、これが広く至る所に遍在《へんざい》すると説いていた。それ故《ゆえ》私は、森に赴くのも、その探求の為であろうと考えたのである。

しかし、私の裡《うち》には再度《ふたたび》疑が萌《きざ》してきた。斯様《かよう》な理由は、外出そのものを説明しても、ピエェルが何の計画もなくそれを為すことに就いては、一向に語らぬからである。加えて、仮にこれが事実であったとしても、是非とも夕刻でなければならぬとは考えられなかったし、何よりも今行っている作業が畢《おわ》らぬうちから、次の第一質料を求めむとすると云うことが、私には如何《いか》にもピエェルに相応《ふさわ》しからぬことと思われたからである。……

——私がその真相を識るに至るまでには、凡《およ》そ以上の如《ごと》き経緯が在ったのである。

さて、或る日のことである。

その日はピエェルを訪ねる積《つもり》もなく、私は午後の時を自室の裡《うち》にて過ごしていたが、思いの外早く書を読み了《お》えた為に、今一冊を借りむと夕さりつ方より舎《やど》を跡にした。

昊《そら》を流れる、剝《は》げ落ちた樹皮のような雲を映じて、小川の水面《みなも》が、落霞《らくか》に妖《あや》しく赫《かがや》いていた。日は未《いま》だ沈み遣《や》らぬが、既にして残雪の如き月が懸かっている。西の昊には金星も見えている。

橋の先のギョオムが家の庭では、ジャンが常の遊戯に耽《ふけ》っていた。縄に軋《きし》む条枝が卑《いや》しく嘲笑《ちょうしょう》する下で、少年の面《おもて》は、この日も音のせぬ暗い穴と其処《そこ》から突き出した長い舌とに領せられている。背後に茨《いばら》の茂みが見え、幾本かの林檎《りんご》の木が見える。

私はふと、傍らに立つ女に眼を向けた。女は、時折足下の鳩《はと》に餌《えさ》を与えながら、憎《ぞう》悪《お》の籠《こも》った冷淡な視線を少年に瀉《そそ》いでいる。村人の云うに違《たが》わず、眉間《みけん》の広い美しい顔をしている。が、その美しさそのものが何処《どこ》かだらしない。それは或いは、長衣《ソクニィユ》の大きく開いた胸元が、私が為には、肉欲の発露を暗示しているが如く想われた為かも知れない。私は、女の厚い口唇《くちびる》に眼を止めて、先日見た夢のことを思い出した。そして、俄《にわ》かに不快になった。

足早にその家の前を立去ると、私はピエェルの許《もと》へと急いだ。暫《しばら》く行くと、丁度家を出て森へと向かう彼の後ろ姿が見えた。私は声を掛けむとした。そして、少しく思案した後にそれを已《や》め、気附かれぬように跡を辿《たど》ることとした。こうした所業が恥ずべきことであるとは十分解《わか》っていながら、私は最早《もはや》それに及ぶを禁じ得なかった。取分《とりわけ》、この時の私を駆り立てたのは、私の肉を血のように迅速に巡った或る濃密な予感であった。

ピエェルは、棟《むね》の裏から森に入《い》ると、時折周囲に気を配りながら、南東の方角へ向かって歩き始めた。私は、少しく距離を置いて跡を追った。常より幾度となく踏《ふみ》締《し》められている為か、足元には一条の行蹊《こうけい》が出来ている。右手に灯《とも》る幽《かす》かな蠟燭《ろうそく》の焰《ほのお》を頼りに、ピエェルは、それを辿《たど》って行くのである。

森の中は既にして薄い闇《やみ》に閉ざされていた。私の姿が見附からなかったのも、懼《おそ》らくはその為であろう。蟬《せみ》が啼《な》き、禽《とり》が鳴いていた。その音の響くほどに辺りの静けさが感ぜられる。頭上は厚く条枝に覆《おお》われており、稀《まれ》にそこから木の葉や虫豸《ちゅうち》の類《たぐい》が降り懸《かか》って来る。又、蜂《はち》とも虻《あぶ》ともつかぬものが何処からともなく飛んで来ることもある。私は、成程此処《ここ》ならば、悪魔がその姿を現すと噂せられるも故無きことではあるまいなどと考えていた。と同時に、嘗《かつ》てこの森に大火の幻を見たことを思い出した。すると、存外平気で足を踏み入れたのが、俄かに不安になってきた。心成しか、頰に熱を感じたように思った。

――私は要するに、焼《く》べられたばかりの薪《まき》と云うことか。……この時、前方の燭《しょく》華《か》を見遣って、その華弁が散らむとするのに、思わず声が洩《も》れ掛けた。火は少しくうねっただけであった。

私は背に汗を感じた。これは独り歩行の為のみではなかった。流れる汗に、私は何か知ら魔的な質を想った。溢《あふ》れ出し、背筋を伝わるその跡が、黒ずんだ鋭利な爪《つめ》を以《もっ》て引かれた一条の創傷のように感ぜられたからである。

森の気は、既にして何者かが吐き出した後のものであるかの如く、私が為には頗《すこぶ》る息苦しかった。瘴気《しょうき》とでも云うべきであろうか。息をする度に、身中が冒されゆくような不快を感じた。……私は無論、引返すことも考えた。しかし、その都度表現に難い或る不気味な力に促されて、猶《なお》しも前へと進まざるを得ぬのであった。

暫《しばら》く行くと、ピエェルが川を渡る音が聴こえてきた。この川は、村を二分する件《くだん》の流渠《りゅうきょ》であるには違いないが、より厳密に云えばその支流であり、森の出口附近で本流と一つになるのである。これは、後に知りたる所である。私は音を立てぬように注意しながら、どうにかそれを渡りきった。水に浸ったのは脛《すね》の中程までに過ぎなかったが、その時節に外れた冷冽《れいれつ》さは、遍《あまね》く全身を浄《きよ》めるかのように思われた。

奥へ行くにつれ、闇は濃くなっていった。奈何《いか》許《ばか》り進んだのかは解らない。振り返っても、暗がりの裡《うち》には、格子《こうし》の如く樹木の聯《つら》なるのみである。軈《やが》て灯《ともしび》は石灰岩の壁の前に止まった。これは、村より東の一帯に見えていた険峻《けんしゅん》な峰巒《ほうらん》の麓《ふもと》に丁《あた》るのであろう。ピエェルは、此処《ここ》で復《また》幾度も頭《こうべ》を巡らせて、周囲を確認した。次いで、その右手が挙がった。燭《しょく》が照らし出したのは、岩壁に開いた洞窟《どうくつ》の口である。裂傷の如く、縦に細長く菱形《ひしがた》に開いた穴は、辛うじて人がひとり通れる程の幅であり、その周りが絡《から》み合う蔦《つた》に因《よ》って隈《くま》無く覆《おお》われている。内部は又別の闇が閉ざしており、刮目《かつもく》するに奥へ行く程穴が狭くなっているように見える。

　ピエェルは、蠟燭を長い新しいものに取替えた。そして、懐《ふところ》から残りの蠟燭と付木とを取出し、それらを慥《たし》かめると、火を前方に掲げて洞門を潜《くぐ》った。

　私は身を隠していた大木の陰から出て、その行方を眼で追った。そして、此処で今一度逡巡《しゅんじゅん》した。ピエェルが跡を追わむとする意には変りはなかった。しかし、洞門の奥の闇が、私をして猶《なお》此処《ここ》に止《とど》まらしめたのである。怯怖《きょうふ》であるには違いなかった。しかし、それは啻《ただ》に、未知の闇への不安にのみ由《よ》るのではなく、寧《むし》ろ其処《そこ》に備わった何か優しく私を誘うような力の、云うなれば或るゆかしさの持つ不気味さに由るものであった。それから逃れむとするほどに、私は一層その奥へと下《くだ》って行かむとする欲望を募らせていった。

　そして、終《つい》にそれに抗し敢えなかった。

彼方《かなた》に小さくなってゆく火を、私は何故か知ら懐《なつ》かしく思った。そして、夢中でその跡を追った。唯追った。私は、眩暈《めまい》の裡に闇と焰とが遥《はる》かに霞《かす》んでゆき、それが私を包むようにして迫りながら、尚遠芳《なおえんぽう》の如くに逃れむとするのを眺めていた。……そして、それに向けて覚えず足を進めていたのだった。

□

――程経て、私の意識は多少慥《たし》かになった。

洞窟《どうくつ》の内部は、湿潤にして寒冷であった。

私は長い鬱紆《うつう》たる狭路を抜け、天井の高い、道幅の広い場所に出た。ピエェルの姿を見失ってはいなかった。これに私は少しく安堵《あんど》した。既にして入口は遥《はる》かに遠く、此処《ここ》からは、顧《かえりみ》てもその翳《かげ》だに見ることが出来ない。外界の光は絶えて届かず、洞内に灯《とも》るのは、独り彼の掲げる幽《かす》かな燭《しょく》の明かりのみである。周りの様子は、纔《わず》かにこれが照らし出す所を以《もっ》て知られる。前方には、迮《い》て附いた瀑布《ばくふ》の如《ごと》き岩壁が見える。頭上で一度《ひとたび》大きくうねった後に、猛然と、一挙に地へと流れ込まむとするかのようなその様は、本来の、遅緩《ちかん》たる形成の時間を廃して、或《あ》る瞬間的な形象の成就《じょうじゅ》を想《おも》わせる。轟音《ごうおん》は流れの裡《うち》に呑《の》まれ、流れは亦象牙色《またぞうげいろ》をした潤《うるお》った岩の沈黙に封ぜられて、その下で打顫《うちふる》えているかのようである。この岩壁を左右に等しく配して、中央には唯闇《ただやみ》の存する許《ばか》りである。杳《よう》として先は知れない。その一方で、私が許《もと》にも光は殆《ほとん》ど及ばない。剰《あまつさ》え、石筍《せきじゅん》の隆起を須《ま》って俄《にわ》かに足下の起伏が激しくなり、私は幾度《いくたび》も地に両手を着かねばならなかった。

奇とすべきは、私はこの時、明かりを求めむと可成不用意にピエェルに近附いており、猶且《なおかつ》石に躓《つまず》き、洞内にその音《ね》を響かせることも度々であったにも拘《かかわ》らず、ピエェルが、終《つい》に後ろを振り返らなかったことである。

私には、ピエェルがその都《すべ》てに気附かなかったとは考えられない。然《さ》りとて、気附いていながら、敢《あ》えて気附かぬ風をせねばならなかったとも思われない。一体、これはどう云うことであろうか。

気附かなかったのであろうか。或いは私と同様に、ピエェルも亦、或る抗し難い力に引き摺《ず》られるようにして、その先へ、更にその奥へと進まざるを得なかったのであろうか。……固《もと》より彼が、彼程《かほど》に人目を憚《はばか》り此処に至ったのである上は、気が附けば径《ただ》ちに私を遠ざけむとした筈《はず》である。――否《いや》、しかし、然程《さほど》に注意を払っていればこそ、やはり気附いていたと考える方が道理ではあるまいか。……気附いていたのか。気附いていながら、私を猶《なお》偶然に其処へと導かむが為に、敢えて振り返り、声を掛けることをしなかったのであろうか。……

そして孰《いず》れにせよ、私は慥《たし》かに其処に導かれたのであった。

此処まで私は、前後を覚えず、唯ピエェルの行くが儘《まま》に歩みを進めていたが、それでも漸《よう》う地下深くに沈み行くことだけは解《わか》っていた。径《みち》は常に下へと向かっており、それと併せて、中途に二三尺《ピエ》程の段差が幾つも在った。私の息は少しく荒かった。先に通った広い径《みち》から、再度《ふたたび》狭路に入ってより、既に久しく歩いている。低い天井を伝わる水は絶えず私の頭皮を濡《ぬ》らし、地下川の細流は足下を濡らしている。深閑とした洞内には、石より滴《したた》る雫《しずく》の音《ね》が、鼓動の如く、規則的に響いている。汗が冷め、私は俄《にわ》かに悪寒《おかん》を覚えた。ピエェルは猶顧ない。その歩調も乱れない。唯時折消えそうになる明かりの為《ため》に、纔《わず》かに立ち止まる位のものである。

歩きながら、私は、先程択《えら》んだ一つの岐路のことを考えていた。そして、驟然《しゅうぜん》と股栗《こりつ》するを禁じ得なかった。私はそれを、標《しるべ》も知らずに択んでいるのである。此処勿論《もちろん》斯様《かよう》な単純な不注意は、自分が此処より生きて帰り得るであろうと云う期待に疑を挿《はさ》んだのであった。までそうした岐路が幾つ有ったのかさえも覚束無《おぼつかな》い。悔んだとて詮無《せんな》きことではある。が、これに気附いた時、私は始《はじめ》て、自分が此処より生きて帰り得るであろうと云う期待に疑を挿《はさ》んだのであった。

……それから、水流の稍《やや》多き所に至るに及んで、次第に途《みち》が開けていった。前方に幽かな光が見えている。或る種の蚋《むし》が、収められた掌《たなそこ》の裡にて放つような微弱な光である。私はそれを、蠟燭《ろうそく》の焔《ほのお》かと疑った。しかし、どうもそうではないらしい。

光は曖々《あいあい》として彼方《かなた》に罩《こ》めている。

途は軈《やが》て、ゆるやかな拡大を経て、俄《にわ》かに洞闢《どうびゃく》した。見上げむ許《ばか》りの天井は猶《なお》闇の裡《うち》に隠されていたが、底より昇る仄《ほの》かな光に因《よ》って、垂れ下がった無数の鍾乳《しょうにゅう》石《せき》が宙《そら》に浮かんでいるのが見える。下には遍《あまね》く水が湛《たた》えられ、その面を毀《やぶ》り、鍾乳石に精確に応じて石筍《せきじゅん》が伸びている。中には、それらが合わさって既にして一本の柱を成したものもある。老若《ろうにゃく》は、その状《かたち》から推せられた。若いものほど、中程が握り締められたように細くなっているからである。最も古い類《たぐい》のものは、状も飯櫃《いびつ》で一塊の小山のようになっている。そうかと思えば、又、石筍が水底《みなそこ》に沈んだ儘《まま》、上なる鍾乳石許《ばか》りが巨大に膨らんだものもある。――そして今、それらの孰《いず》れもが、閴《げき》として鏡のように磨かれた水面《みなも》の上に、幻《まぼろし》の如《ごと》、映じている。滴石の潤《うるお》った皓《しろ》い膚《はだ》は、光に因《よ》って黄金に染まり、黒翳《かげ》に因って深く蝕《むしば》まれている。

許多《あまた》の滴石の中心には、そして、一際《ひときわ》大きな石筍《せきじゅん》が屹立《きつりつ》している。光の源は此処《ここ》であるらしい。だが、正にその発する所は、ピエェルの魁梧《かいご》な体軀《たいく》に因って隠されている。背後に立ち尽くす私は、暫《しばら》くその本源を見ずして、ピエェルの陰から逃れたる所を、即《すなわ》ち、発光するものの周囲に構えたる所を眺めていた。

——それは、次の如き様である。

石筍は、真直《まっすぐ》上方に伸び四半分程を剰《あま》して一度《ひとたび》括《くび》れた後に、一層大きく膨み、その儘緩やかに先端を結んでいる。対を成す鍾乳石も殆ど同じ形である。丈は各《おのおの》が人の三倍もあろうか。二つの滴石は、将《まさ》に触れ合い、熔《と》け合わむとする刹那《せつな》の所で、纔かに指二本分程の隔たりを保っている。間隙《かんげき》は存在の予感に閃《ひらめ》き、爛熟《らんじゅく》し、存在以上の充実した緊張を孕《はら》んでいる。

石筍を支える台は、熔《と》け流れた蠟《ろう》の如く波を打って凝固している。水の上に少しく露《あらわ》に覗《のぞ》いたその表面は、石筍《せきじゅん》の附根より水面に至るまでを、薔薇《ばら》に因《よ》って覆《おお》い尽くされている。無論洞内で華など見る筈もなく、これらの薔薇はこの一箇所にのみ奇妙にして咲き出でたものである。華はどれも開かむとする刹那の様で、今し方切った許りの肉の断面のように緋《あか》い。辺りはその香に馥郁《ふくいく》と匂《にお》い立ち、後に来《きた》る開華の瞬間を予告している。そして、それら渾《すべ》ての上には、光が面紗《ヴェイル》のように仄《ほの》かに垂れている。……

――それは、如何《いか》にも不思議な光であった。稍《やや》在って、私は些《いささ》か冷静さを取戻し、傍らの岩場に躰《からだ》を収めた。これは一つには、光の発する所のものを自身の眼で慥《たし》かめむとする為であった。

さて、視点が横に動くにつれ、私の眼には、漸うその光の源が露《あらわ》になっていった。私は、下《しも》に叙する事柄に就いて、延《ひ》いてはこの洞窟に関する凡《すべ》ての記述に就いて、人がこれを幻覚に過ぎぬと誹毀《ひき》するとしても、敢えて駁《ばく》することを得ない。私は慥かに見たには違いない。しかし所詮《しょせん》、見たに過ぎぬと云うならば、やはり言《こと》に窮するであろう。或いは、村人の云う通り、森の中には悪魔が居り、私も亦、その術に惑わされてしまったのだと謗讒《ぼうざん》せられるならば、甘んじてそれを認め、主の御前《みまえ》にて己の弱さを懺悔《ざんげ》しても構わない。それでも、私の見た所のものが、この世界に実在したのだと考えるよりは、どれ程願わしいことであろうか。巨大な石筍《せきじゅん》の上には、腕が見える。乳房が見える。項垂《うなだ》れた顔が見え、腰には陽物が見えている。衣服は一切纏《まと》わずに、唯その頭に、茨《いばら》と蛇とが複雑に絡《から》み合った冠を戴《いただ》いただけである。茨の華は足下のそれと同様に開き遣《や》らぬ儘緋《ままひ》色《いろ》に赫《かがや》き、蛇は頭を一周して、額《ひたい》の上で自らの尾を嚙《か》み、結んでいる。肘《ひじ》から先と、膝《ひざ》から下とは石の中に埋まっていて、背《せな》も亦、石に附着しているようである。仔細《しさい》に見れば、腕と腹部との隙にも、又、両脚の隙にも石が浸透している。

陰嚢《ふぐり》の奥からは、懼《おそ》らくは其処《そこ》に在るであろう陰門より入《い》って、肉体を貫き、項《うなじ》へと突き出した、飾りの多い杖《つえ》のようなものが見えている。これにも亦、茨と蛇とが絡んでいるが、此処《ここ》では蛇は二匹いて、それらが互いの尾を嚙合っている。項を毀《やぶ》って出た杖の先端は、これが在る所の石筍がその儘《まま》小さく鋭利になったかのような、槍《やり》の如き状《かたち》を呈している。それとは逆に、陰門より下った柄の末尾には、より複雑な細工が窺《うかが》われる。先端には、鶏卵一個分程の球が在る。その上に、円と菱形《ひしがた》とを組合わせた標《しるし》が見えている。円はその内部を縦長の楕円《だえん》状に刳貫《くりぬ》かれていて、菱形は、この楕円に四つの頂点を接するようにして嵌込《はめこ》まれている。菱形の内部も亦、左右の頂点に近附くほどに肉が厚くなるように、水平な対角線の短縮せられた、角の取れた菱形状に刳貫かれている。これらの種々の形は、上下の二点のみを共有しており、この二点を、杖より伸びた一本の線が貫通している。

肉体は、その豊かな乳房に最もありありと窺い得る所の優美さと、腹部や肩に顕著に現れたる所の堅強さとを備えており、これら相反する二つの性質の如何《いか》にも危うい均衡を、この一本の杖が統御し、繋《つな》ぎ止めていると云った様子である。遍身《へんしん》の筋肉は厳しく緊張している。肉体は将に今、石から産まれ出《い》でむとしているかのようであり、又、石に吸収せられむとするを耐えているかのようでもある。だが一方で、この運動への志向は、乳房を中心とする脂肪の争《あらが》いに因《よ》って鎮静せられている。憤怒《ふんぬ》する筋肉は、脂肪に抱擁せられて行動の一歩手前に踏み止《とど》まっている。脂肪は何よりも静謐《せいひつ》と停滞とを志すからである。

対立は、その面貌《めんぼう》にも見えている。閉ざされた瞼《まぶた》は、苦痛の故《ゆえ》とも、眠りの故とも判ずるを得ない。眉間《みけん》に仄《ほの》めく数条の皺《しわ》は、愁《うれ》いと快楽とを両《ふた》つながらに予感させ、その謎《なぞ》を、際立《きわだ》った鼻準《びせつ》の直線の裡にあずけ、永遠に隠してしまう。瞼際《けんさい》は締まり、顎《あぎと》の曲線は熟し遣らぬ果実のように滞らない。それらを覆い侵さむとする髪は、叢《むら》がる爬虫《はちゅう》類の如、又、甕《かめ》より零《こぼ》れる清水のようでもある。

——そして、これらは渾て金色《こんじき》に輝いている。

石像であろうかと云う私の疑は、径ちに廃せられた。私には、訣《わけ》も無く、これが生きていると云うことが慥《たし》かに感ぜられたからである。然《さ》ればこれは一体何であろうか。人間であろうか。或いはそうであるやも知れぬ。しかし、人間であったとしても、それは男でもなく、女でもなく、且《かつ》、男でもあり、女でもあるのである。斯《かく》の如きを以て、人間と呼ぶことが出来るであろうか。次に私はこう考えた。この、石に縛《いまし》められたる所のものは、巷説《こうせつ》に聞く錬金術の人造人間《ホムンクルス》ではあるまいか、と。これは些《いささ》か、辻褄《つじつま》の合う話かも知れない。しかし、こう想うと更に私の憶測は進んで、或いはこれこそは、天より隕《お》ちた黎明《れいめい》の児《こ》なる明星、神の雷霆《いかずち》に撃たれた堕天使そのものではあるまいかと云う考えに至った。——が、これも私には信ぜられなかった。その姿は、悪魔たるには美し過ぎた。だとすれば、天使であろうか。……

私は眩暈《めまい》を覚えた。然れどその発する所の光は如何にも微弱であり、恩寵《おんちょう》たるには暗過ぎた。そして、肉体は何処《どこ》か知《し》ら不完全で、劇《はげ》しく対立する性質に、今にも引裂かれむとしながら、辛うじて解体を免れているかのようであった。

この両性具有者《アンドロギュノス》には、慥《たし》かに、若さと云うものに存する、或る種の明快さが在った。しかし、その若さそのものは、懼《おそ》らくは何百年、何千年と云う鉱物的な遅々たる成長を以て、云うなれば、老ずることを以て得られたのであろう。何故《なにゆえ》と云うに、その顕現する所の明確さには、既にして裏側から晦匿《かいとく》が迫っているからである。晦匿に因る難解さとは、一つの衰耗に外ならない。そして、衰耗とは即ち、老である。若さとは固より、表面に止まるべき質のものであり、故に、抑《そもそも》裏側と云うものを有さず、裡《うち》に深まることが即ち、表面の無限の体積であり、奈何程《いかほど》に内部へ浸透しようとも、その達する所は常に表面に在る所のものと同様であらねばならぬのである。この力強い単純さは、しかし、何と脆《もろ》いものであろうか。丁度、屢《しばしば》純粋の金属が合金よりも壊れ易《やす》いように。——だが、今私の眼前に在る両性具有者《アンドロギュノス》の肉体は、それとは反対に、丹念に老を重ねることに因って成っているのである。それが為に、若さが本来備えている筈の凋落《ちょうらく》の予感を知らない。老いることが即ち、若さそのものを完成せしめるのである。老が若さに先んじて、尚《なお》若さの後に連続しない。若さの先には、唯若さそのものしかない。老いることこそが、肉体を完《まった》き若さへと至らしめむとするのである。……

私は眼を転じてピエェルを見遣《みや》った。

水辺に佇《たたず》み、それを打目守《うちまも》っていたピエェルは、この時ゆくりなくも前へと進み始めた。水の面に映じた許多《あまた》の滴石が砕けて、鬱金《うこん》の破片が野火のように氾《ひろ》がっていった。洞内は、その波紋の翳《かげ》に揺れている。水は低く、纔《わず》かに膝の上までを濡らしただけである。

中心の石筍《せきじゅん》に至ると、ピエェルは薔薇《ばら》の華々を踏み分けて、石の人の前に立った。そして、石筍に埋まった膝から項垂《うなだ》れた頭に至るまでを熟々《つくづく》と眺めた。低い嘆息が響いた。表情は窺い得ない。軈《やが》て打顫《うちふる》える両腕を伸すと、ピエェルは手の甲で静かにその髪を払いながら、両性具有者《アンドロギュノス》の頬に触れた。それから、顔の上には二本の拇《ぼ》指《し》のみを留《とど》めて、頤《おとがい》の線に沿いゆっくりと両の掌《たなそこ》を這《は》わせ、他の指を皆その下に隠した。続いて、残った拇指が鼻翼より発し、口唇《くちびる》の上を撫《な》でて、顎《あぎと》の先端に止まった。手は更に滞ることなく、頸《くび》を這い、肩を撫で、乳房の曲線をなぞり、腰を流れて、男根に至った。ピエェルはそれを手中に収めた儘《まま》、今度は乳房の脇《わき》に口唇を押し当てた。そして、その儘前に屈《かが》んで男根に接吻《せっぷん》し、陰嚢《ふぐり》の裏を探って女陰を慥《たし》かめると、手を引いてそれに触れた指に口を附けた。

――冷艶《れいえん》な肉体を前にして、ピエェルは恭《うやうや》しく一連の動作を済ませた。上なる鍾乳石から瀝《したた》った一滴の雫が、石筍《せきじゅん》を伝って両性具有者《アンドロギュノス》の肩に落ちた。……

私は襟元が汗に濡れるのを感じた。これは、啻《ただ》に緊張の為のみではなく、洞内の異常な温度の為でもあった。洞門を潜《くぐ》って此処に至るまで、寒さに顫《ふる》えることはあっても、暑いと感ずるようなことは絶えてなかった。それが、あの巨大な石筍を眼にした時より、次第に遍身《へんしん》に温《ぬく》もりを覚えるようになった。そして何時《いつ》しか、汗も已《や》まぬ程の熱を感ずるに至ったのである。私は、外界の空気を欲した。この熱は、私が為には奇妙に懐《なつ》かしく、又、息苦しくもあった。――それは丁度、体温に似ていた。

ピエェルは、石筍を跡にすると再度《ふたたび》もとの水辺に立った。そして、懐《ふところ》より新しい蠟燭《ろうそく》を取出すと、それに残りの火を移した。

私は無理にも襟《えり》を開きながら、ぼんやりとこれを眺めていた。この時私の裡に蘇《よみがえ》ったのは、魔女の儀式に就《つ》いて語ったジャックが言《こと》であった。私は、偏狭なジャックの話を多く聞き流していたが、その異常さの故に、夜宴に於《お》ける瀆神《とくしん》の儀式に就いてのみを記憶に留《とど》めていた。その忌《い》まわしい内容を、此処《ここ》で詳《つまびらか》にはしない。

私の記さむと欲するのは、彼等が儀式の始めに悪魔の臀部《でんぶ》に接吻をし、それを以て夜宴に参加するを許されると云う一事のみである。この洞窟《どうくつ》内には、無論、私とピエェルと、あの両性具有者《アンドロギュノス》との外には誰も居ない。此処《ここ》で夜宴が開かれると云《い》う気配は無く、仮に有るとしてもピエェルが斯様な莫迦気《ばかげ》た集《つどい》に参加するとは思われない。ピエェルは、乳房と、二つの性器とには接吻をした。しかし、終《つい》に臀部には接吻をしなかった筈である。……にも拘《かかわ》らず、私はピエェルの為《な》した所と所謂《いわゆる》魔女の儀式との間に或る正体の知れぬ聯絡《れんらく》を認め、慄然《りつぜん》とせざるを得なかった。ピエェルは、この時慥《たし》かに、この世ならぬ何ものかに参与しているかのように見えたからである。

闇《やみ》に灯《とも》った細い焔の翳《かげ》が、ピエェルの憔悴《しょうすい》した面にゆらめいていた。疲労の痕《あと》には、しかしながら、再生の力強い予感が洋溢《よういつ》していた。

ピエェルは私の傍らを過《よぎ》って帰途に就いた。私は猶《なお》此処に留まって自らあの不思議な、男であるとも、女であるとも、又、人であるとも、動物であるとも、悪魔であるとも、神の御遣《みつか》いであるとも判じ得ぬ所のそれに就いて撿《けみ》するを欲した。しかし、これは断念せられた。私は兎《と》に角《かく》、一刻も早く外へ出ねばならなかった。理由は解らない。唯訣《ただわけ》も無く、それがほんの僅《わず》かでも遅れるようなことがあれば、私は此処から二度と逃れ出ることが出来ぬように想《おも》われていたのである。――

漸《よう》く洞戸に至った時には、既に夜であった。闇は何時しか地下より這い出て、森の中でその巨体を肆《ほしいまま》にくねらせていた。私は岩陰に潜んで、ピエェルの燭《しょく》の明かりが見えなくなるのを待った。意識は醒《さ》めていた。――兎に角、早まってはならぬのである。森の中ならば、縦《たと》い迷ったとしても大事には至らぬ筈《はず》である。ピエェルは、此処《ここ》では後《うしろ》を顧るであろう。そしてその時にこそ、間違いなく私を発見するであろう。――こう、自らを戒めながら。……

静謐《せいひつ》の底で、私は遠ざかって行く光を目守っていた。

背《せ》から、冷気が流れて来た。

頭上では、穹蓋《きゅうがい》を掻《か》くような禽《とり》の音《こえ》が、跡切《とぎれ》々《と》々《ぎれ》に鳴り響いている。

夜は、重く、生温《なまあたたか》い、獣のような寝息を吐いていた。

この日と丁度相前後する頃より、村では奇妙な間歇熱《かんけつ》が流行し始めた。最初の死者が出たのは、洗礼者聖ヨハネの祝日の二日後のことである。その翌日に更に一人が死に、二日を置いて今度は一時《いちどき》に三人が死んだ。

村人等は、これを聖アントワヌの火の病と呼んでいた。名のみ高く今に至るまでこの疾疫《しつえき》の奈何《いか》なるものかを識《し》らぬ私は、名称の正誤を論ずるを得ぬが、兎《と》に角《かく》、村を襲った奇病は巷説《こうせつ》に云《い》うそれに匹敵する勢いで瞬《またた》く間に幾多の肉体を蝕《むしば》んでいった。

——病は亦《また》、精神にも及んだ。村人は既に久しく冷害に因《よ》る貧困に喘《あえ》いでいた。其処《そこ》へこの間歇熱が忽然《こつぜん》と氾《ひろ》がり始めたのである。

村の至る所で詰まらぬ争いが起き、夜々の酒宴は狂的になり、艶笑婦《えんしょうふ》が閨《ねや》から閨へと渡り歩いた。彼等は一年分の葡萄酒《ぶどうしゅ》を全《すべ》て飲み尽くさむとしていた。その一方で、貪《むさぼ》るような信仰が起こり、ジャックや私の許《もと》を絶えず村人が往来した。これらは皆、初めの死者が出るに及んで、俄《にわ》かに堰《せき》を切ったように旺《さか》んになったことである。

村人は、嘗《かつ》ての黒死病《ペスト》の猖獗《しょうけつ》を想起し、その記憶に怯《おび》えていた。記憶は又、人々の不安を食って、ひとりでに肥《ふと》っていった。——然《さ》りとて、彼等をして斯《かく》も惑乱せしめたる所以《ゆえん》は、猶《なお》この外に求めるべきであった。

この間歇熱の流行と時を同じくして、村には或《あ》る風説が流布《るふ》せられ始めていた。それはこうである。日毎《ひごと》、落霞《らくか》に染まる夕刻の西の穹《そら》に、巨人が現れると云うのである。私は、それを実見したと云う者等の詞《ことば》を集めて、風説の中身を識るに至った。彼等は巨人を形容せむが為《ため》に頗《すこぶ》る多言を費やした。その語る所は俄かに信を置く能《あた》わざるものであったが、猶其処《なおそこ》には驚くべき幾つかの一致が見られた。その一つは、村人が執拗《しつよう》に巨人の大きさを強調することである。彼等の云うには、我々は頭《こうべ》を左右に巡らすことなしには巨人の脚一本の幅をだに測ること協《かな》わず、体毛は樹木の如《ごと》く、穹《そら》はその下半身のみを以《もっ》て埋められ、腰から上は、遥《はる》か雲上に隠れてしまうらしい。更に今一つは、巨人が必ず男女の二体で出現し、丘壟《きゅうろう》の彼方《かなた》で、獣のように激しく交り合うと云うことである。この時これを見た者は、必ず嵐《あらし》のような轟音《ごうおん》を聞くらしい。

この風説が未《いま》だ人の知る所となるより前に、私の許を訪れた或る婦人は、懺悔《ざんげ》の詞にこう云った。

「……私は何という懼《おそ》ろしいものを見てしまったのでしょう。それは二人で、しかも、……うしろから交っていたのです！」

私はこれを自ら慥《たし》かめるを得なかった。しかし、風説には更に続きが有り、それに就いては実験していた。この巨人の出現には、必ず豪雨が続くのである。雨は、日没後間も無く始まって、一晩雷鳴と倶《とも》に降続け、夜明け前に驟然《しゅうぜん》と已《や》む。そして、旭日曈々《きょくじつとうとう》たる東雲《しののめ》の穹《そら》には、虹《にじ》が赫《かがや》くのである。

私は夜すがら思索に耽《ふけ》った朝《あした》に、屢《しばしば》この虹を眼にした。それは爛然《らんぜん》と彼方に浮かび、巨大で、美しく、光に溢《あふ》れ、威容を誇り、やさしく、神聖なものであった。私が此処《ここ》に見たのは、正に、地に有るすべての肉なるものと神との間に交わされた契約の標《しるし》に外ならなかった。疾疫は日を経るほどに村の至る所に浸透し、巨人の姿は益《ますます》多くの者等に目撃せられ、豪雨は川を氾濫《はんらん》せしめた。人々は、漸《ようや》く鎮《しず》まった穹《そら》を不安と不遜《ふそん》な怒りとを以て見上げた。そして、正にその時にこそ、虹は悠揚《ゆうよう》と眼前に現れるのである。——私は幾度その姿に慄然《りつぜん》としたことか。我々の被《こうむ》る有らゆる悪を知悉《ちしつ》し、猶《なお》その永遠《とわ》の契約の標のみを示して巨大な沈黙を守り続けるその力に！

……或る日の午後、私は教会の近くでユスタスに声を掛けられた。常の如く嬾惰《らんだ》で冷笑的な色を浮かべながら、彼は私にこう云った。

「お前も、魔女がどうしたのと、愚にもつかぬことを村人に吹聴《ふいちょう》してまわっているのか？」

しかし、私はこれを解し得なかった。ユスタスは語を継いだ。

「お前も、此処の所の異常な出来事を、魔女のせいだ何だと云って村人達を唆《そそのか》しているのかと訊《き》いておるのじゃ。……」

——私がユスタスより聞き知った所はこうである。数日前より、教会では頻《しき》りにジャックが説教を行っている。ジャックは、冷害も、疫病《えきびょう》の蔓延《まんえん》も、豪雨も、都《すべ》ては魔女の妖術《ようじゅつ》に因るものだと云うのである。人々はこれを疑わなかった。説教を聞きに来る者は、今では嘗《かつ》ての倍程も在る。彼等に対してジャックが続けて云うには、村には慥《たし》かに魔女が居る、この罪深い者は径《ただ》ちに悔改め、自ら申し出るべきである、然もなくば罪はより深くなり、異端の罪の上には強情の罪も重ねられることとなろう、と。

ジャックはその為に十日の猶予《ゆうよ》を与えた。これが昨日のことであるらしい。

ユスタスの口上に、私は些《いささ》か驚きはしたものの、敢《あ》えてそれに疑を挿《はさ》まなかった。事実、その詞《ことば》に偽りはなかった。私は、何時《いつ》になく多少の責任の如きものを感じてジャックが許《もと》へと向かった。私がジャックを論駁《ろんばく》せむと意を決したのは、或いはユスタスに「主の番犬 Domini Canes ども」と罵《ののし》られたからかも知れない。しかし、その一方で、村人等のことを慮《おもんぱか》っていたのも亦事実である。就中《なかんずく》、私にはピエェルの身が按《あん》ぜられた。ジャックが説教に就《つ》いては聞き及ばずとも、既にして私は、多くの者等がピエェルこそはその魔女に外ならぬと噂《うわさ》するのを耳にしていたからである。

……だが、この試みは功を奏せなかった。ジャックは一向に私の話に耳を傾けず、徒《ただ》同じ魔女に就いての見解を繰返す許《ばか》りであった。その論旨は、以前にも増して不明確であったが、それでも、別れ際《ぎわ》には斯《か》くの如きを附け加えた。

「貴方《あなた》も解《わか》っていることとは思いますが、あの男にこれ以上関わってはなりません。……私は貴方が嫌いではありません。貴方を異端審問に掛けねばならぬと云うようなことは、是非とも避けたいのです。」

この詞《ことば》に含まれた威嚇《いかく》するような調子に、私は不快を感じた。そして、ジャックが許《もと》を去ると、これを態《わざ》と裏切るようにしてピエェルが居へと急いだ。

ピエェルは常と何等《なんら》違《たが》う所無く、錬金術の作業に没頭していた。私が此処《ここ》を訪れるのは、洞窟《どうくつ》に赴いた日より始《はじめ》てのことである。私は適当な云い訣《わけ》をしながら中に這入《はい》った。ピエェルは黙していた。

奥の椅子《いす》に腰を卸すと、少しく息を整えた。この時私は、自分が一体何の為に此処へ来たのかが解らなくなった。ピエェルに、何かを云わむとしていたには違いない。しかし、何を。……

私は僅《わず》かに彼の方を見遣《みや》った。如何《いか》にも、その姿に常と違う所は無い。抑《そもそも》、異端の嫌疑に就いて、ピエェルは知っているのであろうか。私は自問した。そして、縦《よし》や未だ知らぬとして、それを敢えて私が告げることに、どれ程の意義が有るかを疑った。

知れば、ピエェルは実験を捨てるであろうか。――否《いな》、斯様《かよう》なことは、万が一にも有るまい。然れば、私は彼に村を去ることを勧めるべきではなかろうか。固《もと》より彼が、長い遍歴の末に偶《たまたま》この地に辿《たど》り着いたに過ぎぬのであるならば、再度旅に出るは、然《さ》したる決断を要さぬことであろう。……然《さ》りとて、私は一体何等の理由を以て彼にこれを勧め得るであろうか。抑《そもそも》彼にこう反論せられれば、私は何と答える積であろう、即《すなわ》ち、何故《なにゆえ》にこの実験が異端であるのか、と。……慥《たし》かに、私はこれが異端であるとの予感を既に久しく抱いている。今以てそれに変わる所は無い。にも拘《かかわ》らず、自らの立場をも顧ずに、覚えずこうして此処を訪れたのは、私が猶《なお》ピエェルを、啻《ただ》に唾棄《だき》すべき異端者たるに過ぎぬとは見做《みな》しておらぬが故《ゆえ》にであろう。そして、彼を救わむと欲するが故にであろう。――然れば私は、やはり彼に告げねばならぬ筈《はず》である。……しかし、何を。……

私は無意味な沈黙を嫌い、徒《いたずら》に指を折ってみせ、何か些細な思案に耽っているような風《ふり》をした。拇《ぼ》指《し》より始まり、一本折る度に小さく頷《うなず》き、小指に至れば、頸《くび》を傾《かし》げて、再度拇指に戻ると云った具合である。それから、今度は書棚の前に立って、適当なものを手に取りその頁《ページ》を捲《めく》った。ピエェルは、何も問わなかった。……私は斯様《かよう》な埒《らち》も無いことを繰返しながら、独り話の糸口を探していた。しかし、終《つい》に何事をも口に出さぬ儘《まま》に、二三の書を借りる許しのみを得て暇《いとま》を乞《こ》う次第となった。ピエェルはこれを諾《だく》した。そして、少しく間を置いた後に、こう云った。

「私の身に何か起これば、此処に在る書の類《たぐい》は皆お前の好きにするがよい。」

□

さて、その日私は為《な》すことも無く、舎《やど》の自室にてピエェルより借受けた書物に眼を通していた。午《ひる》を過ぎ、正餐《せいさん》を了《お》えた頃より、若い女がひとり訪ねて来た。女は疾言遽色《しつげんきょしょく》の態《てい》で、さっぱり意味の解《わか》らぬ言《こと》を矢継ぎ早に口走っていたが、兎《と》に角《かく》話を聴いてもらいたいと云《い》うことらしいので、椅子《いす》を勧めて耳を傾けた。女は仍《なお》落着かなかった。話の内容は、今し方村で起ったことに関するらしいが、どうも能《よ》く解らない。女は、牛が死んだとか、橋がどうしたとか、思うに任せて断片の詞《ことば》を発する許《ばか》りである。そのうち、窓の外が騒しくなった。私はそれを敢《あ》えて慥《たし》かめなかった。復《また》村人同士が争っているのだろうと想《おも》ったからである。

しかし、この時女は俄《にわ》かに怯《おび》え始めた。私はその理由を問うた。女は応《いら》えない。今度は緘黙《かんもく》してしまった。

ふと、私は不安になった。この女は若《も》しや気でも狂っているのではあるまいか。こう考えたのは、単なる思い附きに因《よ》ってのことではなかった。村には頃《このごろ》、そう云った者が珍しくなかったからである。

暫《しばら》くすると、喧騒《けんそう》は鎮《しず》まった。私はそれに心附いたが、やはり外を見ることはしなかった。

女はその間も私を打目守《うちまも》っていた。せむ方無く、私も亦《また》黙って女に対峙《たいじ》していた。

……

程経て、部屋の戸を叩《たた》く者が在った。誰何《すいか》した。応じたのは舎《やど》の主《あるじ》である。主《あるじ》の面にも、惑乱の色が挿している。

「何か？」

「……ジャック様と、そのお連れの方々とが、今魔女を御捕えになりました。」

私は瞠目《どうもく》した。

「魔女を？……それで？」

「はい、径《ただ》ちに維奄納《ヴィエンヌ》に連れて行かれて、其処《そこ》で裁判に附されるとのことです。」

これを聞いて、私が愕《おどろ》きと倶《とも》に、ピエェルの身を按《あん》じたのは云うまでもない。しかし、それを慥《たし》かめむが為《ため》には、猶迂言《なおうげん》を以てせねばならなかった。

「貴方《あなた》は、その者を見たのですか？」

「ジャック様ですか？」

「いえ、魔女のことを云っているのです。」

「はい、慥かに。」

「それは、……。」

「…………。」

この時私は、主《あるじ》が緘口《かんこう》したことを以《もっ》て即断を下した。ピエェルに違いない。主《あるじ》が彼為には、私の前でピエェルの名を口に上すことが憚《はばか》られたのであろう。今以て、彼は私とピエェルとの関わりに邪推を巡らせているのだから。……然《さ》るにても、自ら申し出るようにと云うジャックの定めた期間には、未《ま》だ猶予《ゆうよ》が有る筈《はず》である。とすれば、無理に押し入られて、捕縛せられたのではあるまい。ピエェルは進んで罪を認めたのであろうか。何の。村に疫病《えきびょう》を流行《はや》らせ、豪雨を降らせた罪か。……莫迦《ばか》らしい。

——しかしその実、これは杞憂《きゆう》であった。捕らえられたのは、ピエェル・デュフアイではなかったのである。

□

主《あるじ》と女とを跡に、急いで外に出た時には、既にジャックの一行の姿は無かった。已《や》むを得ず、私は部屋に戻った。二人は私《ひそ》かに言葉を交していた。私は彼等に詫《わ》びを云って、仔細《しさい》を尋ねた。

彼等の語る所はこうである。

今朝早く、村の南に在る農家の庭で家畜の牛が一頭殺されていた。飼主は、偶《たまたま》その犯人を目撃したが、或《ある》いはそれは夢かも知れぬと疑っていた。何故《なにゆえ》と云《い》うに、その逃げ足の速さは尋常でなく、後姿を見れば慥《たし》かに全裸であり、残された足跡は男のものとも女のものとも判じ得なかったからである。この噂《うわさ》は間も無く村中に氾《ひろ》まったが、心あたりのある者は無い。と云うより、大半はこれを信じなかった。普段より早く村に到着したジャックがこの噂を知ったのも、丁度同じ頃である。村人達は、その後牛殺しの犯人を捜したが、蹤跡《そうせき》はさっぱり摑《つか》めない。

然《さ》る程に、橋の真ん中に異様な格好をした者がひとり立っているとの噂を聞き附け、村人達は一斉にその場へと集った。此処《ここ》より私は、後に多くの者から聞き知った所を加えつつ、続きを叙することとする。橋の上に在ったのは、飼主の云うに違《たが》わず全裸の者であった。その姿を記さむとするに私は些《いささ》か困難を覚える。と云うのも、それを語って聴かせた村人達の詞《ことば》は、互いに皆食違っているからである。彼等は乳房が見えていたと云う。又、陽物が有ったと云う。これは一致している。しかし、それが男であったのか、女であったのか、或いは、その膚《はだ》の色、貌容《ぼうよう》、背丈と云った事柄に関しては、悉《ことごとく》相容《あいい》れぬ意見を述べるのである。

橋には、稍《やや》遅れてジャックが現れた。ジャックも亦《また》これに喫驚《きっきょう》し、暫《しばら》く声を発すること能《あた》わなかった。

しかし軈《やが》て、村人達の動揺を看《み》て取って、

「この者こそは、村に災厄を齎《もたら》した魔女に外ならぬ。」

と言い放った。人の垣から、次《じ》を逐《お》いて賛同の声が上がった。

ジャックは伴の者を連れ、歩み寄ってこれを縛《ばく》した。……

以上が私の識《し》りたる所である。

女はこれを見て狼狽《ろうばい》し、怯怖《きょうふ》に顫《ふる》えながら、訣《わけ》も分らず私の許《もと》を訪れたのであった。

私は兎《と》に角《かく》、捕えられたのがピエェルでないことを識り、愁眉《しゅうび》を開いた。と同時に、やはり驚殺するを禁じ得なかった。その姿に幾分違《たが》う所が有るとは云え、私にはそれが、洞窟《どうくつ》内で見た両性具有者《アンドロギュノス》であることが径《ただ》ちに推せられたからである。

然るにても、私が為《ため》に尚《なお》興味深く思われたのは、舎《やど》の主《あるじ》の語る魔女と云うものが、日頃ジャックの繰返していたそれと、奇妙な程符合していたことである。主《あるじ》は両性具有者《アンドロギュノス》に就《つ》いて、それが森の奥深くに棲《す》んでおり、孤《ひと》り身の女で、妖術《ようじゅつ》を能《よ》くする者だと語った。主《あるじ》がこう云うのには、何等根拠が無い筈であるのに、詞《ことば》は断定するような調子で、些かも疑を容れぬと云った風《ふう》である。又、手には箒を携えていたと云う。これは察するに、あの奇妙な意匠を凝らした杖《つえ》のことであろう。

私は時折相槌《あいづち》を打ってそれを聞いていた。主《あるじ》は続けて、魔女が処刑せられれば村の者は救われる筈だと語り、異端審問に就いて私に仔細に問うた。私は手続きに関しては詳《つまびらか》にせぬと応《いら》えた。主《あるじ》は又、魔女は慥《たし》かに殺されるだろうかと質《ただ》した。私はこれにも唯《ただ》解らぬと答えるのみであった。彼は女と顔を見合わせ、話にならぬと云った風に息を吐いた。——

軈《やが》て私は、二人を残して再度《ふたたび》舎を跡にした。先《ま》ず向かったのは、件《くだん》の洞窟である。川伝いに森を進み、程無く其処《そこ》に着いた私は、金瘡《きんそう》が塞《ふさ》がるようにして洞戸が左右から閉ざされているのを認めた。奇とすべきは、この時私が、これを何等《なんら》不思議に思わなかったことである。二三度その岩壁を触れてみた後、私は次にピエェルが居へと向かった。

ピエェルは、私の来訪を予《あらかじ》め知っていたかの如《ごと》く、誰何《すいか》もせずに戸を開いた。部屋の中には、私の荒い息が放たれた。息は獣のように踊った。

「……魔女が捕えられたようです。」

歩きながら、私はピエェルに云った。

ピエェルは顔を挙げた。

「そうか。」

「……知っていたのですか？」

「……いや。……」

「それでは、どのような者が捕えられたのかも？」

ピエェルは唯《ただ》眼を以《もっ》て応えた。それは、常にも増して冷やかな、鉄石の如き眸子《ぼうし》であった。この時私の裡《うち》には、俄《にわ》かに或る疑が萌《きざ》してきた。果たして両性具有者《アンドロギュノス》は、自らの力で石の縛《いまし》めより逃れ出たのであろうか。あの、頗《すこぶ》る堅固に擒《とら》えられていた石の縛めより。或いはそれは、何者かの手に因《よ》りなったのではあるまいか。村の中であの両性具有者《アンドロギュノス》を識《し》る者は、ピエェルとこの私とを除き外に無かった筈である。然るに今、それが私ではないとするならば、……

――ピエェルか。

私は慄然《りつぜん》として彼の気色を窺った。その面に現れたる所は、常と変わらぬ深い思索の痕《あと》と、静謐《せいひつ》と、倨傲《きょごう》にも似た巨大な野心とである。其処には微塵《みじん》の動揺の標《しるし》も無かった。村人達は、両性具有者《アンドロギュノス》の捕縛を予《よろこ》んだ。彼等はこれで村が救われると信じたからである。しかし、ピエェルは少なくとも、その同じ予《よろこ》びを抱きはしなかったであろう。抑《そもそも》彼は懌《よろこ》んだのか。何の為に。己の保身の為にか。そうではないと、私は断言し得るであろうか。捕えられれば、ピエェルは懼《おそ》らく処刑せられるであろう。然《さ》すれば、彼がこれまでに為《な》してきた所の作業は渾《すべ》て水泡に帰すのである。ピエェルは、それを予期していたに違いない。然もなくば、何故私に書物を譲るなどと云わねばならぬであろうか。

その虞《おそれ》から、ピエェル・デュファイは両性具有者《アンドロギュノス》を解き放ったのであろうか。ジャックをしてそれを縛せしめむが為に。己が告発せられることより逃れむが為に。

……

しかし、これは皆、所詮《しょせん》は私の憶測に過ぎなかった。両性具有者《アンドロギュノス》の捕縛は、ピエェルが為にはやはり啻《ただ》に僥倖に過ぎぬのかも知れない。私は再度自問した。

抑《そもそも》ピエェルは懌《よろこ》んだのか。

だが、洞窟の中で私は慥《たし》かに見ていた。ピエェルの両性具有者《アンドロギュノス》に向かう為方《しかた》は、頗《すこぶ》る異様で、云うなれば或る浸透力を有していた。それは、愛に似ていた。但《ただ》し、言葉の最も広い意味に於《おい》て、即《すなわ》ち、主《しゅ》にも向けられるべき崇高さと艶笑婦《えんしょうふ》等をも慰めるべき下劣さとを両《ふた》つながらに含んだ意味に於てである。この孰《いず》れか一つが欠けるとしても、言葉は適切さを失するであろう。あの日以来、私は彼の光景に憑《つ》かれてしまった。寤寐《ごび》の間それは心中を漂い、気が附けば私の思考を理性の彼岸へと攫《さら》って行くのである。蓋《けだ》しこれは、あの人とも悪魔とも天使ともつかぬ者が、私が為にも尋常ならざる意味を有するが故《ゆえ》にであろう。ピエェルが為には、云うに及ばない。然れば却《かえ》って、彼はその縛せられたるが故に悲嘆に暮れている、と考える方が道理ではあるまいか。……

しかし孰《いず》れにせよ、ピエェルの立振舞いより、それを判ずることは出来なかった。それは奥に在った。堅固に閉ざした、その峻厳《しゅんげん》な面の奥に在った。感情と云うものが、肉の裡《うち》に隠されてしまうと云うことは、何と不思議な逆説であろうか。

——結局、魔女に就いては、それ以上は問わなかった。

私は遣《や》る方無く、視線を巡らせた。ふと見れば、南の窓から幽《かす》かに射込《さしこ》む斜暉《しゃき》に、一角獣を描いた絵が朱《しゅ》に染まっている。水面は煌《きら》めき、焔《ほのお》は濃く色着き、その皚《しろ》い鬣《たてがみ》は、燃え移った火の如く靡《たなび》いている。丁度、額《がく》の中にも黄昏《たそがれ》が訪れたような格好である。

私はぼんやりとそれを眺めながら、虚《むな》しい思索に己を委《ゆだ》ねたい気になった。絵が我々と同じ時間を享《う》けると云うことが、この時の私には、如何《いか》にも不思議に思われたのである。――この一角獣が、私と同様に昨日よりも今日の方が、今日よりも明日の方が一層死に近附くのであるならば。夕刻を迎える度に絵の中で老いてゆき、軈《やが》ては死に、腐敗するのであるならば。或いは、村人の所謂《いわゆる》聖アントワヌの火の病に冒され、今夜にも径《ただ》ちに死に至るのであるならば。……次に此処《ここ》を訪れた時、これが横倒しになって水中に半ば身を沈め、艶《つや》の無い真珠のような皓《しろ》い眼を睜《みひら》き、しだらなく口を開け、斜《はすか》いに傾いた角で虚しく天を指《さ》していたならば、私は、それに駭《おどろ》くであろうか。焔《ほのお》は消え果て、黒ずんだ肉から腐臭が漂い、それに群がる蠅《はえ》の翅《はね》音《おと》が聴こえてきたならば、私はそれを異常なことと感ずるであろうか。……然れど、一角獣の一個の運動の停止が、時間そのものから超脱することに比すれば、私は意外それを奇とすることもないかも知れない。一体、絵に描いた一角獣は何故に老いることを知らぬのであろうか。……勿論《もちろん》、そんなことの理由は解っている。莫迦《ばか》らし過ぎて、理由と云うのも大仰な程である。しかし、私が為には、これは頗《すこぶ》る不思議に思われる。何故か知ら、如何にも奇妙なことと思われる。額中で夕日は慥《たし》かに赫《かがや》く。日毎《ひごと》欠かさずに赫《かがや》く。しかし、一角獣は老いぬのである。——斯様《かよう》な埒《らち》もない想《おも》いに耽《ふけ》りながら、私は存外、不快ではなかった。心中は仍《なお》一向に落着かなかったが、過度の混乱がそれをも麻痺《まひ》せしめていたのである。それは丁度、不眠が齎《もたら》す云い知れぬ恍惚《こうこつ》のようであった。……

軈《やが》て暇《いとま》を乞《こ》うと、私は舎《やど》に戻った。——その日、巨人を見たと云う者は一人として無かった。

□

両性具有者《アンドロギュノス》が維奄納《ヴィエンヌ》で審問を受けている間、私は猶《なお》も村に留《とど》まっていた。

路銀には未《ま》だゆとりがあった。先を争うようにして村人達が死んでいたのだから、私がそれに怯《おび》えていなかったと云《い》えば嘘《うそ》になろうが、兎《と》に角《かく》、村に居続けたことは事実である。何の為《ため》に滞在を続けたのかは、今では解《わか》らない。懼《おそ》らくは当時にあっても理由と云う程のものは見附からなかったであろう。私は時折巴黎《パリ》を想《おも》い、そして、未だ見ぬ仏稜《フィレンツェ》を想った。しかし、それらに対する郷愁や焦燥でさえも、私をして村を発《た》たしめるには至らなかったのである。

その間の日々を、私は錬金術《れんきんじゅつ》に就《つ》いてピエェルの誌《しる》したる所を閲《けみ》することに費やした。

これらの数部より成る書は、此処《ここ》に至るまで彼の秘して明かさなかったもので、巴黎《パリ》大学風の「善き荒削りな羅甸語《ラテン》」に錬金術の晦渋《かいじゅう》な用語を鏤《ちりば》めて綴《つづ》られた、その独特の力強い文章は、自然学の有らゆる分野を波濤《はとう》の如《ごと》く呑《の》み尽くし、猶且《かつ》随所に緻密《ちみつ》で透徹した論攷《ろんこう》を窺《うかが》わせていた。事実、私の抱く幾つかの疑問は、これを以《もっ》て氷解していた。――が、その体系的な理解に至るには程遠かった。私は思うに任せてその所々に眼を通していったに過ぎず、それを順を追って始めから読み解いてゆくことはしなかったからである。あの日以来、私は如何《いか》に自らを鼓舞してみても、終《つい》に思索に没頭する気にはなれなかった。一切を顧《かえりみ》ず、学問上の問題に意識を絆《つな》ぎ留めて置くと云うことが私には出来なかったのである。

両性具有者《アンドロギュノス》の捕縛以来、巨人の姿を見る者は絶えて無かったが、村の気温は依然として上がらず、夜毎《よごと》の豪雨も、疫病《えきびょう》の蔓延《まんえん》も鎮《しず》まる気配は看《み》られなかった。そして、朝《あした》には必ず虹《にじ》が現れた。村の酒場では何時《いつ》しか酒宴すら開かれなくなり、それに代って、男達が夜々虚《むな》しい議論を繰返していた。二三度招かれて私もそれに立会ったが、内容は孰《いず》れも同じであった。或《あ》る者達は、災厄が已《や》まぬのは両性具有者《アンドロギュノス》が今猶《なお》生続けているからだとし、早急《さっきゅう》に判決を下して、処刑する必要を説いていた。これに対して今一方の者達は、両性具有者《アンドロギュノス》の逮捕は見当違いで、本物の魔女が未《いま》だ村に留まっているからこそ水害も冷害も乂《おさま》らぬのだと主張した。これは暗にピエェルを指すのであった。

論争は決着を看《み》るべくもなかったが、日を経《ふ》るほどに前者の意見が多勢を占めていった。彼等は、両性具有者《アンドロギュノス》が捕えられた日より事実巨人は現れなくなったと云うのである。

斯様《かよう》な論議に就いて、私は勿論《もちろん》そのどちらの側にも与《くみ》することはなかったが、然《さ》りとて、何等かの真理らしきものを説いて、彼等を仲裁することも出来なかった。私は、彼等の蒙昧《もうまい》を難ずることをだに為《な》し得なかったのである。死者の数が漸《ようよ》う増してゆく中で、何時しか屍体《したい》は共同埋葬にせられることとなっていた。彼等はこれを見て、改めて嘗《かつ》ての黒死病の猖獗《しょうけつ》を想ったのである。そして、その惨澹《さんたん》たる末路を想ったのである。私は徒《ただ》これを傍観していたに過ぎなかった。私のしたことと云えば、虚しく終油の秘蹟を授ける位のことであった。

——斯《かく》て、人々の間には、愈《いよいよ》終末的な不安が漲《みなぎ》っていた。しかし、こうした憔《しょう》悴《すい》の村の中で、その為す所に如何なる変化も看《み》られぬ者が、私の知る限りで唯《ただ》二人だけ在った。それが、ピエェルとジャンとであった。ピエェルは総《すべ》てを知った上で、ジャンは何事をも解さぬ儘《まま》に。そして、この二人の間でギョオムが右往左往していた。ギョオムも亦《また》、ピエェルに対しては変らぬ忠実さを示していたが、其処《そこ》には尚《なお》以前にも増して卑屈さが滲《にじ》んでいた。

ギョオムは事後幾度か酒場を訪《と》うている。そして、その都度頗《すこぶ》る嘲罵《ちょうば》せられて、中に入ることとだに協《かな》わず踵《きびす》を返しているのである。以前に看られたような憚《はばか》りは、村人の間には既に無い。侮蔑《ぶべつ》の念はその儘残酷な詞《ことば》となり、唾《つば》を吐き掛けるようにして嘲笑《ちょうしょう》が浴びせられていた。私は、ギョオムに同情せぬでもなかった。今では日々の粮《かて》にも窮し、ピエェルより預る僅《わず》かの食費を誤魔化しながら、辛うじて暮らしを立てている。ピエェルはそれを黙許している。気附いてはいながら、知らぬ風《ふり》をしているのである。が、云うまでもなく、ギョオムが仍《なお》ピエェルの許《もと》を離れぬのは、啻《ただ》に狡猾《こうかつ》な算段にのみ因《よ》っているのではなかった。少なくともピエェルは、外の村人達のようにギョオムを邪慳《じゃけん》に扱うことをしなかったからである。勿論、厚遇することもなかったが。そして私は、却ってその事をこそ痛ましく思うのである。

……

さて、その日は聖母マリアの被昇天の祝祭前日であった。両性具有者《アンドロギュノス》の捕縛より、日を閲《けみ》すること纔《わず》かに一月許《ひとつきばか》りである。

明け方浅い眠りから覚めると、私は衣服に纏《まと》わる藁《わら》を払って外へ出た。

暁色《ぎょうしょく》は何時になく澄んでいた。久しく見なかった虹を前にして、私はふと嘆息した。泥濘《ぬか》んだ足下が、妖《あや》しく煌《きら》めいている。視線を巡らせば、腐った冬麦と、打《う》ち遣《や》られた重量有輪犂《カルカ》とが見える。……

数日前、審問の為に永らく司牧の職から離れていたジャックが村を訪れた。これを迎える村人達は、殆《ほとん》ど預言者の来訪を歓《よろこ》ぶが如き態《てい》であった。ジャックは、彼等に向かってこう告げた。魔女は終《つい》に自らの罪を告白した。因《よ》って、径《ただ》ちに焚刑《ふんけい》に処せられるべきである。刑の日時は改めて知らせるが、場所は懼《おそ》らくは村の北西の原野となるであろう、と。

その処刑の日が、即《すなわ》ち今日であった。

逮捕から裁判を経て処刑に至るまでが、斯《かく》も迅速に行われるは奇とすべきであった。これは、過去の記録に徴《ちょう》してみても、又、私が後に知る所に拠《よ》っても、異例のことである。理由は詳《つまびらか》にしない。しかし、それに村人達の執拗《しつよう》な歎訴《たんそ》が手伝っていたことは殆ど疑を容れぬであろう。

魔女に向けられた彼等の憎悪《ぞうお》は、冬麦の収穫が最早《もはや》絶望的であると伝わった頃より、更に日毎に募っていった。それは丁度机上の埃《ほこり》が玉になってゆくように、何時となく実体もなく膨らんでいた。彼等は妄説の創出に明暮れた。或る者は、知る筈《はず》もない両性具有者《アンドロギュノス》の生立《おいたち》を語り、別の者は、それに両親に関する逸話を挿《はさ》んだ。捕縛以前、屢《しばしば》村を訪れては家畜の類《たぐい》を攫《さら》って行ったと云う者も在る。川に毒を盛っ

た と云う者も在る。

　他方で、ピエェルとの関係を云う者も少なくなかった。両性具有者《アンドロギュノス》がピエェルを訪《と》うのを見たと云う者、それがピエェルの婦《つま》であると云う者、女《むすめ》であると云う者、息《むすこ》であると云う者。……しかし、こうした許多《あまた》の風説の中で、私は終にピエェルが森に出入していると云うのを聞かなかった。彼等は固《もと》より両性具有者《アンドロギュノス》とピエェルとの間に存する聯絡《れんらく》を知らず、夫々《それぞれ》を個別に疑ってゆきながら、妄想の裡《うち》に両者を結んでしまったのである。私の疑念はその関聯《かんれん》より出発した。彼等は云うなれば其処に逢着《ほうちゃく》したのである。

　風説は一つに定まることなく、互いに矛盾した幾つもの話を生んだ。村人等はこれを怪しまなかった。食違えば、別の話を以て繕《つくろ》うまでのことである。

　私は幼時に聞いた出典の知れぬ或る訓話を思い出した。その中身はこうである。或る所にひとりの頗《すこぶ》る不信心な男が居た。この男は悪魔に指嗾《しそう》せられて次の如きを信ずるに至った。即ち、人々の不信心に憤《いきどお》った神が、七日の後、天より牡牛《おうし》三頭分程もある巨大な岩を、四十日四十夜に渡ってこの地に降らせ続けると云うのである。悪魔の続けて云うには、その為に、お前は今日からそれに耐え得るだけの石の小屋を建てねばならない。小屋には、お前一人が這入《はい》れれば好《よ》い。何故《なぜ》なら、既にして時間が無いのだし、抑《そもそも》小屋と云うものは、大きい程脆《もろ》いものだからである。四十日間の食料は日毎己《おれ》が運んでやろう、と。男は教えられた通りに慌《あわ》てて小屋を建て、屋根の上には奈何《いか》なる岩の雨にも毀《やぶ》れぬようにと能《あた》う限りの石を積んだ。さて七日の後に、男は恟々《きょうきょう》として小屋の中で岩の降るのを待った。しかし、幾ら待っても岩は降って来ない。悪魔はこれを見ながら北叟笑《ほくそえ》み、地底より地面をほんの少しだけ揺った。男は自分で積んだ屋根の石に押し潰《つぶ》されて死んでしまった。——

私はこの話が、存外多くの真実を含んでいるのに心附いた。そして、村人は将《まさ》に今、自ら頭上に築いた妄想に潰されむとしているのである。

……ジャックが両性具有者《アンドロギュノス》と数名の他の審問官、それに官憲の者と審問所に召喚せられていたユスタスとを俱《ぐ》して村を訪れたのは、正午を稍《やや》過ぎた頃である。前《さき》に告げた通り、処刑は北西の原野で行われることとなった。刑場の側には小川が通っている。魔女は灰となった後に、径《ただ》ちに此処《ここ》へ流されるのである。これは未《いま》だ捕えられずに潜伏していると云われる他の魔女達が、燃え残った灰を集めて悪用せむとするを防ぐ為らしい。——蛇足ながら附して置けば、刑場は村の中心の橋を挟んで、件《くだん》の洞窟《どうくつ》とはほぼ対称の位置に在る。これは後に発見したる所である。

さて、知らせを受けた村人達は、直様挙《すぐさまこぞ》って刑場へと向かい、火刑柱と杉形《すぎなり》に積み上げられた多量の薪束《まきたば》とを囲んだ。その中には舎《やど》の主《あるじ》の姿も看える。ギョオムとその婦との姿も看える。その外、村人の大半は顔を揃《そろ》えている。家に残っているのは懼《おそ》らく病臥《びょうが》の者位であろう。

村人達は互いに挨拶《あいさつ》を交し、切《しき》りに今日の処刑を悦《よろこ》び合っている。一方で哈《わら》い声が起るかと思えば、今一方からは魔女に対する怨言《えんげん》が聞えてくる。憫察《びんさつ》する者は無い。その逮捕以前に看《み》られた村人間の争いは翳《かげ》を潜《ひそ》めて、今では如何なる些細《ささい》な忿《ふん》恚《い》も皆悉《ことごとく》魔女へと向けられるようになっている。彼等は魔女に対峙《たいじ》するを以て、不思議な連帯感に覚醒《かくせい》していた。しかもそれは、彼等自身が嘗《かっ》て知らなかった程の頗《すこぶ》る堅固なものであった。

私は村人達の様子を暫《しばら》く眺めていた後に、火刑柱を見上げ、蒼穹《そら》を見上げた。雲は一片だに無く、風も吹いてはいない。冷害の故《ゆえ》に、この時期にしても暑さは一向に気にならない。心成しか、蟬《せみ》の声が遠くに聞こえる。うっかりすると、欠伸《あくび》の出そうな位である。――それは殆どのどかとでも形容したい程の蒼穹だった。

ふと、私の耳を、前で喋《しゃべ》る村人の詞《ことば》が掠《かす》めた。

「おい、向かいを見てみろ、……ピエェルだ、……錬金術師のピエェルだ。」

私は男が指《ゆびざ》している方を見遣《みや》った。喧騒《けんそう》に湧《わ》く人垣の奥から、深々と黒い頭巾《ずきん》を被《かぶ》ったピエェルの顔が覗《のぞ》いている。

隣の男は頷《うなず》いた。

「ああ、間違いない、ありゃピエェルだ。」

「しかし、驚いたな。」

「まったくだ、あの偏屈爺《へんくつじじい》でも、やっぱり気になるもんかね。」

「そうだなァ。」

すると、又別の男が口を挿んだ。

「そりゃそうさ。次は我が身だからな。」

この時、俄《にわ》かに人の垣が響動《どよ》めいて、その一箇所が左右に分れた。途《みち》が開いた。

□

「……魔女だ！」

溜息《ためいき》ともつかぬ呟《つぶや》きが方々で洩《も》れた。

傍らには刑吏《けいり》が附添い、奥にはジャックが控えている。引き立てられた者は、彼等の足下に乱暴に投げ打たれた。――疑うべくもなく、それは、地中で認めた両性具有者《アンドロギュノス》であった。

私はその偸閑《あからさま》な拷問《ごうもん》の跡に駭惋《がいわん》した。両性具有者《アンドロギュノス》は薄い衣を腰のまわりに一枚纏《まと》って、巨大な豸《むし》のように這《は》っている。起上がらむとして身を顫《ふる》わせても、その都度失敗し地に伏してしまう。四肢は悉《ことごと》く脱臼《だっきゅう》し奇妙に捩《ねじ》れ、両足は肉塊の如《ごと》く潰《つぶ》れている。爪《つめ》は一枚だに残っていない。頭髪は都《すべ》て剃落《そりおと》され、薔薇《ばら》と尾を嚙《か》む蛇との冠も失われている。鬱金《うこん》に耀《かがや》いていた膚《はだ》は、無数に穿《うが》たれた針の痕《あと》に化膿《かのう》し、裂けた肉は翻《ひるがえ》って華弁のようにその内部の緋色《ひいろ》を曝《さら》している。

云《い》うなればそれは生ける屍体《したい》であった。私はジャックの所謂《いわゆる》「魔女は罪を告白した」との詞《ことば》を信じなかった。両性具有者《アンドロギュノス》は唯《ただ》の一語だに発しない。この奇妙な生き物には、固《もと》より霊など宿ってはいないのである。斯《か》かる者が奈何《いか》にして言葉を用いると云うのであろうか。奈何にして懺悔《ざんげ》すると云うのであろうか。それは、独り肉体しか有さなかった。肉体しか有さぬが故《ゆえ》に、唯《ただ》肉の原理に因《よ》ってのみ生き続けるのである。故に、その死は生と無礼な程に親しかった。死の後に訪れるべき腐爛《ふらん》は、それを待ち敢《あ》えずに無邪気に生を訪《と》うた。生はそれを容《い》れたのである。

ひとりの男が石を投げた。これを合図とするかの如く、村人達は一斉に石を拾って投げ付け始めた。

罵声《ばせい》が飛び、怨言《えんげん》が飛んだ。一投を報いた者は、仍《なお》飽き遣《や》らずに二投三投と続け様に放った。足下に石の無い者は、虚《むな》しく草を毟《むし》って投げた。肉を撲《う》った色々の石は、周囲に零《こぼ》れて、蟻《あり》の群のように氾《ひろ》がっていった。

軈《やが》て拳《こぶし》程もある一つの石が、両性具有者《アンドロギュノス》の額《ひたい》を割った。

石は已《や》んだ。だがこれは憐憫《れんびん》の故にではなかった。その刹那《せつな》に始《はじめ》て擡《もた》げられた両性具有者《アンドロギュノス》の面には、睜《みひら》いた星眼が熒々《けいけい》と赫《かがや》いていたからである。右の睛《ひとみ》は翠玉《すいぎょく》の如き緑色、左の睛《ひとみ》は紅玉の如き緋色である。村人はその異様さに驚懼《きょうく》し、凝然《ぎょうぜん》として立ち尽くしてしまったのである。

私は石は投げなかった。しかし、この時覚えた戦慄《せんりつ》は、村人達のそれと何等違《たが》う所が無かったであろう。私も亦《また》、その睛《ひとみ》を眼にしたのは初めてであったからである。それは或《あ》る侵し難い硬質さを、磨き出された宝玉の如き光を帯びていた。宝玉がその純粋さの故に終《つい》に何物をも裡《うち》に孕《はら》まぬように、両性具有者《アンドロギュノス》の双眸《そうぼう》は、何物をも映さず、何物をも容れず、認識を不思議に拒絶し、唯認識せられることのみを欲していた。人はこれに慄然《りつぜん》とした。彼等は云うなれば、百の投石に対して、纔《わず》かに一投を以《もっ》て返報せられたのである。そしてそれは、遍《あまね》く村人等の眸子《ぼうし》を射貫き、深奥《しんおう》に達して、呑《の》み込まれた鏃《やじり》のように肉の下から痛みを発し始めた。彼等の裡なる苦痛と結び合い、恰《あたか》もそれが遥《はる》か以前から宿命的に備わっていた痛みであるかの如く。その苦痛は、原罪のそれに似ていた。彼等は最早《もはや》魔女に対峙《たいじ》することを得なかった。苦痛は与えられたのではなかった。云わば、蘇《、》っ《、》た《、》のである。

それは、私とて例外ではなかった。然《さ》れど、我々をして真に絶望せしめたのは、寧《むし》ろ次の刹那であっただろう。

この時、両性具有者《アンドロギュノス》の醜怪な肉体からは、馥々《ふくふく》と郁氛《いくふん》が立昇ったのである。馨香《けいこう》は忽《たちま》ちにして人々を懐《ふところ》に抱《いだ》いた。それは、華にだに譬《たと》えること能《あた》わぬ程の高潔でやさしく、懐《なつ》かしいものであった。人々は惑乱して、掌中の石を隕《おと》した。斯《かく》も美しい香は、独り聖女にのみ相応《ふさわ》しいものと思われたからである。

私は瞬時に、音に聞えた蘇卑提《スヒイダム》のリドヴィナの逸話を思い出した。彼女の蛆《うじ》に蝕《むしば》まれた肉体からは、やはり芳香が漂い、加之《しかのみならず》膿汁《のうじゅう》からも吐瀉物《としゃぶつ》からも糞便《ふんべん》からでさえも馥気《ふくき》が放たれていたと云うのである。一体私は、リドヴィナが真に聖女であったのか否《いな》かは知らない。しかし、有り得ぬこととは識《し》りつつも、主のひとり子より外に自らの肉を以て人々の罪を贖い得る者が在るのだとすれば、或いはこの両性具有者《アンドロギュノス》の腐爛した肉体こそは、我々の罪の深さの顕現ではあるまいか。永らく我々が眼を背け続けてきた、最も堪《た》え難い罪の顕現ではあるまいか。——私は斯《かく》疑うことを禁じ得なかった。

馨香《けいこう》は猶《なお》しも募っていった。これまで村人の為《な》す所を目守《まも》っていたジャックは、俄《にわ》かにその気色を変じた。そして、打顫《うちふる》える声を発して刑吏の者に疾《と》く魔女を刑架に縛《いまし》めるようにと命じた。

数人が火刑柱に寄せた梯子《はしご》を登った。柱は森より採られたものである。獣の眼球のような七つの大きな節の在る焦《こ》げた土色の大木で、その頂きに十字架が彫《え》られている。丈は頗《すこぶ》る高い。曲折を知らずに天を指して真直《まっすぐ》に延びている。私は、切倒された枝を折られたこの柱に、不思議と今仍《いまなお》生命の宿りを感じた。それは丁度、これから此処《ここ》で炮殺《ほうさつ》せられむとする者とは反対に、生が死の一点を乗り越えて、死に続ける物質に遊んでいるかのようであった。

両性具有者《アンドロギュノス》は、鉄鎖を以てその上方に東向きに結えられた。

薪束《まきたば》があらたに、足下に迫る程堆《うずたか》く積まれた。

――執行の準備はほぼ此処《ここ》に尽きた。

ジャックは、人垣の内に入《い》って説教を始めた。それが畢《おわ》ると、異端放逐に協力を誓うと云うかたちで村人に宣誓が求められ、皆はこれに「アァメン」と和して応《いら》えた。

此処に至って、ジャックは漸《ようや》く判決文の朗読を始めた。説教を含めてこれらの手続は本来は魔女を刑架に掛ける以前に為されるべきであったが、立罩《たちこ》めた芳香に動揺した村人達を看《み》て、ジャックはその順序を入れ変えたのである。それが、手違に因るのか、或いは敢《あ》えてそう為したのかは解《わか》らない。しかし兎《と》に角《かく》、刑架に縛められた魔女を前にして、村人達は、混乱の中《うち》にも再度それを悪として認識せむとし始めていた。彼等の面には、復憎悪《またぞうお》の色が萌《きざ》していた。

異端者への判決文は次の如き一文を以て始められた。

「我々は当地に於《お》ける明白に魔術の為業《しわざ》と看做《みな》し得る種々の災厄を起せし者として起訴せられた被告に就き、村人の証言、証拠、更には本人の自白を悉《ことごとく》仔細《さい》に閲《けみ》し、判断した結果、被告は、唯一《ゆいいつ》の創造主たる神を冒瀆《ぼうとく》し、教会を否定し、聖書を蹂躙《じゅうりん》し、愚かなる異教の邪神を奉じて悪魔と淫《みだ》らな契《ちぎ》りを結んだと云うことに意見の一致を看た。」

続いてジャックは、悪魔との契約の儀式、家畜を死に至らしめた術の方法、疾恙《しつよう》を蔓延《まんえん》せしめた術の方法、甚雨を降らせた術の方法等に関して、逐一言及していった。そして更には、獣姦《じゅうかん》の罪、男性夢魔との交りと云った事柄に就いても憚《はばか》ることなく論じた。

朗読が進むにつれ、ジャックの口吻《こうふん》は漸《ようよ》う激越な調子を帯びてゆき、それに煽《あお》られるようにして、村人の間にも感情の昂《たか》ぶりが看られた。

「……これら憎むべき、そして哀れむべき言語道断の大罪は、全能にして一なる神に対して為された汚穢《おわい》に外ならぬ。……我々は、主なる耶蘇《イエス》と聖母マリアとの御名《みな》に於て、被告は真の背教者であり、獣姦せし者であり、魔術師にして殺害者、悪魔礼拝者にして瀆神家《とくしんか》、そして、創造主の生み給《たま》いしこの世界の秩序を、徒《いたずら》に乱さむとする魔女であると判断し、此処に慥《たし》かにそれを宣告する。これに由《よ》り、我々は被告を、国家の然《しか》るべき裁判権の執行人に引渡すこととする。執行人は須《すべから》く被告に対して生きた儘焚刑《ままふんけい》に処するを告げるべきであろうが、我々は猶《なお》主の慈悲深さを信じて、寛大なる処置の為されむことを欲する。」

判決が下されると、人垣の中からは喝采《かっさい》にも似た鬨《とき》が上がった。そして、是非とも生きながらに刑に処せられるようにと云う嘆願が、煮湯に水泡の生ずるが如く此《こ》処彼処《こかしこ》から沸き立った。

村人達の思いは、障碍《しょうがい》も無く容《い》れられた。固《もと》より既に、両性具有者《アンドロギュノス》は刑架上に在る。あとは只《ただ》薪に火が放たれるのを待つ許《ばか》りである。

命令が下され、数人の刑吏が四方より火を点じた。

□

……縄の編まれゆくように、煙は細い幾条かの線と成って静かに昇り始めた。風は無い。蒼穹《そら》は澄んでいて、烟影《えんえい》は、その彼方《かなた》を指して僅《わず》かに揺《ゆら》めいている。太陽は高く、人々の翳《かげ》は、その躰《からだ》から不意に漏れてしまったかのように、足下に小さな沁《しみ》となって溜《たま》っている。徐《おもむろ》に其処《そこ》より静寂が勃《おこ》ると、ふと飛び立って燕《つばめ》のように人の唇頭《しんとう》から言葉を掠《かす》めていった。声は已《や》んだ。咳《しわぶき》一つだに残らなかった。沈黙が吐息を呑《の》んで硬化してゆき、人の合間を領して、刑柱を囲む垣を緊《かた》く縛《いまし》めていった。

垣は測ったかの如《ごと》く精確な円を成している。人々はその眼に見えぬ円の線からは一歩も中に入ることなく、然《さ》りとて退くこともない。幾重にも折り重なりながら、その裡《うち》なる一領域だけは決して侵されぬ空間を形造っている。

漸《ようよ》う薪《まき》の裂ける音が聞こえ始め、続いて樹液の沸立つ音が聞こえて来る。煙の量が増した。編まれた縄が、少しずつ上から解けてゆくようである。両性具有者《アンドロギュノス》の放つ郁氛《いくふん》は、木の焼ける匂《にお》いと熔《と》け合い、不思議に淫《みだ》らな香りへと転じて辺りに漂っている。林檎《りんご》の実が甘く焦《こ》げたような匂いである。薪束の底は緋《ひ》色《いろ》に膨らんでいる。薪の隙《すき》からは小さな焔《ほのお》が鼠《ねずみ》のように出入している。

人は皆息を呑んだ。薪の中には、随分と若いものが混っていて、それが為《ため》に燃え立つまでに時間を要しているらしい。白昼の焔は薄く、その熱は鬱律《うつりつ》たる煙を縫って流れ隕《お》ちる清水の面紗《ヴェイル》のように向かいの人の像を歪《ゆが》めて見せている。やはり、誰も口を開こうとはしない。黙して唯目守《ただまも》っている。恰《あたか》もその注視する眼指を以《もっ》て、薪が熱せられてゆくようである。

この沈黙を、ユスタスの咳払《せきばら》いが纔《わず》かに濁した。私はちらと彼を見遣《みや》った。酔眸《すいぼう》は赭《あか》く潤《うる》んでいて、打顫《うちふる》える口唇《くちびる》に唾液《だえき》が溜っている。この男も、受刑者を見むとする様は他の村人達と変る所が無い。寧《むし》ろ、彼等以上に熱心な視線を注いでいる。その右の傍らにはジャックと刑吏の者とが立っている。左には、件《くだん》の三人の女が見える。

暫《しばら》くすると、少しく刑架下《けいかした》の様子が変ってきた。樹液が蒸発し果ててその音《ね》が聞こえなくなり、煙が紛紜《ふんうん》と溢《あふ》れ出した。烟影《えんえい》は先程とは殊《こと》なる濁った黒い色をしている。細風《そよふ》の戦吹く度に、薪の山が幽《かす》かに紅潮する。焔は知らぬ間に、内部で肥《ふと》っていた。恰《あたか》も一個の飯櫃《いびつ》な生き物であるかの如《ごと》く。火は時折素早く触手を伸してみては、外に積まれた薪を摑《つか》み、己《おの》が腹中に収めむとする。しかし、その多くは成功しない。徒《いたずら》に幾条かの不吉な跡を残すのみである。すると、突然癇癪《かんしゃく》を起したように、二三の小さな薪を吹き飛ばしたりする。焔は俄《にわ》かに勢い附いていった。間歇《かんけつ》的に鳴っていた薪の破裂する音は、次第に絶え間なく、降り始めの驟雨《しゅうう》が地を撲《う》つように、続け様に響き出した。木片が、幾つも周囲に零《こぼ》れている。これらも破裂の際に飛ばされたものである。

人垣の裡では、刑架を伝って湯が注がれゆくように、底から熱が昇って来る。両性具有者《アンドロギュノス》は、俯《うつむ》いて稀《まれ》に身を捩《よじ》る許《ばか》りで、呻《うめ》き声だに発しない。その気色も変らない。熱は既にして我々の許《もと》にも達《とど》いているから、それを感ぜぬことはないであろう。村人達は皆額《ひたい》に汗を浮かべている。――然れば、何故《なにゆえ》であろうか。何故に両性具有者《アンドロギュノス》は苦しまぬのであろうか。苛烈《かれつ》な拷問《ごうもん》を受けた為に、感覚が麻痺《まひ》しているのであろうか。或《ある》いは、固《もと》より苦痛と云《い》うものを知らぬのであろうか。……

村人等も亦《また》、これを不審に想《おも》うらしく、眉《まゆ》を顰《ひそ》め頻《しき》りに頸《くび》を傾《かし》げたりしている。

此処《ここ》に至っては緘黙《かんもく》を毀《やぶ》り、隣の者と私《ひそ》かに詞《ことば》を交す者も在る。就中《なかんずく》、ジャックは頗《すこぶ》る苛立《いらだ》っている風で、幾度も刑吏を呼び附けては、何か知ら指示を与えている。刑吏はその都度大仰に否定するような為草《しぐさ》を見せる。遣《や》り取りの内容は解《わか》らぬが、刑吏の困惑した顔からその凡《およ》その所は推察せられる。兎《と》に角《かく》、刑吏が為にも解らぬのである。

視線を巡らせる中に、ゆくりなくもピエェルの姿が映じた。頭巾《ずきん》の翳《かげ》に隠れて、その気色を明《さや》かに窺《うかが》うことは協《かな》わぬが、ちらと現れたる頬には、常と変らず如何《いか》なる情念の痕《あと》も看《み》られない。村人の騒立《さわだち》を余所《よそ》に、外套《がいとう》に身を包んで独り言無く刑の様を目守っている。……

人々の動揺は、次第にありありと色に現れてきた。顔に許り《ばか》ではない。訣《わけ》も無く矢鱈《やたら》と躰を掻《か》いてみたり、足を擦り合せてみたりと、その奇矯な為草《しぐさ》にも見えている。彼等は唯魔女の死ぬことだけを祈っている。その能《あと》う限り無残な死を願っている。しかしその一方で、ともすれば、それは協《かな》わぬことではあるまいかと云う不安を抱いている。初めてこの魔女を眼にした時から、誰しもがこれが尋常ならざる生き物であると云うことを知っていた。知ってはいたが、敢《あ》えてそれを魔女だと断言してきた。否《いや》、寧ろ知っていたからこそ、そう信じむとしたのであろう。それが、刑場に運ばれて来た魔女の姿を視《み》て、今一度初めの疑念の生ずるのを覚えた。そして今、刑架上のそれを瞻《み》て、最早《もはや》その思いを禁ずるを得なくなったのである。

火は漸《ようや》く受刑者の足下に迫っていた。気が附けば、何時《いつ》しか薪束の山からは焔が噴き溢れていて、その表面を緋毛氈《ひもうせん》の如く覆《おお》っている。煙は濃くなった。それと倶《とも》に、ゆらめきながら絶えず火の粉が昇っている。炭《すみ》となった薪の中には、既にして雪髪の萌《きざ》したものもある。が、火勢は衰えず、却《かえ》って熾《さか》んになる許《ばか》りである。

――この時突然、両性具有者《アンドロギュノス》は身を大きく痙攣《けいれん》させた。村人は瞠目《どうもく》した。躰が揺れた際に、腰に巻かれた衣《きぬ》が隕ちて、刑架の上に陽物が露《あらわ》になったからである。

これと殆《ほとん》ど同時に、村人のひとりが叫んだ。

「太陽だ!」

一同は蒼穹を見上げ、初めてその異変に気が附いた。先程まで何事もなく赫《かがや》いていた筈《はず》の太陽が、ゆっくりと端から黒い翳に侵され始めたのである。それは雲ではなかった。太陽とそっくり同じ形《なり》をした黒い翳、今一つの黒い太陽。――日蝕《にっしょく》である。

村人の面《おもて》に俄かに怯怖《きょうふ》の色が挿した。彼等が為にはこれは妖孽《ようげつ》と映ったのである。

地上では、次いで雷鳴の如き音と倶に焔が騰《あ》がり、それが両性具有者《アンドロギュノス》の遍身《へんしん》を呑み込んだ。火の粉が閃々《せんせん》と舞い、煙塵《えんじん》が視界を霞《かす》めた。私は覚えず顔を伏せた。熱は溢れ出して、濤瀾《とうらん》のように打ち寄せ、我々を刑架より遠ざけむとする。少しく人の輪が広がる。私も亦《また》二三歩退き、其処《そこ》で辛うじて面を上げることを得た。再度焔が下に鎮《しず》むと、眼前に現出した両性具有者《アンドロギュノス》は、その焦げた肉体を刑架の上で激しく波打たせ始めた。火は熟れ過ぎた柘榴《ざくろ》の実のように、膚《はだ》は金属の如き黒色に変じ、僅かに艶《つや》を帯びている。人垣は鼎沸《ていふつ》した。火は熟れ過ぎた柘榴の実のように、紅《くれない》に色着き、裡《うち》より膨脹する力に抗し得ずして、幾度と無く張裂ける。流血のように緋色が迸《ほとばし》って、暗がりの中に、それが一際《ひときわ》けざやかに見える。

太陽は猶《なお》しも蝕《むしば》まれ、昊《そら》は突然の闇《やみ》の予感に顫えている。北から風が吹き始めると、南からも同様に起って、刑架に於《お》いて交り、煙燄《えんえん》を伴って上方に昇った。

火勢は一層熾烈《しれつ》になった。

火は終《つい》に受刑者を領した。肉体は顫《ふる》え悶《もだ》えている。しかし、その苦痛は熛怒《ひょうど》する焔の故《ゆえ》とは映らない。その熱の故とは映らない。寧ろそれは或る超越の契機を予告している。云わば、昊《そら》へと向けて掲げられた、彼方《かなた》への指《ゆび》さしであった。

両性具有者《アンドロギュノス》は驟然《しゅうぜん》と顎《あご》を突き出し、双眸《そうぼう》を天へと向けた。頸領《けいりょう》を走る血脈が、頭を落とされた蛇のようにうねって額《ひたい》より流れる一条の血痕《けっこん》と絡《から》み合っている。刑架が揺れた。受刑者の面には上昇の意思が閃《ひらめ》き、灼爛《しゃくらん》の肉体は皓《しろ》い耀《かがや》きを放っている。

轟音《ごうおん》が鳴り響いた。続いてその陽物が勃然《ぼつぜん》と起り、独り奇矯な痙攣を始めた。刹那《せつな》に、復《また》何者かの叫喚に導かれて我々は天を仰瞻《ぎょうせん》した。――その光景は魘夢《えんむ》と云うより外無かった。西の昊《そら》に忽焉《こつえん》と現れたのは、嘗《かつ》て村人等を狂噪《きょうそう》に至らしめた、彼《か》の巨人の姿であった。

私は眼を疑った。巨人は風説に云う如く男女の二体で現れ、獣のように背後より交りながら、闇に沈まむとする昼漏《ちゅうろう》の昊《そら》に曖々《あいあい》として浮かび上っている。その巨大さは、料《はか》り知れない。流汗煌然《こうぜん》たる男の体軀《たいく》は、波濤《はとう》のように幾度も襲う。女はそれを呑む。劇《はげ》しさは、昊《そら》をも軋《きし》ませむ許りである。律動は雲を毀《やぶ》り、山野を響かせた。私はそれを耳を以て聴いたのではない。音は云わば、肉体の奥より、その最も暗い深淵《しんえん》より発していた。そして、心拍が奈何《いか》に昂《こう》じようとも、その一打々々だけは、金輪際《こんりんざい》変わらぬ、不気味な緩としたうねりを以て続くのである。

三度《みたび》、雷鳴に似た轟《とどろき》が起った。

肉の鎚《つち》は、互いの一、個、性を砕かむとするかの如く、更に激しく深く入った。それは恰も、肉体が結び合う為には、肉そのものを越えねばならず、肉を伴った儘《まま》、肉を貫き、肉の彼方へと赴かねばならぬかのようであった。

村人の間には、錯乱が萌していた。既にして失神した者が在る。荐《しき》りに十字を切る者も在る。又、処刑の中止を繰返し訴える者も在る。ユスタスは、激しく打顫《うちふる》えながら、多量の涎《よだれ》を吐き出している。その傍らでは、三人の女達が、各《おのおの》の上着《コット》を引き裂き、露《あらわ》になった乳房を鷲摑《わしづか》みにしながら、髪を振り乱して幾度も頭を振っている。

太陽は、将に月の翳《かげ》に入らむとしていた。闇に映える熇々《こくこく》たる焰は、此処《ここ》に至って受刑者を焚滅《ふんめつ》せむと愈熾《いよいよさか》んに燃え上がった。

立ち尽くす私は、この時人垣を分けて環《わ》の中に走り出たひとつの影を認めた。視《み》れば、ジャンであった。ジャンは、村を訪《と》うて以来初めて私の前で鞦韆《しゅうせん》から降り、地上に立ったのである。私は喫驚《きっきょう》し、猶且《なおかつ》或る感動を以てその姿を眺めた。何故と云うに、少年の顔には、この瞬間慥《たし》かに意思らしいものが現れていたからである。それは、行為せむとする意思であり、目的を遂げむとする意思であった。虚無的な遊びは畢《おわ》り、運動は一つ所を指していた。此処に至って、矢は漸《よう》く放たれむとしていたのである。……如何《いか》にも、私は感動を以て眺めた。しかし、その感動は断じて慈愛に因《よ》るのではなかった。云うなれば、私はその姿に救いを感じたのである。

――だが、こう思った次の刹那、ジャンの不毛に穿《うが》たれた暗い小さな穴からは、ものに憑《つ》かれたような狂的な哄笑《こうしょう》が、肉を破るが如く噴出したのであった。

両性具有者《アンドロギュノス》は失われゆく太陽の如《ごと》、燦爛《さんらん》と赫き、人皆を眩暈《げんうん》せしめた。光は発せられ、同時に流入した。矛盾に満ちたこの肉体は、今こそありありとその相容《あいい》れぬ各《おのおの》の質を際立《きわだ》たせ、慥《たし》かめながら、それらを微塵《みじん》も損なうことなく、一つに結ばむとしていた。肉体は緊張し、且驚鴻《きょうこう》として爽《さわ》やかであった。屹立《きつりつ》する陽物は、更に劇しく痙攣した。それは正に、飛立たむと欲して双翼を羽搏《はばた》かせながら、猶《なお》も地に繋《つな》ぎ留められ身悶えする鷙鳥《しちょう》のようであった。

そして、太陽は終《つい》に月と結ばれた。刹那に陽物は精液《スペルム》を以てそれを射た。陰門を顧ず、宙《そら》へと向けて放たれた涓滴《けんてき》は、焔を映じて緋色に赫《かがや》き、我々と両性具有者《アンドロギュノス》との間に煌《きら》めき渡る虹《にじ》を現出せしめた。精液《スペルム》は猶も溢れた。肉体はそれを虚《むな》しくしなかった。迸《ほとばし》る白濁の雫《しずく》は陽物を伝って流れ隕《お》ち、左右に分れ陰嚢《ふぐり》の奥に入って、陰門と出逢《であ》い内部に流れ込んだ。

私は焔《ほのお》の彼方の肉体を目守った。懐かしいそれを目守った。我々を分かつ熱気を越え、有らゆる方向からそれを目守った。立罩《たちこ》める匂いを嗅《か》ぎ、燃え尽きむとするその音を聴いた。狂おしく愛撫《あいぶ》した。私は其処《そこ》に帰らむとしていた。何時《いつ》しか熱は私を侵し始め、私は見ながらにして見られ、自ら匂いを放ち、皮膚が音を立てて燃上がるのを感じた。肉は破裂し、一層慥《たし》かに結び合った。私は焚刑《ふんけい》に処せられていた。その苦痛に喘《あえ》ぎ、快楽に酔っていた。私は僧であり、猶且《なおかつ》異端者であった。男であり、女であった。私は両性具有者《アンドロギュノス》であり、両性具有者《アンドロギュノス》は私であった。赤芒《せきぼう》に満たされた。火柱となって天壌《てんじょう》を貫いた。光は遍《あまね》く世界を照射して、質料を越え形相を顕現せしめ、物質を慥《たし》かに存在せしめた。その時世界は何と美しく、何と生々《いきいき》と赫《かがや》いたことか！　起るべき運動は悉《ことごと》くこの瞬間に起り、過去の運動は、この瞬間に於て無限に繰返された。渾《すべ》ては永遠に予感せられ、起り、懐古せられたのである。霊は肉を去らむとするほどに、益々《ますます》深く肉の奥に入った。私の霊は肉と倶に昇天し、肉は霊と倶に地底に降りた。肉は霊と熔け合った。私は世界の渾てを一つ所に眺め、それに触れた。世界は私と親しかった。私は世界を抱擁し、世界は私を包んだ。内界は外界と陸続きになった。同じ海になった。世界が失われて私が有り、私が失われて世界が有り、両《ふた》つながらに失われ、両つながらに存在した。唯一つ存在した！……そして、私は将《まさ》に到《とど》かむとしていた。……何に？……光に、……目映《まばゆ》く巨大なる、この光に、……………遥《はる》か彼方より発して、尚《なお》至る所にその源を有するこの溢れる光に、……………………光、……………

……………………即《すなわ》ち、…………………………………………

………………………………………………………………………………

………………………………………………………………………………

………………………………………………………………………………

・・・・・・・・・・・・・・・・・・・・・・・・・・・・・・・・・・・・・・・・

・・・・・・・・・・・・・

・・・・

□

……幾許《いくばく》を経たのかは解《わか》らない。

気が附けば、刑架上に両性具有者《アンドロギュノス》の姿は無く、巨人の幻影も消え、太陽はその完《まった》き円の儘《まま》、蒼穹《そうきゅう》の彼方《かなた》に赫曄《かくよう》と懸《かか》っていた。村人は皆、茫然《ぼうぜん》自失の態《てい》で立ち尽くしている。未《いま》だ放心の者も在る。ジャックやその倶《とも》の者等ですら、口を開いて焼け残った刑柱を眺め遣《や》る許《ばか》りである。

そして、独りユスタスのみが、地に伏して激しい嘔吐《おうと》を繰り返していた。

ジャンの姿は消えていた。何処《どこ》を見回しても、その影だに無い。私はふと、抑《そもそも》此処《ここ》にはジャンなど居なかったのではと疑ってみた。錯乱した記憶の中に幽《かす》かに残ったその姿が、朧《おぼろ》な幻の如《ごと》く思われたからである。……あの少年が、地に降り刑の様を看《み》むと此処に足を運んだと云うのか。唖《おし》の口より音を発したと云うのか。……

しかし、それ以上考えることはしなかった。

漸《ようよ》う意識の覚めゆく村人等が、途方に暮れて、救いを求めるようにジャックを顧た。

ジャックは、これが為《ため》に我に帰って、

「刑架の下を調べなさい。……或《ある》いは鎖が緩んで、地に隕《お》ちてしまったのかも知れない。……魔女の肉は一片たりとも、否《いな》、その毛の一本に至るまで、遺《のこ》してはならぬのです。……さァ。」

促されて、数人の刑吏が未《ま》だ燻《くすぶ》っている薪《まき》の小山に近附いた。

「……有りません。灰ばかりです。」

刑吏は退いた。次いで、ジャックが自らそれを撿《けみ》せむとした。と、その時、群衆の中から、ひとりの男が蹌踉《そうろう》たる足どりで刑架に歩み寄った。村人達は虚《うつ》ろな眸《ひとみ》を向けた。男は両膝《りょうひざ》を地に着くと、直接に素手で灰を分け、何かを探り当てた。眼前に掲げられたのは、世に不思議な光を放つ、緋《あか》みを帯びた一個の金塊であった。人の垣が再度《ふたたび》不安に騒立《ばかだ》った。それは、磨き立てたかの如く耀《かがや》く完璧《かんぺき》で、今し方灰の中から取り出《い》だした許《ばか》りであるにも拘《かか》わらず、微塵《みじん》の汚れをも附してはいなかった。

男はそれを握ると、懐《ふところ》に収めむとした。刹那《せつな》に、ジャックは厳しい口調でこれを制した。そして、こう云《い》った。

「この男を捕えなさい！　この男は、既に村の者によって告発せられている。……皆も今、その為《な》さむとした所を目撃した筈《はず》です。この男は魔女の灰を持ち帰り、例の金を産み出すと云う邪《よこしま》な魔術に用いる積《つもり》です。神の創造し給《たも》うたこの世界の秩序を乱し、村に災厄を齎《もたら》さむとするのです。……さァ、何をしているのです、早く縄を掛けなさい！」

男は乱暴に後ろ手に縛られて、ジャックが許《もと》に延《ひ》かれた。抗《あらが》わなかった。顔には、纔《わず》かに憔悴《しょうすい》の痕《あと》のみが看えている。

村人達は、復《また》少しく騒立った。ジャックは男の頭巾《ずきん》を払い、面《おもて》を檻かめた。そして、その右手に隠された奇妙な物質を取り上げると、苦々し気に掌《たなそこ》の裡《うち》で握り潰《つぶ》した。

「灰に過ぎぬのだ、……灰に、……」

指の隙《すき》から、光の名残のような金粉が零《こぼ》れた。ジャックは刑吏を呼び、それを灰と倶《とも》に川に流すことを指示した。この時、蹲《うずくま》っていたユスタスが忽然《こつぜん》と立上がって、自らその灰を処理したいと申し出た。しかし、ジャックはこれを認めなかった。そして、今一度、刑吏等に処理の確認を行うと、周囲を睥睨《へいげい》し、言無く男を連れて刑場を退いた。……

一瞬の出来事であった。私は村人の陰から、佇立《ちょりつ》して徒《ただ》黙ってそれを目守《まも》っていた。男が今一度、こちらを振り返るのを期待しながら。

……しかし、それは虚《むな》しかった。

その男は、即《すなわ》ち、錬金術師のピエェル・デュファイは、終《つい》に一顧だに与えることなく、私の前から去ってしまった。

□

その日の夕刻、雨は降らなかった。

□

翌日、私は村を跡にした。

これは云《い》うなれば、ジャックが忠言に従ってのことである。ピエェルを捕捉《ほそく》した後に、ジャックは窃《ひそか》に私と会して、こう云った。貴方《あなた》には、明日にでもこの村を発《た》ってもらいたい。ピエェル・デュファイを魔女として審問に附す上は、その交りの深さから推《お》しても、必ず貴方の身にも事が及ぶであろう。私は貴方の信仰を疑わぬが、村人は貴方を告発するかも知れない。私は貴方を裁判に掛けることを望まない。抑《そもそも》貴方の旅が仏稜《フィレンツェ》に行くことを目的としていたのならば、これ以上此処《ここ》に長居する益もあるまい。どうか、私の言《こと》を容《い》れてもらいたい、と。――私はこれを諾したのである。

再度旅立たむとする私は、ピエェルの冤《えん》を雪《そそ》ぐ為《ため》の如何《いか》なる手段をも講じなかった。法廷に立ち、その疑を晴さむとすることも、或《ある》いは内々にジャックに取り計らい、処置の軽減を求めむとすることもしなかった。私は唯《ただ》ピエェルが詞《ことば》を思い出して、彼の家より持ち出した蔵書を抱え、云わば逐電《ちくてん》するかの如《ごと》く飄然《ひょうぜん》と村を去ったのである。

……冤を雪ぐと私は云った。しかし、一体それは私の為《な》し得る所であったのだろうか。

村に滞在した間、畢竟《ひっきょう》私は、ピエェルが術の異端であるか否《いな》かの結着を付けるを得なかった。仮に人が、ピエェルが妖術《ようじゅつ》を以《もっ》て直接に疫病《えきびょう》を蔓延《まんえん》せしめ、豪雨を降らせたと云うのであれば、私はそれを論駁《ろんばく》し得たであろう。斯様《かよう》なことは、固《もと》より被造物の為し得る所を越えているからである。しかし、抑《そもそも》錬金術を試みむとすること自体が異端であって、その不遜《ふそん》に神は瞋《いか》り、戒めとして様々なる災厄を齎《もたら》したと云うのであれば、私はこれに緘黙《かんもく》せざるを得なかったであろう。今以て、私はそれを否と断ずることは出来ぬのである。

——とは云え、村を去るに際して、私の裡《うち》に多少なりとも斯《かく》の如き迷いや苦悩が有ったと云えば、それは嘘《うそ》である。私がこれを思うようになったのは、遥《はる》かに後になってからのことだからである。

私は兎《と》に角《かく》、村を離れたかった。無闇《むやみ》に訣《わけ》もなく、村を離れたかった。ジャックが言《こと》は只《ただ》にその切掛《きっかけ》に過ぎなかったのである。

然《さ》れば、何故《なにゆえ》にであろうか。――私は斯《かく》自問せざるを得ない。それは、私の怯懦《きょうだ》の故《ゆえ》にであろうか。異端審問への不信の故にであろうか。仏稜《フィレンツェ》への憧憬《しょうけい》の故にであろうか。ピエェルに対する私の矛盾した感情の故にであろうか。或いは、あの時私を領していた途方もない疲労感の故にであろうか。……私は、その孰《いず》れであるとも判ずるを得ない。が、懼《おそ》らくは、それらの孰れもが夫々《それぞれ》の真実を含んでいるのであろう。齢《よわい》を重ねるほどに、私は人の為す所に於《おい》ては、或る結果が、詮《せん》ずれば必ず唯一つの原因に帰着すると云う単純な楽観主義を益《ますます》信ずることが出来なくなった。

一つの結果の出《い》づる所は、我々の想《おも》うよりも遥かに微妙な渾沌《こんとん》でしかなく、多くの場合、我々の見出《みい》だす原因なるものは、有機的なるそれから切取られた一片のかけらに過ぎぬのであろう。勿論《もちろん》、その大小の別は有ろうが。……

私は再度《ふたたび》旅の途に就き、事無く仏稜《フィレンツェ》に達するを得た。当地にて私は、未《いま》だ上梓《じょうし》せられてはいなかったフィチイノの翻訳なるプラトン全集の一部や、ピュタゴラスに関する彼の小論、更には『ヘルメス選集』や『カルデア人の神託』と云った幾つかの重要な文献を手に入れ、併せて、フィチイノ本人をはじめとするプラトン・アカデミイの面々とも会することが出来た。

私は、プラトンその他の異教の哲学者達に関する彼等の学説を興味深く聴いた。又、この数年後に巴黎《パリ》を訪《と》うこととなるピコ・デラ・ミランドラの驚くべき主張にも接した。だが、結局それらの孰れに就いても、私は終《つい》にピエェルより受けた程の感銘を得るには至らなかった。

帰路はひとりではなかった。残った路銀で従僕を二人雇い、量の嵩《かさ》んだ文献を彼等に持たせた。冬を仏稜《フィレンツェ》で過ごした為に、巴黎《パリ》には翌年の春に戻った。

大学には幸い、未《ま》だ私の籍が残されていた。

□

巴黎《パリ》に帰ってより数箇月後の千四百八十三年八月三十日に、時の仏蘭西《フランス》国王ルイ十一世が歿《ぼっ》している。享年《きょうねん》六十歳である。更に翌年の千四百八十四年八月十二日には、今度は時の教皇であったシクストゥス四世が歿している。享年七十歳である。世事に疎《うと》い私が、この二人の死をはっきりと記憶しているのは、当時はこれが、私の前半生とも云《い》うべきものの畢《おわ》りを追って告げているかのように思われていたからである。私は今でも、単なる偶然に過ぎぬであろう二人の相踵《つ》ぐ死を、私自身の境遇に結んで回想せむとする抗し難い誘惑に駆られることがある。斯様《かよう》な感慨に耽《ふけ》ることは固《もと》より私の好む所ではない。しかし、旅を経て、私の裡《うち》に或《あ》る本質的な変化の起きていたことは事実である。それを上手《うま》く云うことは出来ない。強いて云うならば、私はそれに因《よ》って、信仰と云うものの最も奥深くに秘せられた何かに僅《わず》かに触れ得たのである。そしてそれが為《ため》に、私の裡《うち》には、始《はじ》めて神へと通ずる一条の遥《はる》かな途《みち》が通ったのである。

---

……現在、私は或る地方の小教区にて主任司祭の職に就いている。

巴黎《パリ》での研究生活を経た後の千五百九年に、私はヒメネス・デ・シスネロスに請《しょう》ぜられて西班牙《スペイン》の亜爾加羅《アルカラ》大学に赴任した。此処《ここ》で私は、ほぼ十年間に亘《わた》ってトマス主義の講義を行い、その傍ら、聖書の原典編纂《へんさん》の為事《しごと》にも携った。……顧《かえりみ》て、当地で私の獲《え》たものは纔《わず》かに二つである。一つのささやかな幸福と、一つの大きい失望とが即《すなわ》ちこれである。――否《いな》、後者もやはりささやかなと云うべきであろうか。幸福とは即ち、私が此処で許多《あまた》の学問上の著作を物し得たことである。これは、私が客員《かくいん》として厚遇せられ、多くの自由な時間を許されていた為であった。失望とは即ち、抑《そもそ》も時代に由来する不幸を、自らの置かれた環境に帰せしめ、これを以《もっ》て何等かの希望を見出《みい》ださむとする態度の莫迦《ばか》らしさを悟ったことである。畢竟亜爾加《ひっきょうアルカ》羅《ラ》での生活は、私が為には、巴黎《パリ》でのそれと微塵《みじん》も違う所の無いものであった。そして数年前、彼の地の布教政策にも嫌気のさし始めていた頃に、折しもヒメネスが歿《ぼっ》し、私はこれを機に、自ら物した数部より成る著作を抱えて、故国に戻り、漸《ようや》く現在の司祭の職を獲たのである。――

過日所用で羅馬《ロオマ》へと赴く際に、私と私の供の者とは、途中維奄納《ヴィエンヌ》で舎《やど》をとり、其《そ》処《こ》で数日を過ごした。

当地で会した幾人かの者達は、皆口々に近年の異端審問の劣悪さを非難し、これを嘆じていた。話を聴きながら、私は彼等の挙げる審問官の名の中に、料《はか》らずも嘗《かつ》て耳にした或る男のそれを認めて喫驚した。即ち、ジャック・ミカエリスであった。私は修道院に彼を訪《と》うた。これは久闊《きゅうかつ》を叙さむとする為ではなく、ピエェル・デュファイのその後の処遇に就いて識《し》らむと欲した為である。

ジャックはその貌容《ぼうよう》を頗《すこぶ》る変じ、俄《にわ》かには判ずること能《あた》わざる程であった。村を去って以来、私は久しく三十年以上も彼に逢《あ》ってはいないのだから、それも別段不思議なことではあるまいが、然《さ》るにても私の認めるに、その悴《やつ》れた面に現れたる所は啻《ただ》に老醜のみではなかった。嘗ての炯々《けいけい》たる双眸《そうぼう》は光を失い、眼窩《がんか》には陰鬱《いんうつ》な翳《かげ》が挿《さ》していた。丁度、使い古された剣の刃が脂膏《しこう》に曇ってゆくように、幾度となく死が其処に触れ、その跡が染附《しみつ》いてしまったかのようであった。

ジャックは私を認めなかった。剰《あまつさ》え、村のことも、其処で刑に処せられた魔女のことも、そして、ピエェル・デュファイのことも、皆覚えの無いことだと云った。

私は虚言であろうと思った。ピエェル・デュファイの名を聴いて、彼は俄《にわ》かに色を変え、暫《しばら》く口を開くことが出来なかったからである。

動揺は疑うべくもなかった。私は今一度同じことを訊《き》いた。しかし、応《こた》えは同じであった。――已《や》むことを得ず、私は修道院を跡にした。

しかし、この日の邂逅《かいこう》はこれに尽きなかった。

それから暫くの間巷衢《こうく》を歩いていた私は、軈《やが》て背《せな》より呼び止める者が在るのに気が附いた。顧れば、片端《かたわ》の男が足を引摺《ひきず》り息を切らして近附いて来る。鍛冶《かじ》屋のギョオムであった。私は偶然にしては過ぎたるこの再会を怪しんだが、事情は直《じき》に解《わか》った。

ギョオムは以前と変わらぬ諂《へつら》うような舌振で、私との再会を大仰に欣《よろこ》び、頻《しき》りに「立派になられた」と繰返した。私は徒《ただ》二三度頷《うなず》いて話頭を転じ、修道院に居るジャック・ミカエリスとは、嘗《かつ》て村に司牧に来ていた男だろうかと問うた。ギョオムは言下に応えて、

「はい、その通りでございます。もう、お会いになられたので？」

と云った。私は「いや、」と誤魔化した。それから、ピエェルに就《つ》いて何か識《し》っていることはないかと質《ただ》した。ギョオムはこれに饒舌《じょうぜつ》を以て答えた。

「ニコラ様は、まだあのいんちき錬金術師のことを覚えておいでで。あれはもう疾《と》くに獄《ごく》の中で死んでしまいました。ジャック様のお取り調べの最中のことだったそうです。まったく、ニコラ様もご承知の通り、あれの為に村は大変なこととなっておりましたからね。……実は今だから申せば、あれを魔女として訴え出たのはこの私なんです。あれの犯した罪の数々は、私が一番よく知っていましたからね。お陰でジャック様に取り立てて戴《いただ》くことも出来て、それ以来、あの陰気な村を去って、この街で復《また》鍛冶屋を営んで暮らしているのです。本当に何もかも、ジャック様のお

陰なのですよ。……」

――私は唯《ただ》、「そうか。」とだけ応えた。ギョオムは次いで、是非とも私を家に招き、食事を倶《とも》にしたいと申し出た。しかし、私はこれを有りもせぬ所用を理由に辞して、その儘《まま》、呆気《あっけ》にとられたような男の前から立ち去った。

少し歩いて、ふとジャンのことを思い出した。そして、それに就いて何かを問わむと振り返った時には、人込みの中に、既にギョオムの姿は無かった。……

□

――三日許《ばか》り降り続いた雨が、今朝になって漸《ようや》く已《や》み、久しく見なかった太陽が、東の昊《そら》に、ひらけ止《さ》した華のように静かに赫《かがや》いている。光は窓より入って机上を照らし、横倒しの玻璃壜《フラスコ》の底に溜《たま》った、銀貨一枚程の水銀を目眩《まばゆ》く煌《きら》めかせている。

私は最近、錬金術の実験を始めた。久しく手を着けずにいたピエェルの書を紐解《ひもと》いて、詳細に閲《けみ》し、その手順を追って日毎《ひごと》作業を繰返している。これまで私は、自然学の中でも、錬金術に就《つ》いてのみは不問に附してきたが、此処《ここ》に至って俄《にわ》かにそれに取り組まむと思い立ったのは、やはり先日ジャックやギョオムと邂逅《かいこう》して、ピエェルの死を慥《たし》かめたことが手伝っているのかもしれない。未《いま》だ黒化《ニグレド》の過程にだに成功してはいないのだから、慥かなことは何も云《い》えぬが、それでも何等かの成果の得られそうな予感だけは抱いている。

ピエェルは嘗《かつ》て、錬金術は畢竟《ひっきょう》作業が総《すべ》てであり、仮に万巻の書を読み尽くしたとしても、実際に物質に向かうことをせぬのであれば仍《なお》得る所は無であろう、と繰返していた。これはピエェル自身の信条であり、又、私に対する忠告でもあった。

この言の意味を私は漸《ようや》く今頃になって理解するようになった。慥《たし》かに、私は作業を行うことに因《よ》って、文献からは識《し》り得なかった多くのことを学んだ。しかもその間は纔《わず》かに一月にも満たないのである。だがそれは、所詮《しょせん》は作業が齎《もたら》すものの中《うち》の、ほんの些細《ささい》な一面に過ぎぬのであろう。私が為《ため》により以上に重要であると思われるのは、錬金術の作業には、それを為《な》すことそのものの裡《うち》に或《あ》る種の不思議な充実が在ると云うことである。私は一握りの小さな物質に触れている時、自分が恰《あたか》もこの被造物界の渾《すべ》ての物質に、云わば世界それ自体に触れているかの如《ごと》き錯覚を感ずる。これは表現に難い錯覚である。人は広大な草原に独り立つ時、眼前に縹緲《ひょうびょう》と横たわる海を眺め遣《や》る時、或いはこれと似たような感覚を抱くかも知れない。然《さ》りとて、そうした時でも彼の触れることの出来るのは結局は世界の一断片に過ぎぬ筈《はず》である。否《いな》、ともすれば、彼はそれにだに触れることが出来ぬのかも知れない。しかし私は、薄暗い小さな部屋に籠《こも》って作業を行っている時には、その一刹那《せつな》一刹那に、或る奇妙な確信を以て世界の渾《すべ》てと直《じか》に接していると感ずることが出来るのである。

先人達が錬金術の作業に憑《つ》かれたのは、或いはこの感覚の為ではあるまいか。少なくとも、私がピエェルと錬金炉《アタノオル》との間に看《み》て取った親近性は、顧《かえり》みればこのことの現れであったように想《おも》われる。

これとほぼ同様の、そして、これよりも遥《はる》かに激しい感覚を、私は人生の中で唯《ただ》一度だけ体験したことが有る。それが、あの日の魔女の焚刑《ふんけい》であった。

私の裡《うち》には、今猶《なお》あの瞬間の輝きが映じている。あの、得も云われぬ目眩《まばゆ》さが焜《こん》昱《いく》と映じている。しかし、何時《いつ》の頃からか、万物を遍《あまね》く呑《の》み尽くしたあの巨大で鮮烈な光の中に、私は丁度金属の表面に錆《さび》の萌《きざ》したような、極小さな一つの翳《かげ》りを認めるようになった。そして光は、その一点に向けて運動を始め、其処《そこ》から彼方《かなた》へと、奇妙なさかしまの泉のように永遠に流れ出して、而《しか》も永遠に枯渇《こかつ》せぬのである。

私はその一滴の染《しみ》の彼方に、耀映《ようえい》する世界の幻影を見ることがある。それは、慥《たし》かに肉と物質とを以《もっ》て築かれ、我々に親しく、且《かつ》、現実に存在する世界である。

あの時の光を、我々が終《つい》にサウロを回心せしめた光と看做《みな》し得なかったのは、啻《ただ》に我々の許《もと》に主の声が届かなかった為のみではあるまい。事実あの光が主に因って齎《もたら》されたと云う根拠は、それを否定する許多《あまた》の根拠に比して唯の一つだに無いのである。

然《さ》りとて、我々基督《キリスト》者は、常に或る予感の裡に生きている。それ故《ゆえ》に、折に触れ次の詞《ことば》を思い返してみては、日々の生活に何か知ら奇跡の標《しるし》を見むとするを禁じ得ぬのである。

——然《しか》り、我速やかに到らむ……

あの日焚刑に処せられむとする両性具有《アンドロギュノス》者に、迫害せられ十字架に掛けられた基督《キリスト》の姿を見た者は無かったであろうか。石を投付けた後に、眼前にゴルゴタの幻を見て、驟然《しゅうぜん》と悔悟の念に擒《とら》われた者は無かったであろうか。不吉な森より採られたあの刑架が、一瞬十字に耀《かがや》くのを見た者は無かったであろうか。受刑者を呑んだあの焔《ほのお》が、地中に達して、アダムの罪をも浄化せむとするを見た者は無かったであろうか。……斯様《かよう》な詮索《せんさく》は、無論虚《むな》しいものであろう。或いは、許すべからざるものかも知れない。しかし、敢《あ》えてこれを筆に上したのは、私には慥《たし》かに、あの両性具有者《アンドロギュノス》こそが再臨した基督ではなかったのかと疑われた時期が有ったからである。……その疑《うたがい》は、私の怯懦《きょうだ》の裡に打捨てられてしまった。跡には唯、不可解な生き物の姿のみが残されている。……

一体、あの両性具有者《アンドロギュノス》とは。――私は、自身の体験を能《あと》う限り有りの儘《まま》に叙することに因って、何等かの答えらしきものが見出《みい》だし得るかも知れぬと、私かに期《ひそ》する所が有った。しかし、終に、両性具有者《アンドロギュノス》の一貫した像を形造ることは出来なかった。或いは私が、より強くそれを求めむと意識しながら筆を進めていれば、然るべき成果は得られていたであろうか。私はそうは思わない。そうした努力は仍《なお》虚しいものであったろう。それは、畢竟《ひっきょう》今でも私が、あの両性具有者《アンドロギュノス》に就《つ》いて記すには、時々によって相矛盾した私の印象を、矛盾した儘《まま》記すより外は無かったと考えているからである。

そして、徒《いたずら》にこう思ってみるのである。将《まさ》に焚滅《ふんめつ》せられむとした刹那《せつな》、慥《たし》かに私はそれと一体となっているのを感じていた。しかし顧れば、これは何もその時に限ったことではなかったのかも知れない。あの洞窟《どうくつ》の中で初めてそれを眼にした時でも、刑場に延《ひ》かれて来た時でも、そして、その露《あらわ》になった陽物が、飛び立ち敢えずに旻《そら》を指した儘喘《あえ》いでいた時でさえも、私はやはり、それと一つになっていたのかも知れない。……

蓋《けだ》し、両性具有者《アンドロギュノス》は私自身であったのかも知れない。

……筆を擱《お》くに及んで、私は翳射《かげさ》す今一方の机上に積まれた書の類《たぐい》に眼を落した。内容は、北方で旺《さか》んになっている、アウグスティノ会の一会士によって始められた異端運動に関する報告である。

嘆息して、窓から外を眺めた。雨上がりの大地が、煌然《こうぜん》と日華を映じて目眩《まばゆ》い。

——禽《とり》が鳴いている。

ふと彼方を見遣《みや》れば、蒼穹《そら》には燦爛《さんらん》と虹《にじ》が赫《かがや》いていた。

# 一《いち》月《げつ》物《もの》語《がたり》

ひら〳〵と舞《ま》ひ行くは、
夢とまことの中間《なかば》なり。
——透谷《とうこく》

明治三十年初夏の或《あ》る夕刻のことである。

奈良県は十津川《とつかわ》村の往仙岳《おうせんだけ》山中に、孤《ひと》り立ち尽《つく》す青年の姿があった。白薩摩《しろさつま》に小倉の袴《はかま》、流石《さすが》に高下駄《たかげた》は草鞋《わらじ》に穿《は》き替《か》えているが、短くさっぱりと刈《か》られた頭と云《い》い、少しく憔悴《しょうすい》した面持《おももち》と云い、宛《さなが》ら東京の三田辺りでもふらついていそうな、当り前の書生風《ふう》である。如何《いか》にもそれが、まわりの景色と似つかわしくない。

容《かんばせ》は頗《すこぶ》る美しい。が、その深い眼窩《がんか》には、赭《あか》みがかった銅版に、鋭利《えいり》な針で幾《いく》重《え》にも線を刻んだような翳《かげ》が差している。瞬《まばた》きは素早《すばや》く、瞼《まぶた》は必ず二三度続け様に往復する。懼《おそ》らくは、開化以前には終《つい》ぞ見られなかったであろう、舶来《はくらい》の所謂《いわゆる》黒胆《こくたん》汁質《じゅうしつ》の表情である。これもまた、ここにあっては殊《こと》に際立《きわだ》って異様である。

山の斜面《しゃめん》を鬱勃《うつぼつ》と覆《おお》った水楢《みずなら》の林は、逢魔《おうま》が時の緋色《ひいろ》を吸って蜜《みつ》に浸《ひた》った蜂《はち》の巣のように膨《ふく》らんでいる。落霞《らっか》は遠く、木洩《こも》れ日は僅《わず》かに。——

顧《かえりみ》て、初めてこれに気づいた青年は、呆然《ぼうぜん》とその場に足を止めた。

「俺《おれ》は一体、どこに迷い込《こ》んでしまったのだろう？」

夕影鳥《ほととぎす》の啼《な》き声が、一斉《いっせい》に穹《そら》に昇《のぼ》った。……


青年の名は井原真拆《いはらまさき》と云う。齢《とし》は数えで二十五である。熊野《くまの》の本宮《ほんぐう》へ詣《もう》でる為《ため》に、橋本より発して小辺路《こへじ》を歩くこと、既《すで》にして二日であった。難所を以《もっ》て知られる伯母子峠《おばことうげ》から五百瀬《いもぜ》に至る路《みち》では、例によって、途中旅籠《はたご》の上西《うえにし》で一夜の宿をとった。真拆はここで、道中劇《はげ》しく傷《いた》んだ草鞋《わらじ》に替えて、新しいものを二足買った。そして、明けて今日、仔細《しさい》あって少し遅《おそ》くに宿を出てからは、案の外旅程も順調であり、遅々《ちち》たる歩みながらも、五百瀬を越《こ》え、三浦に這入《はい》って、日昃《にっそく》の頃《ころ》には漸《ようや》くその峠に差し掛《か》かろうとしていた。

十代の頃から、屢《しばしば》世に謂《い》う神経衰弱《すいじゃく》に悩《なや》まされていた真拆は、旅をしてその気《き》鬱《うつ》を慰《なぐさ》めることを常としていた。これは抑《そもそも》渠《かれ》の估恃《こじ》の勧《すす》めに従って始めたことである。先《ま》ず父が案を出し、次いで母が賛同した。真拆は、最初の旅でその効能を知った。そして、以後は自ら進んでこの妙薬《みょうやく》を服するようになった。

行き先は大抵《たいてい》決まってはいない。気の赴《おもむ》くままに列車に乗り、飽《あ》きれば降りてその地を観《み》てまわる。或《ある》いは町並を眺《なが》める。或いは旧跡《きゅうせき》を訪ねる。時には、人も通わぬ名勝を巡《めぐ》る。そんな調子であるから、思いがけず、長い距離《きょり》を歩くこともある。しかし、そのことが不快と感ぜられることはなかった。肉体が直接に外界から被《こうむ》る疲労《ひろう》が、真拆には却《かえ》って快かった。それは、一度内なる金属片《きんぞくへん》のような共鳴器に触《ふ》れてから、間接に得られる疲労とは、固《もと》より異質のものである。旅の垢《あか》も宛《さなが》らに、旅籠で一風呂《ひとふろ》浴びれば忽《たちま》ち落ちて流れてしまうような、爽《さわ》やかな疲労。夕餉《ゆうげ》と倶《とも》に消化されてしまうような疲労。出立《しゅったつ》の朝《あした》には、床《とこ》の上にうっかり置き忘れてしまうような疲労。——そう云う類《たぐい》の疲労であった。

数日前、真拆は驟然《しゅうぜん》と、またこの疲労が恋《こい》しくなった。そして、大学で幾人かの友人に金を借りると、寄宿している叔父《おじ》の家に戻《もど》って断りを云い、そこでまた金を借りて、殆《ほとん》ど何の用意もなく、着の身着のままで新橋の駅へと向かったのである。

——

真拆が今、こんな山奥を彷徨《さまよ》っていることには幾つかの奇縁《きえん》がある。それらは皆《みな》、本《もと》を正せば、ここに端《たん》を発しているのである。

闇雲《やみくも》に直走《ひたはし》り漸《ようや》く駅に着くと、真拆は入口に立ち止まって、須臾《しゅゆ》の間《ま》思案した。

「足が向くのに任せて、兎《と》に角《かく》、ここまで来た。——さて、この先どちらへ征《ゆ》くべきか。……迷わず西へ征こうか。それとも、上野まで出て、東へ征こうか。」

前《さき》の旅では、芭蕉《ばしょう》の足跡を訪ねて、松島にまで赴いた。されば、今度は反対に西を目指すべきであろうか。しかし、胸裡《きょうり》に蘇《よみがえ》った松島の絶景を思うと、真拆は、また、同じ所へ征くのも悪くはないと云う気がした。

「上野か、……」

——独り言《ご》ちて、歩き出そうとしたその時、ゆくりなくも四五人の洋服の男女が前を横切った。

「……あら、桜が散ってしまっても、吉野は綺麗《きれい》なところですわ。」

こう云って莞爾《にっこり》と打笑《うちえ》んだのは、日傘《ひがさ》を傾《かたむ》け傍《かたわ》らの母親らしき者の顔を覗《のぞ》く、三《み》十路《そじ》手前の女であった。仏蘭西《フランス》結びに朱《あか》い薔薇《ばら》の簪《かんざし》を斜《なな》めに挿《さ》して、その上更《さら》に帽子《し》まで被《かぶ》っている。髪《かみ》の色は濃《と》い。項《うなじ》は皙《しろ》く、蓮《はちす》の茎《くき》のようにほっそりとしている。開いた薄桃色《うすももいろ》の日傘が、またその花弁のよう。翻《ひるがえ》った帽子の丸い鍔《つば》は、鮮《あざ》やかな雄《お》蕊《しべ》の輪のようであった。如何にも華族《かぞく》の令嬢《れいじょう》らしい、豪奢《ごうしゃ》な白い衣服《ドレス》をさりげなく奥《おく》ゆかし気に着こなして、雑踏《ざっとう》の中にふと足を止めたその姿に、真拆は、以前に叔父の書斎《しょさい》で眼《め》にした、モネの手になる女の絵を思い出した。

その複製画に見た女に劣《おと》らず、洋服がよく馴染《なじ》んでいて嫌味《いやみ》がない。踵《かかと》の高い靴《くつ》も似合っている。それでいて、佇《たたず》まいはどこか古風である。頭の飾《かざ》りと同様に、和洋の趣《おもむき》が微妙《びみょう》に解け合って、不思議な魅力《みりょく》となっている。

その女が、一瞬《いっしゅん》真拆を顧《かえりみ》て、仔細らしい目つきで小頸《こくび》を傾《かし》げた。薄い紅《べに》を引いた慎《つつ》ましやかな唇《くちびる》が、微《かす》かに開いて、皓《しろ》い歯を覗かせている。何かを語ろうとしているのか。真拆は覚えず女の眼を見た。しかし、詞《ことば》は発せられない。ただ、僅かに力を込めた瞼際《けんさい》が、もう既に何かしらを語り了《お》えてしまったかのように締《し》まっている。

真拆は戸惑《とまど》った。そして、躊躇《ためら》いがちに、同じく眼を以て詞にならぬ何かを伝えた。意識の段にも上ることのない、本人にさえ分からぬ何かである。――が、女はこれに、仄《ほの》かに満足気な笑みを湛《たた》えて、そのまま一言だに発することなく黙《だま》って顔を元へ戻した。ふたたび歩き始めると、今度は前を行く連合いの男に、打って変わって気軽に声を掛け、雑踏を抜《ぬ》け、改札を潜《くぐ》ると、何時《いつ》しか歩廊《フォオム》の彼方《かなた》へと消えてしまった。

真拆は呆然とその後ろ姿を見送った。

「吉野と云ったな、……」

独り言ちて切符売場に赴くと、そこで西へ向かう東海道線の切符《きっぷ》を買った。

これが、一つ目の因縁《いんねん》であった。――

真拆はそれから、歩廊《フォオム》でもう一度見掛けたのを最後に、女と逢《あ》うことはなかった。固《もと》より渠等《かれら》は上等客車の身分であり、真拆の方はと云えば、鮨詰《すしづめ》の下等客車で、戦後の好況《こうきょう》もそろそろ危ないだとか、米の値段が上がりそうだとか云った話を聞きながら、席にも着かれず立っていると云う態《てい》であったから、傍らにあってそのあとを追う如《ごと》きは叶《かな》わぬことであった。しかし、縦《たと》い叶うとしても、女はそれを望まなかったであろう。取り交《か》わされた詞は、そうした偸閑《あからさま》な遣方《やりかた》ではなく、もっと密《ひそ》やかに、もっと偶然《ぐうぜん》に成就《じょうじゅ》しなければならなかった。それ故《ゆえ》に、殆ど何一つとして当などないにも拘《かかわ》らず、真拆は、吉野へ之《ゆ》けば、どこかでひょっくりと女と再会出来るかもしれぬと云う曖昧《あいまい》な期待を抱《いだ》いており、しかも、それを半ば本気で信じていた。

京都で一夜の宿をとり、翌日、七条の停車場から通ったばかりの奈良鉄道に乗って、木津《きづ》を越え、奈良へと之き、そこから更《さら》に大阪鉄道に乗り換《か》えて、王寺を経て高田にまで行った。

ここでまた宿をとった。

目前に迫《せま》った吉野が、真拆には懐《なつ》かしく想《おも》われた。

実際に、そこを訪《と》うたことは一度もなかった。しかし、少年の頃より愛読してきた『太平記』や『楠公三代記《なんこう》』等によって、想像裡には既に幾度《いくたび》も彼地《かのち》を踏《ふ》んでいる。今之こうとしている現実の吉野では、古《いにしえ》の南朝は早く既に露《つゆ》と消えている。ただ、その幻《まぼろし》のあとを尋《たず》ねて歩む、美しい女の姿が一つ、ちらりと。……

こうした思いを抱いて、翌朝、南和鉄道に乗った真拆は、ほど経て、斜め向かいのひとりの老爺《ろうや》に気がついた。絣《かすり》の着流しに、紫縮緬《むらさきちりめん》の角帯を巻き、脚半《きゃはん》を着け、捲《まく》った裾《すそ》からは骨と皮だけの腿《もも》が覗いている。腕は楊枝《ようじ》のように細い。が、存外頑《がん》健《けん》な躰《からだ》つきである。

壮士《そうし》と云うには、歳《とし》を取り過ぎている。顔は糖を吹《ふ》いた乾柿《ほしがき》の如く、肉が落ち、浅黒く、疎《まば》らに白い無精髭《ぶしょうひげ》が生えている。頭には未《いま》だに禿《は》げともつかぬ月代《さかやき》が施《ほどこ》されており、髪は耳の上に、申し訳程度に残るばかりである。

別段知り合いと云う訣《わけ》ではない。ただ、不思議と顔馴染みのように思われるのは、昨日京都から、ずっと同じ列車に乗り合わせていたからである。それが、今日もまた、偶然同じ列車の同じ車両に乗っている。真拆は、思わずその面《おもて》を見遣《みや》った。すると、席を立って、向こうの方から声を掛けてきた。

これが二つ目の因縁であった。

「やっと、気ィつかァりましたなァ。」

当たり前のように傍らに腰《こし》を卸《おろ》すと、老爺は、さも親し気に喋《しゃべ》り始めた。真拆は、こうした旅先での出逢いを喜ばなかった。出来れば一人で旅を続けたい。出逢いがあるとするならば、それは飽くまで、渠《かれ》自身の気の向く時に、気の向く場所で求められねばならなかった。さもなくば、得るべき旅の効能は半減してしまうからである。

真拆は咄嗟《とっさ》に少し嫌な顔をした。しかし、老爺に、それを気遣《きづか》うような様子は微塵《みじん》もない。次々と話頭を転じては、時折自分の云った饒談《じょうだん》にからからと呵《わら》ってみせる。それが、風体《ふうてい》と相須《あいま》って、何となく不気味である。真拆は、親類の中《うち》に発狂《はっきょう》した者があって、幾度か渠を癲狂院《てんきょういん》に見舞《みま》っているので、精神に異常を来《きた》した者が屢〻無意味な乾《かわ》いた呵いを発するのをよく知っている。老爺の呵い方は、要するに、そう云う類《たぐい》のものであった。

詮方《せんかた》なく、もう暫《しばら》く、葛《くず》までの辛抱《しんぼう》と、真拆は適当にこの男の話に相槌《あいづち》を打っていた。聞けば、終点の二見《ふたみ》まで之《ゆ》き、そこから歩いて高野街道に入り、小辺路を経て、熊野の本宮に参る積《つもり》だと云う。

「丁度、旅の道連れが出来て、あんたも安心やろ。何せ、小辺路は寂《さび》しい道やさかいなァ。」

老爺は、こうつけ加えた。言葉はどうやら河内《かわち》辺りの方言であるらしい。

真拆は瞠目《どうもく》した。

『この薄気味悪い爺《じじい》は、俺を熊野まで御供させようと云うか？――饒談じゃない。』

そこで、初めて真面《まとも》に口を開いて、こう断った。

「僕《ぼく》は、申し訳ありませんが、熊野へ行く積はないのです。葛で降りるのですから。」

――これが、老爺にとっては、よほど愉快《ゆかい》であったらしい。また独り声高に呵うと、

「吉野は諦《あきら》めなァれ。あんたはわしと熊野様に詣でるんじゃ。」

と云った。真拆は苛立《いらだ》ちを露《あらわ》にした。

「貴方《あなた》が熊野へ行きたいと云うのなら、それは貴方の勝手だ。行けばよい。けれども、僕が吉野へ行くと云うのも、僕の勝手だ。貴方に色々云われる筋合はない。」

　これを聞くと、老爺は今度も堪《こら》えきれぬと云う風に呵《わら》ってみせて、

「そない曰《ゆ》うても、もう葛は疾《と》ォに過ぎとる。次は二見じゃ。」

と云った。真拆は慌《あわ》てて外を見た。景色からでは分からない。そこで、偶〻《たまたま》前を通った車掌《しゃしょう》を呼び止めて、次の駅を慥《たし》かめてみた。

「ええ、あとは二見で終点です。」

愕《おどろ》いて、老爺の方を顧た。老爺はやはり薄《うっす》らと笑みを湛えて、熟《じっ》と真拆の顔を目《ま》守っている。その様が、どこか化け物染《じ》みている。如何にも、人間など取るに足らぬと云った風である。列車は、時折劇《はげ》しく揺《ゆ》れながら、猶《なお》しも走り続けている。車窓からは、幽《かす》かに風の這入《はい》る音がする。……

　記憶《きおく》を辿《たど》るほどに、真拆の混乱は深まった。どう思い返してみても、葛に列車の止まった記憶がない。止まらなかったのか。否《いな》、そんな筈《はず》はあるまい。それなら、

気がつかなかったのか。しかし、抑〻《そもそも》葛ばかりではなく、外のどの停車場に就《つ》いても列車の止まった記憶がない。恰《あたか》も、高田から一飛《ひとっとび》にここまで来てしまったかのようである。なるほど、時計を見ればそれなりの時間が経《た》っている。されば、……

この時、車中に迷い込んだ一匹《ぴき》の鴉揚葉《からすあげは》が、二人の眼の前を優雅《ゆうが》に掠《かす》めた。仄かに碧《みどり》を帯びた金粉蒔地《きんぷんまきじ》の左右の翅《はね》に、奇異《きい》なる緋色《ひいろ》の紋《もん》が一つずつ。頭には触角《しょっかく》が一双《そう》、賢《かしこ》そうにピンと立っている。

老爺はこれを見ると、独り言ともつかぬ口調で、

「おやおや、お前もこんな所《とこ》にまでお出《で》迎《むか》えか？」

と語り掛けた。そして、颯《さっ》と両腕《りょううで》を伸《の》ばすと、掌《たなそこ》を合わせてこれを収めた。

「……なに、もう直《すぐ》そこや。」

やがて、二見に着くと、老爺はこれを宙《そら》に放って、

「迷うなよ。」

と一言。――その一部始終を眺めていた真拆は、愈〻《いよいよ》この男が気味悪く思えてきた。

真拆には、葛で列車を降り損《そこ》なったことが、頗《すこぶ》る不愉快であった。一つには、こんな気狂《きちが》い染みた爺《じい》さんに注意を奪《うば》われ乗り過ごしてしまったことが気に入らなか

った。また一つには、吉野と倶《とも》に、日傘の女との再会をも逸《いっ》してしまったことが残念であった。蝴蝶《こちょう》が放たれた時、真拆は、その翅《し》翼《よく》の散らした鮮やかな鱗粉《りんぷん》のように、女の幻も宙に放たれて消えてしまったように感じた。あの時交わした不思議な契《ちぎ》りが、いとも儚《はかな》く失われてしまったように感じた。そして何となく、自分は、吉野から、女から、拒《こば》まれたのだと云《い》う気がした。真拆が不思議と、この老爺に従って、熊野へ行くことを決めたのは、こうした思いに少し自棄《やけ》になって、頭のおかしな爺さんと陰気《いんき》な熊野詣も好《よ》いだろうなどと考えたからである。

……しかし、蝴蝶と倶に失《う》せたのは、独り女の幻ばかりではなかった。歩き始めると、老爺は打って変わって詞を発せなくなった。前を向いたまま、ただ、時折懐《ふところ》から紙を取り出しては、ぶつぶつと呟《つぶや》いて、何やら歌のようなものを書きつけている。真拆は始め、これを説《よろこ》んだ。心中が、纔《わず》かながらも清々したように感じた。しかし、直《じき》に却って不安になった。喋っている間でさえ、まったく得体の知れぬ男である。黙っていられれば、益《ます》々《ます》油断ならないと思った。

そこで、出来るだけ当り障《さわ》りのないようなことを幾つか尋ねてみた。すると、意外に、真面《まとも》な返事が戻ってくる。最初は、そうして、どうでも好いようなことを訊《き》いていたが、次第《しだい》にそれにも慊《あきた》らなくなって、やがて手探《てさぐ》りで、少しく意味のあることを問い始めた。その中《うち》の一つが、旅路に関することである。真拆は、本宮へ行くなら、五条から十津川沿いに西熊野街道《かいどう》を行く方が好いのではないかと訊いてみた。これは、真拆自身が川を眺めて旅をしたいと思っていたからである。すると老爺は、そっちの路《みち》は、例の大洪水《だいこうずい》で潰《つぶ》れてしまった。もう改修されているかもしれぬが、念の為《ため》に小辺路を通るのだと曰《い》った。因《ちな》みに、ここに云う大洪水とは、明治二十二年八月の豪雨《ごうう》による十津川の氾濫《はんらん》のことである。その被害《ひがい》は甚大《じんだい》で、大規模な崩壊《ほうかい》が至る所で看《み》られ、出現した堰止湖《せきとめこ》は三十七箇所《かしょ》、全壊家屋は四百二十六戸、半壊は百八十四戸、二百二十七余町の田畑が埋没《まいぼつ》し、死者は時の宇智《うち》吉野《よしの》郡長玉置《たまき》高良《たかよし》を含む《ふく》百六十八人にも上った。当時の視察報告書は、聊《いささ》か多言を費《つい や》してその惨《さん》憺《たん》たる被害の状況《じょうきょう》を録《しる》しており、翌日には「十津川沿岸ノ聚落《しゅうらく》毫《ごう》モ旧観ヲ存スル所ナキ」様であったと伝えている。

真拆は、この答えの凡庸《ぼんよう》なことにも、何となく拍子抜《ひょうしぬ》けがした。そこで、それならば少し遠回りをして、叙《ついで》に高野山にも足を伸ばせば好いと云った。

老爺は嘲《あざけ》るような調子で、

「わしは坊主《ぼうず》は好かん。」

と応《いら》えた。真拆は今度は、引張られていた手中の綱《つな》を、不意にぱっと離《はな》されて、うしろに尻餅《しりもち》を突《つ》いてしまったかの如く、喉元《のどもと》に控《ひか》えていたその他の詞の数々が、皆腹の底に引込《ひっこ》んだような心地《ここち》がした。

真拆と老爺とは、この日橋本で宿を取り、翌朝早くにそこを発《た》って、高野街道に入り、一息に旅籠《はたご》の上西まで歩いてしまった。道中老爺は、やはり寡黙《かもく》であったが、ただ時々、曩《さき》の旅路に関する遣取りを思い返して、誰《だれ》に云うでもなく「もう一度あの路を通れと云うのか、」と云う風な言を苦々し気に呟いた。

真拆は、ここに至るまで自分の名を名乗ってはいない。尋ねられなかったから、名乗らなかったのである。一方で、老爺もまた名乗ってはいない。これもやはり尋ねられなかったのである。そこで、真拆は適当な詞を添《そ》えながら、今更のように名を名乗り、併《あわ》せて、老爺の名を問うてみた。

老爺は云った。

「わしは、伴林六郎光平《ともばやしろくろうみつひら》じゃ。」

真拆はゾッとして、その面《おもて》を顧《かえりみ》た。老爺は更に語を継《つ》いで、

「天誅組《てんちゅうぐみ》じゃ。」

と、青年の駭《おどろ》きに、さも満足気に哄笑《こうしょう》した。

真拆は無論、これを信じなかった。しかし、嫌な饒談《じょうだん》を云うものだと思った。真拆がゾッとしたのは、自分が斬首《ざんしゅ》された天誅組の亡霊《ぼうれい》と旅をしていると思ったからではなくて、老爺の面に、ふたたび狂疾《きょうしつ》の徴《しるし》を認めたからであった。そして、こんな男と一緒《いっしょ》に旅を続けることの危《あや》うさを想って、上西では、夜明前にひとりで宿を出て、何とか逃《に》げてしまおうと考えていた。

さて、上西で、真拆は実際に首尾《しゅび》よくこの老爺と別れることが出来た。しかし、その経緯《いきさつ》は、当初の目論見《もくろみ》とは大いに殊《こと》なっていた。願望は、云うなれば、さかしまの成り行きによって叶えられたのである。

真拆は翌朝、軒下《のきした》の翳《かげ》も小さく竦《すく》んでしまうほどに日が高くなってから、心配した旅籠の女将《おかみ》に起されて漸《ようや》く目を覚ました。

伯母子の峠を、神経衰弱《すいじゃく》の東京の書生が、殆《ほとん》ど何の支度《したく》もせずに小走りとも云い得《う》るほどの速さで越《こ》えて来たのだから、これは已《や》むを得ぬことであった。糅《か》てて加えて、昨晩は、隣《となり》部屋の高野詣《こうやもうで》の連中が、御詠歌《ごえいか》を吟《ぎん》じて遅《おそ》くまで打興じていた為に、真拆の寝《ね》つかれたのは、もう随分《ずいぶん》と夜も更《ふ》けてからのことであった。
声を掛《か》けられると、真拆は、寝《ね》過《す》してしまった者がよくそうするように、一刹那《せつな》、
皿のように両眼を瞬《みひら》いて、枕頭《ちんとう》の懐中《かいちゅう》時計に飛びついた。
既《すで》に、針は十時を回っている。
小さく舌打ちをして、傍《かたわ》らを見遣《みや》った。が、老爺の姿は見えない。床《とこ》も上げられ、
荷物もなくなっている。
「あの、一緒に泊《とま》っていた爺さんは？」
訝《いぶか》りつつ、真拆は尋ねた。
女将はこれに、やや躊躇《ためら》いながらも、
「ええ、あの方なら、もうずっと早《はよ》うにお発《た》ちにならはりました。」
「発った？」
「はい、わたしも、お連れのお方は宜《よろ》しいですかと、一応慥《たし》かめてみましたんです
が、途中《とちゅう》で一寸《ちょっと》知り合いになっただけやから、構わへんて曰《ゆ》わはりまして。それで
も、お代は二人分払《はろ》うて行かはりました。……それに、何《なん》やら独り言のように、こ
この者《もん》は信用ならんとか曰うたはって、わたしも気味悪うて。……けど、やっぱ

り、お知らせした方が宜しいでしたやろか。」

「……いや、それなら好いんです。」

真拆は一応こう対《こた》えた。そして、自然と、哂《わら》いが込み上げてきた。

『兎《と》に角《かく》、あの爺さんと別れられたのは好い。――しかし、呆《あき》れた話だ。』

女将が部屋を出てから、真拆はぼんやりと、狐《きつね》につままれると云う言葉は、昔の人がこんな目に遭《あ》った時にこそ生まれたのだろうなどと考えていた。そして、浴衣《ゆかた》を脱《ぬ》ぎながら、ふと、こう思った。

『そうは云っても、狐にしたって、ただ人を騙《だま》すだけでは一文の得にもならぬであろうに。……おまけに、宿賃まで払って。……』

これが、今まで想《おも》ってもみなかった疑懼《ぎく》を生ぜしめた。そして、徐《おもむろ》に、携《たずさ》えてきた信玄袋《しんげんぶくろ》に手を掛けると、財布《さいふ》の中身を慥《たし》かめた。が、金はそのままであった。財布の外には、『即興詩人《そっきょうしじん》』が載《の》っている『目不酔草《めざましぐさ》』の最新号と、バイロン卿《きょう》の『チャイルド・ハロルドの巡礼《じゅんれい》』との二冊があるばかりである。勿論《もちろん》、手をつけられずに残っている。

真拆は安堵《あんど》と倶《とも》に、愈《いよいよ》々分らなくなって、もう一度、屹度《きっと》狐につままれでもしたのであろうと想ってみた。さもなくば、狸《たぬき》に化されたのか。そして孰《いず》れにせよ、そう考える方が、あの老爺が天誅組の亡霊であったなどと考えるよりは、よほど増《まし》だと思った。——

さて、こうした奇妙《きみょう》な経緯の後に、上西を出て、ふたたび小辺路を歩き始めた真拆は、焦《こ》がれていた旅の慰安《いあん》が漸く《ようや》得られたような気がして、心中頗る《すこぶ》快かった。

行き先に変わりはない。一度《ひとたび》は、引返して高野詣をしようかとも考えたが、折角ここまで来たのだからと、思い直して、そのまま本宮を目指すことにした。

蒼穹《そうきゅう》は穏《おだ》やかに晴れ亙《わた》っていた。山の緑は濃淡《のうたん》様々に相混ざって、その渾《すべ》てが、尾根《おね》へと昇《のぼ》るほどに日華《にっか》を浴びて色を灑《あら》われてゆく。稜線《りょうせん》は彼方《かなた》に消え入らんばかりに、薄《うす》く、幽かに。その白んだ頂きに、時折、鶯《うぐいす》が囀《さえず》って静寂《せいじゃく》を添えた。

三田谷を過ぎて、三浦に入ると、真拆の歩みにも聊か余裕《よゆう》が生じてきた。

道すがら慎《つつ》ましやかに花開いた姫射干《ひめしゃが》や連鷺草《つれさぎそう》、桜菫《さくらすみれ》などを眺《なが》めては、睛《ひとみ》を悦《よろこ》ばせ、その心懐《こころゆか》しい可憐《かれん》な佇《たたず》まいに、足を止めることも幾度《いくたび》か。疎《まば》らに咲《さ》き出《い》でた羅生門蔓《しょうもんかずら》を見つけるに及《およ》んでは、幾重《いくえ》にも聯《つら》なるその紫色《むらさきいろ》の花々に、切り落とされた鬼女《きじょ》の掌《たなそこ》を認めたと云う古人を懐《おも》って、埒《らち》もない空想に耽《ふけ》ったりもした。

日のやや傾《かたむ》く頃《ころ》になり、漸く峠を越える目処《めど》も着くと、真拆は路辺に湧《わ》き出た清水を掬《むす》んで喉を潤《うるお》し、藤《ふじ》の翳《かげ》が涼《すず》しい傍らの岩棚《いわだな》で、暫く足を休めた。さしたる疲《ひ》労《ろう》も覚えず、別段憩《いこ》わねばならぬ理由もなかったが、水を口に含んだ途端《とたん》、それがそのまま滲《にじ》み出たかの如《ごと》く、遍身《へんしん》から汗が流れ始め、漫《そぞろ》に、行く手を急がんとする気が殺《そ》がれたのであった。

——それでも、そこに半時間ばかりも止《とど》まっていたであろうか。

自然の中にただ独りあると云う感覚が真拆を酔《よ》わせていた。上西を出てから五百瀬に至るまでは、高野詣の巡礼や、門新《かどしん》の人足などが往来していて、街道も相応の賑《にぎわ》いをみせていたが、それ以降は、不思議と人の足も絶えて、曩《さき》に腰《こし》を卸《おろ》してから真拆の前を通ったのは、纔《わず》かに、「この竹原八郎は、」などと声高に話していた男が一人とその連れの者が一人とあるばかりであった。

やがて重い腰を上げると、真拆はふたたび歩き始めた。と、その刹那、ゆくりなく面を過《よぎ》るものがあった。見れば、金彩地《きんだみじ》に緋色《ひいろ》の花を小さく咲かせた、件《くだん》の鴉揚葉である。ひらひらと二三度翅《はね》を動かすと、木の葉のように、斜交《はすか》いにスッと流れて去ろうとした。真拆は思わず眼《め》で追った。無論、同じ蝶だと思った訣《わけ》ではない。

ただ、ちらと眸子《ぼうし》に映った、その珍《めずら》しい赤い紋が、老爺《ろうや》の放ったそれのとそっくりで、おや、と気を惹《ひ》かれたのである。

初めは、慥《たし》かにそれだけのことであった。しかし、白昼の街道に舞う蝴蝶の姿は、ほどなく真拆の心を領した。だが、抑〻《そもそも》当てのない旅である。本宮へは今日中にも辿《たど》り着けるでしょうと云っていた。上西の女将は、そう急がずとも、二日掛けて行こうが三日掛けて行こうが構うことはない。上湯温泉の辺りまで行けば勿論、それより手前の西中にでも玉垣内《たまがいと》にでも宿くらいはあるだろう。幸い路銀にもまだゆとりがある。それならば、……と、こんなことを考えながら、興に乗じて少しく無《む》邪《じゃ》気《き》にあとを追ったが、眺めるほどにその比類ない美しさに魅《み》せられて、且又《かつまた》、その誘《いざな》うような、どこかしら、つれないような雰囲気《ふんいき》が、忘れ懸《か》けていた日傘《ひがさ》の女と重なって、愈〻我にもあらず追って行き、山道を逸《そ》れ藪《やぶ》を抜けると、真拆は何時《いつ》しか森の深奥《しんおう》を彷徨《さまよ》っていた。

——これが、最後の因縁《いんねん》であった。……

……残映よりゆっくりと眼を背《そむ》けながら、真拆は兎に角山道へと向けて歩き始めた。

ここに至るまでの道のりが、真拆にはどうしても思い出せない。両腕に遺《のこ》された創傷から、およそ険しさのほどは知れるものの、さりとて、その間の光景が一つとして浮《う》かばぬのは何故《なにゆえ》にであろう。斜面は頗る急である。足場も悪い。されば、途中行手《ゆくて》を閉ざされ滞《とどこお》ると云ったこともなく、蝴蝶の姿を追い続けることが出来たのも、些《いささ》か奇とすべきである。

そして今、蝴蝶の姿は既にない。――

辺りに頭《こうべ》を巡《めぐ》らせると、真拆は嘆息《たんそく》した。

ここには、街道沿いに眺めた景色は名残《なごり》だに見られない。周囲に隈《くま》なく繁茂《はんも》した水楢《みずなら》は、或《ある》いは苔生《こけむ》し、蔦《つた》が絡《から》み、或いは禽獣《きんじゅう》に皮を剥《は》がれて、傾きつつ、交りつつ、その罅割《ひびわ》れた異様な幹を曝《さら》している。枝より垂れた無数の花は、夕映《ゆうば》えに赤黒い虫豸《ちゅうち》のよう。時折細風《さいふう》が吹《ふ》くと、鳴条《めいじょう》の下で幽《かす》かに揺《ゆ》れる。

夜が満ち始めていた。山中では、闇《やみ》は底に、底に、と溜《たま》ってゆく。それが何時しか踝《くるぶし》を呑《の》み、膝《ひざ》を呑み、気がつけば胸にまで迫《せま》っている。それでも、闇の潮は引かない。首を呑み、頭上を遥《はる》かに、更《さら》に幾重にも満たしながら、山を呑み、晩霞《ばんか》を呑み、やがては穹《そら》をも呑み尽《つく》そうとする。死んだ魚が、深海で水面《みなも》を彼方に望むように、その細鱗《さいりん》が月光に最早《もはや》耀《かがや》かぬように、そうして世界も、闇と倶に、底に、底に。

——

地に積る幾年《いくとせ》を経たとも知れぬ腐葉土《ふようど》が、甘酸《かんさん》の微妙《びみょう》に溶《と》け合う湿《しめ》った臭気《しゅうき》と、虚《むな》しく逆らおうとする弾力《だんりょく》とを伴《ともな》って、踏《ふ》み締《し》める度に、死肉を下に敷《し》くような、不快な錯覚《さっかく》を催《もよお》させる。うねるような起伏《きふく》に足を取られて、不如意《ふにょい》な力が加えられる時には、殊《こと》に、朽《く》ち遣《や》らぬ条枝《じょうし》が、蹂躙《じゅうりん》される骨子のような音《ね》を真拆の蹠《あしうら》に響《ひび》かせる。

頭上では、鶯の囀《さえず》りに混ざって、夕影鳥《ほととぎす》が頻《しき》りに鳴き続けている。それが、どこかしら痛ましい。痛ましいほどに、澄《す》んでいる。

歩みを進めながら、真拆はもう一度、街道からここに至るまでの記憶《きおく》を辿《たど》った。今度は、幾つかの断片《だんぺん》の光景が思い出されるような気がした。しかし、途順を慥《たし》かめるまでには至らない。抑ゝ踵《くびす》を返してから眼にする景色が、一つだに記憶と結ばない。一度通った場所ならば、その景色に看える何等《なんら》かの標《しるし》が、朧《おぼろ》な記憶の綱を手《た》繰《ぐ》って、次に眼に触れるべき景色を予告する筈《はず》である。が、そう云《い》ったことが一向に起こらない。現れる木の形、草の茂《しげ》りが、悉《ことごと》く初めて眼にするものばかりであるような心地がする。歩きながら、真拆は、高田から葛を乗過ごして二見にまで来てしまった時のことを思い出した。あの時も同様であった。その間だけ、時間の流れから爪弾《つまはじき》にされていたかのようである。丁度、車中に迷い込んだ件の蝴蝶《こちょう》が、車両の端から端へと僅《わず》かの距離を飛び行く間に、一つ二つと停車場を過ぎて、気がつけば見も知らぬ土地へと齎《もたら》されていたかの如く。

そしてこの時、真拆は卒然と或《あ》る不吉《ふきつ》な想いに憑《つ》かれた。

『あの日、新橋駅で見掛けた日傘の女の帽子《ぼうし》には、白い縁取りが施《ほどこ》されてはいなかっただろうか？……于嗟《ああ》、そうだ、やっぱり、そうだ。今まで俺《おれ》は、そんなことはすっかり忘れてしまっていたが、慥かに以前、何かの本で読んだことがある。愛蘭《アイルランド》の言い伝えで、白い縁《ふち》取りの帽子を被《かぶ》った女と出会い、その六箇《か》月《げつ》後に死んでしまった男の話を。……』

この回想に、真拆の脳裡《のうり》には、ふと女の顔が蘇《よみがえ》った。継いで、穹蓋《きゅうがい》に舞《ま》う鴉揚葉《からすあげは》と、それを放った老爺の掌《たなそこ》とが見えた。女の睛が瞬《またた》くと、飜《ひるがえ》った蝴蝶の翅《し》翼《よく》が背に負うた緋色の紋《もん》を颯《さっ》と隠《かく》し、それに続いて、老爺の掌《たなそこ》が、蝴蝶を捕《と》えて宙《ちゅう》で閉じた。

刹那に、三つの像が交錯して、その上を更に、新橋駅が、下等客車が、小辺路が、上西が、三浦峠が各《おのおの》ぶちらりと掠《かす》めて行った。真拆は初めて、これらの因縁の結びつきを思った。そして、俄《にわ》かに不安になって、態《わざ》と語気を荒《あら》げて独り言《ご》ちた。

「……莫迦《ばか》らしい。そんな迷信《めいしん》が何だと云うのだ！——第一、あの女と逢《あ》ってから、六月《むつき》は愚《おろ》か、まだ一週間も経《た》ってはいないじゃないか。……それに、今俺がいるのは、奈良の山奥《やまおく》だ。愛蘭《アイルランド》なんかじゃない。……まったく、一体俺はどうしてしまったのだろう。……」

しかし、こうした自嘲《じちょう》は真拆を更に慰《なぐさ》めなかった。

……前を見遣れば、また少し、夜が重くなったような気がした。足許《あしもと》はおぼつかなかった。剝出《むきだ》しになった木の根に引掛かって、思わず幹に手を突《つ》いた時に、掌《たなそこ》の下で豸《むし》の潰《つぶ》れるような音がして、周章《あわ》ててその手を引込《ひっこ》めた。手の腹には、黄緑色の液《しる》が小さな沁《しみ》となって遺っていた。

『なるほど、女に逢ったのは数日前で、しかもここは愛蘭《アイルランド》なんかじゃない、』

顔を挙げて、真拆は今度は声に出さずに思ってみた。そして、覚えずこう続けた。

『しかし、時間も場所も、今の俺にとっては如何《いか》にも危うい。』

——と、その時、真拆は前方に、赤酸醤《あかかがち》の如く絶《かがや》く緋色の二点を認めた。

『……あれは、……あの蝶か？』

しかし、近寄ろうとした刹那、踏み出した右足にその絶《かがや》きが颯と飛びついた。

素早さは、宛《さなが》ら矢の如く。

「于嗟《ああ》！」

麻痺《まひ》にも似た劇痛が脛《すね》を熱した。鼓動《こどう》が速まり、冷汗《れいかん》が背《せな》を走る。

眼前が、白昼の如く煌《きら》めいた。痛みの源には、妖《あや》しく灯《とも》る二個の緋色。幾度《いくたび》空を蹴《け》れども、その炯々《けいけい》たる絶きは失われない。足を振《ふ》る。更に振る。左足で蹴る。遍身に滲んだ汗《あせ》が、忽《たちま》ち露《つゆ》と消えてゆく。額《ひたい》が熱を失してゆく。呻《うめ》きを上げながら、右足を更に大きく一振すると、フッと足下が闇になって、氷片《ひょうへん》の触《ふ》れたように、一瞬《しゅん》、僅かに熱が引いた。

踝を、乾《かわ》いた鱗《うろこ》が撫《な》でて行った。

眩暈《げんうん》に真拆は膝を地に着いた。息が荒《あら》い。胸の鼓動も高い。打顫《うちふる》える手を脛に延ばすと、滑《ぬめ》りの上を指先が辷《すべ》った。

血は淋漓《りんり》と瀝《したた》っている。

『——俺は死ぬのか。』

傷口を押《お》さえた手にぐっと力を込めて血を搾《しぼ》った。そして、残りの手で荒々しく袋を弄《まさぐ》り、手拭《てぬぐい》を探《さぐ》って握《にぎ》り締めると、真拆はそのまま、意識を失っていった。

……

澄み亙る黙《しじま》に、夕影鳥《ほととぎす》の声が琅々《ろうろう》と響いている。夜は、漸く残映を排《はい》した。紫紺《しこん》の穹蓋《きゅうがい》に月はない。往仙岳の山中には、地に倒《たお》れ伏《ふ》す青年の姿が一つ。そして今、その傍らに、立ち尽す別の人影《ひとかげ》が、一つ、朧に。

○

……目が覚めると、真拆は床《とこ》に横《よこた》わっていた。遠くから、鳴き声だけを届けつつ、ゆっくりと近づいて、フッと留まった蚊《か》のように、漸《ようや》く戻《もど》った意識は、うっかりすると、またふらふらと飛んで行ってしまいそうである。

『ここは一体、……』

室内と云うことは分かる。しかし、明かりがなく、部屋の様子を窺《うかが》い知ることは出来ない。闇が、周囲の濃淡をまったく奪《うば》ってしまっているので、瞼《まぶた》を閉じてその裏側を見詰《みつ》めている方が、綺羅《きら》々と明るく思えるほどである。

起き上がろうとすると、急に頭痛が激しくなる。為方《しかた》なく、少し頸《くび》を捻《ひね》って周囲を眺めていると、次第《しだい》に眼も慣れてきて、物の翳《かげ》くらいは分かるようになった。

どうやら四畳半《よじょうはん》ほどの部屋らしい、と真拆は見当をつけた。それから、枕頭《ちんとう》に、道中携えて来た信玄袋が置かれているのに気がついた。伸《の》ばした手が、その底に着いた土の汚《よご》れに纔《わず》かに触《さわ》った。

『……於乎《ああ》、そうだ、あの時山の中で気を失って、……それから、……それから、……駄目《だめ》だ、分からない。……しかし、兎《と》に角《かく》、こうしている以上は、俺は誰《だれ》かに助けられたのか？……』

暫《しばら》くすると、草履《ぞうり》が地を擦《す》る音が聞こえて来た。

ゆっくりと近づいてくる。やがて、音が已《や》むと、静かに戸が開いた。室内に、明かりが灯った。

「気づかれましたか。」

歩み寄り、蠟燭《ろうそく》を翳《かざ》して顔を覗《のぞ》き込んだのは、剃髪《ていはつ》をした、彼此《かれこれ》もう還暦《かんれき》を過ぎようかと云うほどの男である。

「……はい、……あの、ここはどこなのでしょうか？」

「貴方《あなた》の迷い込まれた往仙岳《おうせんだけ》山中です。毒蛇《どくへび》に、——多分蝮《まむし》でしょうが、嚙《か》まれて倒れていらした所を、わたくしが寺まで御運び申しました。」

「そうだったのですか。……毒蛇か、……いや、本当に何と御礼《おれい》を云って好《よ》いのか、……」

無理にも起き上がろうとする真拆を制して、

「嚙んだあとが大きく裂《さ》けて、随分《ずいぶん》と血が流れていました。犬などに嚙まれました時にも、周章《あわ》てて手を引くと、よくそのようになってしまいますが。——しかし、却《かえ》ってその為《ため》に毒も流れて良かったのかもしれませぬ。蝮と云っても、中々莫迦には出来ませぬから。貴方は御運が御有りになる。」

「……そうですか。」

こう云うと、真拆は少し間を置いて、語を継《つ》いだ。

「ここは熊野の本宮からは遠いのでしょうか？　私はそこへ向かう途中だったのですが。」

「本宮はまだ、かなり南の方です。……小辺路を通って？」

「はい、」

「それなら懼《おそ》らくは、三浦峠から誤って、百町の渡しの方へ這入《はい》ってしまわれたのでしょう。そのまま行けば小谷へ出ていた筈です。」

「はァ、道理で、あの辺りからぱったり人が通らなくなりました。……そうか、路《みち》を間違《まちが》っていたのか。」

云うと等しく、真拆には蝶を追いかけていた時の自身の姿が思い出されて、溜息《ためいき》ともつかぬ苦い笑《え》みを禁じ得なかった。

「毒の為か、大分魘《うな》されていらっしゃいました。悪い夢でも御覧になっているようで。」

「悪い夢。……夢と云うならば今日までのことは総《すべ》てが夢のようにも想《おも》われる。……あの女も、あの老爺も、あの蝶も。……」

真拆の気怠《けだる》い溜息に逢うと、老僧《ろうそう》は初めて緩頬《かんきょう》して、

「今日までのこと？」

と問い返した。

「ええ、そうです。ここ二三日、色々と奇妙《きみょう》なことが続いたものですから。」

「なるほど、それならば、皆《みな》、夢かもしれませぬ。」

「え？」

「なにしろ貴方は三日三晩こうして床に臥《ふ》せていらしたのですから。」

「三日間も？……そうか、……道理で、腹も減る訣《わけ》か。」

真拆はまた、嘆息するようにして笑った。

庭を抜《ぬ》けて戸口より吹込んだ一陣《いちじん》の夜風が僅かに頬《ほお》を撫でた。心地《ここち》好さに、そのまま瞼を閉じた。

「……暫くそうなさっているのが宜《よろ》しいでしょう。このような山中のこと故、大したものはありませぬが、今夜辺り御目覚めになるのではと粥《かゆ》を炊《た》いて用意しておりました。膳《ぜん》を持って参りますので、そのまま御待ちになって下さい。」

老僧が部屋を出ると、真拆は遠ざかってゆくその跫音《あしおと》を孤《ひと》り静かに聴《き》いた。

夜は不思議なほどに穏《おだ》やかである。
『或いは、正《まさ》しくこの瞬間こそが、未《いま》だ醒《さ》め遣らぬ夢の続きなのではあるまいか？』

去り際《ぎわ》に開かれた窓より、細筆で素早《すばや》く引いたような眉月《まゆづき》が覗いている。その幽かな光の下、ふたたび瞬《みひら》かれた真拆の双睛《そうせい》は、水生動物の卵《らん》のように繊細《せんさい》で透徹《とうてつ》した美しさに耀《かがや》いている。浜辺《はまべ》を洒《あら》う細波《さざれなみ》のように、寄せては返し、瞼はその潤《うるお》いを涸《か》らさない。憔悴《しょうすい》した面《おもて》にあって、ただこれらの二つばかりが、嘗《かつ》ての美貌《びぼう》を今も変わらず湛《たた》えている。

なるほど、真拆は眉目秀麗《びもくしゅうれい》な青年であった。しかし、その美しさは、どこか江湖《こうこ》にあって異様なる美しさである。例えば、絵画や彫刻《ちょうこく》等の芸術に於《お》いて、悪魔《サタン》や阿修《あしゅ》羅《ら》と云った者達《たち》が、殊更に美しく表現されることがある。神や帝釈天《たいしゃくてん》と云った崇高《すうこう》な存在に対して向けられる力が、本来の醜穢《しゅうわい》を綺《き》麗《れい》に滌《あら》い流して、頗《すこぶ》る魅力《みりょく》に富んだ姿を纏《まと》って現れることがある。——真拆の美しさは、云うなれば、その類《たぐい》の美しさであった。

渠《かれ》を知る者は、皆、これが如何にもその人に似つかわしいものだと思っていた。

一体、真拆の悪と云うものに対する考えは甚《はなは》だ凡庸《ぼんよう》である。そして、それが故《ゆえ》に、当たり前のように悪を為《な》すことを肯《がえ》んぜない。されば、何故にその貌容を悪魔や阿修羅に比することが出来るのかと云えば、渠《かれ》の裡《うち》には、常に炫々《げんげん》たる情熱が存しているからである。

抑《そもそも》この「情熱」と云う言葉は、impassioned の訳語として、真拆が李《り》白《はく》の詩中より借りてきたものであった。平生、渠は詩を能《よ》くし、幾つかの雑誌に詩や詩論を寄《き》稿《こう》している。その新体詩は、頗る斬新《ざんしん》であり、世に漸《ようよ》う溢《あふ》れ出していた浪漫《ろうまん》主義の詩人連中には、真拆は渠等の先鞭《せんべん》をつける者として熱烈《ねつれつ》に歓迎《かんげい》されていた。就中《なかんずく》、渠のバイロン卿《きょう》を論じた文章中に、この「情熱」なる語を発見した時、世人はそれに身震《みぶる》いするような新鮮《しんせん》な共感を覚え、以後真拆を評するに際しては、必ずこの語が須《もち》いられるようになったのである。

真拆自身、早くから、この情熱の感覚を有していた。それは云わば、渠の宿痾《しゅくあ》の如《ごと》きものであった。真に生きていると感ずる為には、漸々《ぜんぜん》と日々を積み重ね、しかしてその果てに得られる所のものを期すると云うのではなく、何かしら瞬間の超越《ちょうえつ》、持続しない、一個の純粋《じゅんすい》な昂揚《こうよう》を、一撃《げき》の下《もと》に、生活の総てを打破って顧《かえりみ》ぬような苛烈《かれつ》な衝動《しょうどう》を体験せねばならなかった。血は、煮《に》え湯のように滾《たぎ》らねば、忽ち滞《とどこお》って変色し、凝固《ぎょうこ》してしまう。肉は、苦痛を伴《ともな》うほどに激しく行使されねば、生温《なまあたたか》い倦怠《けんたい》の底に沈《しず》んでしまう。

情熱は、熱く熔《と》けて黄金色《こがねいろ》に赫《かがや》く硝子《ガラス》の一塊《いっかい》である。生活に用いようとするならば、それに益する凡庸な形を与《あた》えて、手に触れ得《う》るほどに、素早く冷ましてしまわねばならない。残される光は細《ささ》やかである。しかも、それだにやがては失われ、手垢《しゅこう》に曇《くも》りゆき、そして懼《おそ》らくは、日常のまったく無意味な瞬間に、不意に割れて砕《くだ》けてしまうのである。

真拆はそれを潔《いさぎよ》しとしない。さりとて、奈何《いか》なる形を以《もっ》て己《おのれ》の情熱を成就《じょうじゅ》させるべきかが分からない。覚悟《かくご》はある。しかし、殉情《じゅんじょう》の徒たるには、渠《かれ》は何時《いつ》でも知的であり過ぎるのである。

情熱が将《まさ》に行動と結ばんとする刹那《せつな》、真拆は必ず、伸ばしたその手を引込めて、一歩退《さ》がって、今し方己の触れんとした所のものを見てしまう。そして、思案する。本当に触れる価値があるのかと考える。或《あ》いは、触れた後のことを考える。畢竟《ひっきょう》触れることの出来なかった時のことを考える。その間にも情熱は刻々と冷めてゆく。

形を成さぬままに冷めてゆく。消えてなくなるならば好い。しかし、あとには必ず、徒《いたずら》に重々しい醜怪《しゅうかい》な塊《かたまり》が残ってしまうのである。

それが我慢《がまん》ならない。その鈍《にぶ》い重みに耐《た》えられない。

早熟な少年の頃《ころ》に、真拆は末期の民権運動に触れ、幾人かの旧自由党員と知り合って行動を倶《とも》にしようとした。これは、身中に残されたその情熱のあとを、盲滅法《めくらめっぽう》に自ら熱して、偶《たまたま》、手近にあった政治的行動に委《ゆだ》ねて、成就させようと欲したからである。ただ、それだけのことである。そして結局、渠《かれ》はこの時も、己の情熱が、ふたたび手も着けられずに冷めゆく様を苛立《いらだ》たし気に眺《なが》めているより外はなかった。或いは、壮士《そうし》連中の愚かさを心底侮蔑《ぶべつ》しながら、或いは、後藤象二郎《ごとうしょうじろう》入閣による大同団結運動の破綻《はたん》を、自らを嘲《あざ》けるかの如く嗤《わら》いながら。

真拆の人生は、云《い》うなればその絶え間のない繰《く》り返しであった。この後、東洋の衰運《すいうん》を恢復《かいふく》すべく大政治家たらんと志したこともあった。また、ユウゴオの如く、筆の力を以て政治上、思想上の問題を支配する小説家たらんと志したこともあった。思想家たらんとも欲《ほっ》した。大商人たらんとも欲した。そして、終《つい》にその孰《いず》れをも果たせぬままに、漸《ようや》く今、詩人たるを以て世に容《い》れられようとしているのである。

真拆は、詩作に己の情熱の渾《すべ》てを注いだ。その速筆は、常に同朋等《どうぼうら》を驚《おどろ》かしめている。正《まさ》しく意到《いた》りて筆随《したが》うと云った為事《しごと》ぶりである。それが余りに甚だしいので、中には、作品の洗練以上に詩作と云う行為《こうい》そのものに重きを置こうとするその創作態度を難ずる者さえある。これは懼《おそ》らくは正鵠《せいこく》を得た指摘《してき》であろう。さりとて、猶《なお》しも人々が渠《かれ》の才能を疑わぬのは、その速筆が必ずしも作品の質を低下させぬからである。真拆の抒情詩《じょじょうし》には、一部の俗悪《ぞくあく》な浪漫派詩人の詩に見られるような、陰気《いんき》な感傷や、恨《うら》み言めいた饒長《じょうちょう》な文句と云ったものは微塵《みじん》もなく、表現は力強く簡潔で、遥かなるものへの憧れに満ち、猶且《なおかつ》、行間には言葉に尽《つく》せぬ繊細な感情の顫《ふる》えが清水のように潺々《せんせん》と流れていた。

　されば、渠が詩人たることに充分《じゅうぶん》の満足を得ているかと云えば、必ずしもそうではない。寧《むし》ろ、不満を抱いている。それは、何故にであろうか。

　なるほど、折々気に入らぬものはあるが、渠は総じて自分の書いた作品には満足している。詩壇《しだん》の評判も悪くはない。情熱は、創作を通じて上手《うま》く処理されているような気がする。にも拘《かかわ》らず、最も詩興が高じ、最も多作である時にでさえ、屢々《しばしば》激しい神経衰弱《すいじゃく》に陥《おちい》ってしまう。――これが、渠には理解出来なかった。

真拆の不幸は、創作と生活との間に存する根本の矛盾《むじゅん》を意識し得ないことであった。情熱は、民権運動に注がれても、詩作に注がれても、同じように成就し得るであろうと云う漠然《ばくぜん》とした期待がある。日々の詩作は、連続しない一個の昂揚《こうよう》の集合であり、それぞれが新しい体験であると考えている。事実、そうした感覚はある。しかし、詩作に伴う内部への沈潜《ちんせん》が、知らぬ間に、渠《かれ》を生活から引き離《はな》してしまう。気がつくと世界が遠くに離《はな》れてしまったような気がする。その過程が理解出来ない。理解は出来ぬが感覚としては知っている。だから、旅をするのである。旅をして、肉体の苦痛を慥《たし》かめるのである。

神経衰弱が愈《いよいよ》甚だしくなると、真拆の顔は、その左半分が少しく歪《ゆが》んでくる。そして、平生治まっている、頸《くび》の辺りを引攣《ひきつ》らせる癖《くせ》が、ぽつり、ぽつりと出てくる。渠《かれ》の貌容《ぼうよう》に、多くの者が何かしら異様な一面を認めるのは、或いはこれが為であるかもしれない。――

さて、膳が運ばれると、真拆は自力で起き上ろうとして身を捩《よじ》った。そして、肘《ひじ》を突《つ》き、僅《わず》かに身を起した所で、上から吊《つ》っていた糸がぷつりと切れてしまったかのように、また、枕《まくら》に頭を落した。僧は、渠《かれ》の額《ひたい》に掌《たなそこ》を宛《あて》がい、熱の具合を慥《たし》かめた。

「まだ御有りのようですが、少しは、召《め》し上がった方が宜しいでしょう。」

差し出された手に縋《すが》って、膳の前に座《すわ》ると、軽い目眩《めまい》に襲《おそ》われた。

「冷めぬうちにどうぞ。」

膳の上には、白粥と沢庵《たくあん》数切れとが載《の》っている。箸《はし》を取り、粥に手をつけようとした所で、真拆は、思い直して一度鉢《ひとたびはち》を戻した。そして、須臾《しゅゆ》の間躊躇《またためら》った後に、改めて深々と頭《こうべ》を垂れた。

「助けて戴《いただ》いた上に、このような御食事まで、……」

僧はこれには応《いら》えずに、「どうぞ。」とだけ云った。真拆は、この時初めて老僧の姿を正面に仰《あお》いだ。乾《かわ》いた肉の薄《うす》い面《おもて》は、恬淡《てんたん》たる性を感じさせ、且又、燭影《しょくえい》に際立った数多《あまた》の皺《しわ》が、それに深みを与えている。しかし、粗食《そしょく》に努めている為か、随分と老《ふ》けこんでいるように看《み》える。殆《ほとん》ど不自然とも云い得るほどに。髭《ひげ》はない。着物は、粗末な帷子《かたびら》一枚である。

真拆は視線を落として、箸を取ろうとした。そして、今度もまた躊躇った。その

様子を見ていた僧は、優《やさ》しく打笑んで、

「構いませぬ。御好きなように。」

と云った。真拆もこれに笑って見せて、不慣れな合掌《がっしょう》をすると、沢庵を一枚、音を立てて嚙《か》んだ。

○

「痛みますか。」

「ええ、何だか急に、……。」

食事を了《お》え、茶を啜《すす》る真拆は、俄《にわ》かに色を変えて鉢を置いた。

「無理もないでしょう。看た所、傷は随分と深いようです。暫《しばら》くはここで養生せねば、歩くことだにままなりますまい。」

「暫くどのくらい掛《か》かりますでしょうか？」

「さて、何とも申しようはありませぬが、――悪ければ一月《ひとつき》ほども掛かりますかな、……」

「一月か。」

「御急《おいそ》ぎになりますか。」

「いえ、元々当《あて》などない旅ですから。……ただ、余り長居しては御迷惑《ごめいわく》かと。」

「……それは、構いませぬ。」

僧はこう応《いら》えた。が、真拆には、やや間を置いたその返事から、何となく僧の心中が察せられるような気がして、

「私もここに長居する理由はありませんし、恢復《かいふく》し次第《しだい》、山を下りて旅を続けようと思います。修行《しゅぎょう》の御邪魔《じゃま》をしては申し訳ないですから。」

と云い添《そ》えた。

僧は黙《もく》して、纔《わず》かに頸《くび》を縦に振《ふ》った。……

膳を下げると、僧はもう一度部屋へと戻《もど》って来た。そして、真拆を床《とこ》に就《つ》かせたまま、自ら名乗ってこう云った。

「まだ御名前を伺《うかが》ってはおりませんでした。愚僧《ぐそう》は法名を円祐《えんゆう》と申します。」

この詞《ことば》に、真拆は蒼白《そうはく》の面色を仄《ほの》かに紅《くれない》に打烟《うちけぶ》らせて、

「これは、うっかりしてしまって、……私の方から名乗るべきでした。——井原真《いはらま》拆《さき》と申します。」

「マサキ様。」

「はい、定家葛《ていかかずら》の古称です。真拆の葛と云う、……父が能好きで、金春禅竹《こんぱるぜんちく》のあれからとったのです。ただ、さすがに、定家では恐《おそ》れ多いからと云って、」

「なるほど、」

「私は、東京の大学に籍《せき》を置いておりまして、その傍《かたわ》らで詩を書いています。知人は皆《みな》、この『真拆』と云うのを筆名だと信じていますから、きっと、随分《ずいぶん》と生利《なまぎき》な奴《やつ》だと思っていることでしょう。勿論《もちろん》、本名なのですが。」

「詩を御書きになられますか。」

「ええ。」

——と、視線を擡《もた》げた真拆は、雪眉《せつび》の下《もと》で半ばに開かれた僧の瞼《まぶた》に、微《かす》かな眸子《ぼうし》の顫《ふる》えを認めたように思って沈黙《ちんもく》した。それから、故意に話頭を転じて、

「それにしても、こんな山奥《やまおく》にお寺があるとは思いませんでした。特に、この辺りは、……」

「はい、寺はここに一つあるばかりです。尤《もっと》も、ここも元は炭焼き小屋でして、寺と云うほどのものではありませぬ。名前もありませぬ。」

僧は静かに応えた。――

この、円祐と云う老僧は、元は十津川郷大字大野《とつかわごうおおあざ》なる南剛山の曹洞宗《そうとうしゅう》興聖寺派玉林寺の師家であった。二十五年ばかりも昔のことである。字《あざな》は松山《しょうざん》、俗姓《ぞくせい》を千葉と云った。この一寺の師家が、今、人の通わぬ深山《みやま》の庵《いおり》に棲《す》んでいることには因縁《いんねん》がある。

それには、時代の趨勢《すうせい》と云うものも手伝っている。

円祐が玉林寺にあった幕末から明治の初《はじめ》にかけては、本邦《ほんぽう》の仏教界が未曾有《みぞう》の危機に瀕《ひん》した時代であった。云うまでもなく、慶応《けいおう》四年の神仏分離《ぶんり》令《れい》に端《たん》を発する廃《はい》仏毀釈《ぶっきしゃく》が、即《すなわ》ちその所以《ゆえん》である。

この運動の激しさを示す時事は枚挙に暇《いとま》がない。興福寺の五重塔《ごじゅうのとう》が三重塔と倶《とも》に売りに出されて二十五円で落札されただとか、天平写経《てんぴょうしゃきょう》が一束五円で古物商の店先に並んでいただとか、或いは、偸《ぬす》まれた千体仏が銭湯《せんとう》の薪《まき》に使われていただとか、要はそう云った類《たぐい》である。仏閣に火を放ったり、仏像を壊《こわ》したりと云った乱暴も、珍《めず》しくはなかった。

しかし、およそ広く全国を見渡《みわた》しても、ここ十津川郷ほど徹底《てってい》して廃仏毀釈の行われた地は稀《まれ》である。これは格別、奇《き》とすべきことではない。この地の歴史を考えるならば、寧ろそれ以前に、曹洞、臨済《りんざい》の両禅《りょうぜん》を初めとして、天台《てんだい》、真言《しんごん》等、数多くの仏閣が存していたと云う方が、遥《はる》かに驚くべきことである。

十津川郷の廃仏毀釈は、明治元年に、郷民の玉置《たまき》山《やま》復古の願い出が許されたことに始まる。当時聖護院《しょうごいん》の支配下にあった玉置山は、別当高《たか》牟《む》婁《ろ》院《いん》の専横により、既《すで》にして郷民とは隔絶されたものとなっていた。願いを許された郷民等は径《ただ》ちに廃仏を断行して、ここより仏教色を一掃《いっそう》し、更《さら》に、明治六年には、郷内五十一もの寺院を総《すべ》て廃止した。大野川近くの玉林寺はその中《うち》の一つだったのである。

この時に及《およ》んでは、随分と還俗《げんぞく》した者もあった。また、外からその誘《さそ》いもあった。しかし、当時印可を授《さず》けられたばかりであった円祐は、当然のこととして、これらの誘いを皆退けた。そして、行く先も告げずにあっさりと寺を捨てると、独り飄然《ひょうぜん》と聖胎長養《しょうたいちょうよう》の行脚《あんぎゃ》に出たのである。

……ここまでの経緯《けいい》はよく解《わか》っている。しかし、この後の円祐の行方《ゆくえ》を辿《たど》ることは出来ない。一つにそれは、渠《かれ》が、俗世《ぞくせ》の物乞《ものご》いと何等違《たが》う所のないような格好で行脚を続けていた為《ため》である。また一つには、この時代の僧侶《そうりょ》に対する冷淡《れいたん》さが、江《こう》湖《こ》に於《お》ける渠の足跡《そくせき》を留め置かなかった為である。しかし、それから二年を経た後に、円祐はまたふらりとこの十津川郷に戻って来た。そして、偶然《ぐうぜん》に立ち寄ったと或《あ》る温泉舎にて、何等かのことに触《ふ》れて豁然大悟《かつねんたいご》し、これまで悟《さと》りと信じてきた所の境界が畢竟《ひっきょう》羅漢《らかん》の境界に過ぎなかったと知った。今より、二十二年前、即ち、渠が三十八歳《さい》の時のことである。円祐は、即座《そくざ》に厨房《ちゅうぼう》の薪で印可状を焼いた。そして、これを機に行脚を罷《や》めて、この往仙岳奥深くに庵を結んだのである。

　この逸話《いつわ》には、猶《なお》少しく不明な点もある。それは、円祐が山中の炭焼き小屋あとに棲《す》もうとした時に、幾人《いくにん》かの有志が、傍らに粗末ながらも禅堂を建てたと云うことである。渠等は皆、廃仏毀釈《はいぶつきしゃく》に参加したような連中であったから、これは甚《はなは》だ奇《き》妙《みょう》な事実である。円祐は、渠等の好意を拒絶《きょぜつ》しなかった。真拆が今寝《ね》ているのが、即ちその炭焼き小屋のあとである。そして、先ほどより円祐の往来しているのが、即ちその時に建てられた禅堂である。——

真拆は、こうした経緯に就いて、勿論識《し》っている訣《わけ》ではなかった。ただ、護良親《もりよし》王や楠《くすのき》正勝《まさかつ》の所縁の地であること、十津川郷士のことなどを想《おも》って、「この辺りは」と見当をつけたのである。事実、村の者は殆どが神道《しんとう》に帰依《きえ》していた。

ほど経て、円祐は、

「御話の続きは、また後日伺いましょう。真拆殿《どの》にしても今はまだ病上《やみあ》がりの身、大事になさった方が宜《よろ》しいかと存じます。」

と云った。真拆は、自身の饒舌《じょうぜつ》を恥入《はじい》るような為草《しぐさ》で、小さく一度頷《うなず》いた。

そこはかと、視線を僧の背後に遣《や》れば、燭花《しょっか》に照《てら》し出されたその翳《かげ》が壁《かべ》の面《おもて》に朧々《ろうろう》とゆらめいている。

「それでは、わたくしは退《さ》がりますので、よく御眠《おやす》みになって下さい。」

円祐は、土間に降りて、静かに戸を開いた。隙風《すきかぜ》に身をくねらせた蠟燭《ろうそく》の焰《ほのお》が、一瞬《いっしゅん》熾《さか》んに燃上がって、何者かの掌中に収められたかのようにフッと消えた。

闇《やみ》が、真拆を抱擁《ほうよう》した。微《かす》かに打顫えるその繊指《せんし》が、肉が落ち鋭《するど》さを増した顎《あぎと》の線を這《は》うと、思わず物憂《ものう》気《げ》な溜息《ためいき》が洩《も》れた。

薬指で紅差《べにさ》す女のように渇《かわ》いた唇《くちびる》の上をなぞった。舌の先が僅かに触れた。

○

三日ほどを経ると、真拆は円祐の手を借りずとも、どうにか独りで立てるようになっていた。

恢復《かいふく》は早かった。足には猶《なお》も痺《しび》れるような痛みがあったが、傷口は化膿《かのう》することなく、杖《つえ》に縋れば歩くことも出来た。

真拆の寝起きする小屋の隣《となり》には、厠《かわや》と禅堂とが、所謂《いわゆる》箸箱型に西を向いて横一列に並んでいる。山の斜面《しゃめん》は深く削《けず》られていて、建物の前には三坪《つぼ》ほどの庭がある。禅寺風の枯淡な趣《おもむき》は看られない。寧《むし》ろ、躑躅《つつじ》や蘭《らん》と云《い》った花が色々に咲《さ》き乱れていて、甚だ賑《にぎ》やかである。

花々に囲まれるようにして大根や茶の植えられた畑がある。傍らには、小さく区切られた田もある。花も作物も、さして手入れされているようには見えぬが、どれも活々《いきいき》としていて、隙なく茂《しげ》り、しかもその勢いが、心成《こころな》しか、日を追う毎《ごと》に旺《さか》んになってゆくようである。

毒がまだ体内に残っている為か、真拆は、無聊《ぶりょう》に倦《う》んでも、軽い複視に邪魔されて本を読むことが出来ない。それ故《ゆえ》に、雀色時《すずめいろどき》にこの庭へ出て夕涼《ゆうすず》みをすることが、ここ数日の殆ど唯一《ゆいいつ》の予《よろこ》びとなっていた。

今日は、何時《いつ》もより少し早めに外へ出ていた。これは、昨晩円祐との間に交わした一つの遺取りが気に掛っていたからである。

真拆は前日、円祐の汲《く》んで来た水で手拭《てぬぐい》を絞《しぼ》って、久方ぶりに躰《からだ》の垢《あか》を落とした。煮炊《にた》きに用いるものから盥嗽《かんそう》その他に用いるものまで、水は皆、近くに湧《わ》くものを汲みに行っているらしかった。この時まで、真拆は水の出る場所を、ずっと滝《たき》だと想っていた。日中は不思議と気にならないが、夜になると、何時も決まって水の流れる音が聞こえて来るからである。

音は滝と云うよりも、大きな河のそれに近い。流れに混ざって、水恋鳥《みずこいどり》の啼声《なきごえ》も聞こえて来る。しかし、こんな山奥に河もあるまいと思って、滝だろうと見当をつけていたのである。

　真拆は、桶《おけ》を片づける円祐に向かって、少しよくなったら自分もそこへ連れて行って欲《ほ》しいと頼《たの》んだ。

「暫く風呂《ふろ》にも這入《はい》ってませんから、水を浴びればすっきりすると思うのです。」

　円祐はこれに、一応首を縦に振った。が、足場が悪いので当分は無理だと云った。

　真拆は諦《あきら》め切れぬと云った風に、

「でも、そう遠くはないのでしょう？　大きな滝なのですか？」

と詞を継《つ》いだ。円祐は妙な顔をした。そして、

「滝ではありませぬ。寒竹《かんちく》二本分ほどの細い湧き水です。」

と応えた。

　真拆は呆気《あっけ》にとられて、現《げん》に耳朶《じだ》を濡《ぬ》らしているその音に就いて、円祐に尋《たず》ねようとした。――しかし、その時にはもう、音は聞こえなくなっていた。

　こうした経緯があって、真拆は何時になく昼間から庭先に出ているのである。腰《こし》を卸《おろ》すと、森の中へと分け入るようにして耳を澄《す》ました。山はこの日も静かだ

った。鳥の声は勿論、ほんの些細《ささい》な枝葉の騒立《さわだち》に至るまで、風が残さず届けてくれる。しかし、水の音は聞こえて来なかった。真拆は、気のせいだったのかと疑ってみた。そして、木間《このま》を抜《ぬ》けて吹《ふ》いてくるその風の心地好《ここちよ》さに、何時しかそんなことも忘れてしまって、今はただぼんやりと、眼前に広がる景色に視線を廻《めぐ》らせているのである。

自然の風物に対して、真拆は、或る神秘の感覚を有している。それは、当世の浪《ろう》漫《まん》派詩人の中にあって、気質としては、独り渠のみの有し得た真に浪漫主義的な感覚であった。

真拆は、奈何《いか》なる言葉も、自然の最も深遠な美に到達《とうたつ》した瞬間には、悉《ことごと》く無力となるであろうと信じている。その瞬間には、詩は決して生まれないであろうと信じている。それは例えば、法悦《ほうえつ》が理性の気難《きむずか》しい従僕《じゅうぼく》たる言葉を呑《の》み込《こ》んで、思考を奪《うば》ってしまうからではない。真拆の考えでは、そこへと至る瞬間、認識《にんしき》主体である人は、対象である自然と劇的に一致《いっち》して、認識そのものが不可能となってしまうからである。語るべき自分と語られるべきものとの区別がなくなって、一つになってしまうからである。

真拆には、詩人として一つの重大な疵《きず》がある。それは渠が、そこから戻って、ふたたび言葉に留《とど》まろうとする努力を本質的に欠いていることである。しかも、その欠如《けつじょ》は、怠惰《たいだ》の故ではない。寧ろそれこそが、その一体の体験こそが真拆の真の願いなのである。

真拆は、西洋の自由主義思想に触れた時、初めて自分が、儒教《じゅきょう》的な族長制度の倫《りん》理《り》を脱《だっ》し、仏教的な寂滅為楽《じゃくめついらく》の理想を排《はい》して、個人として生き得《う》る道を見出《みい》だせたような気がした。自分を織り成す社会と自然と云う二色の糸を解いてしまった後に、猶南京玉《なんきんだま》のように残る個と云うものの存在を発見して驚喜《きょうき》した。それが純粋《じゅんすい》に一つの価値を有する世界を想った。己《おのれ》の情熱が、己のものとして成就《じょうじゅ》する明日を想った。

しかし、次第に、自我と云うものの苦痛に悩《なや》むようになった。

抑〻《そもそも》真拆には、それが何であるかが分からない。何かがあると云う意識はある。それを発見したのは己である。そして、その何であるかさえも分からぬ所のものが、また、己であると云う。

それならば、己が己を発見したことになる。とすると、己と云うものは何時でも二つあるのだろうか。それが分からない。一体その二つは、違うものなのか、同じものなのか。違うことなどあり得ようか。固《もと》より井原真拆と云う人間は一人しかいないのである。とすると、同じものでなければなるまい。同じであるのに二つあると云うのか。——縦《よ》し思い切って、一つであると思ってみる。そして、それこそが己であると考えてみる。なるほどよく分かる。ところで、己とは何であろうか。……

こうした思索《しさく》が、真拆を何時しか西洋的な二元論の相剋《そうこく》へと導いてしまった。一つが二つとなる為には、無限の跳躍《ちょうやく》が必要である。しかし、二つが三つ、三つが四つとなる為には、纔《わず》かに歩くようにして足を踏《ふ》み出すだけでよい。真拆は、初めの懸隔《けんかく》を殆《ほとん》ど知らぬ間に飛び越《こ》えていた。そして気がつけば、世界は将棋倒《しょうぎだお》しのように、隅《すみ》から隅までばらばらになっていたのである。

真拆は、旅先で見知らぬ疫病《えきびょう》に罹《かか》った者のように、訣も分からず苦しんだ。さりとて、一度《ひとたび》手にした自我を捨て去って、ふたたび自然の中の一現象としての生を自覚することは出来なかった。何よりも、情熱がそれを許さない。だからこそ、渠は、どこまでも自我と云うものを有しながら、そうした二元論に切断され得ない、何かしら超越《ちょうえつ》的な存在と一体化することを願うようになったのである。己は己として、飽《あ》くまで一個の存在である。その存在が、微塵《みじん》も欠けることなくそのままの大きさに保たれながら、猶且《なおかつ》、あらゆる矛盾《むじゅん》を解決してしまうような一なる存在と一つになることを欲《ほっ》するようになったのである。

そして、その絶対の存在こそが、真拆にとっては自然の深秘された美であった。真拆のこうした感覚は、勿論《もちろん》、思弁によって養われた訣ではない。強《し》いて云うならば、生来の感覚に、思弁が出口を見出だしたのである。

小屋の壁に背を凭《もた》れて、悠遠《ゆうえん》の山々を眺《なが》めながら、真拆は先ほどから、盲人《もうじん》の生活と云うものを想っている。

全体人は、常に視覚に予告されながら生きている。例えば道を歩く時、その百歩先に猶も道が見えるならば、進むべき世界は、既に予告されていると云える。この時人は、予告された空間を、一方で、予告された自分自身の存在と錯覚《さっかく》し得る能力を持っている。与《あた》えられた世界の像の慥《たし》かさに、数秒後か、数分後かに、自分がそこに存在することの慥かさを求めることが出来る。空間の連続を、己の存在の連続に直観的に置き換《か》えることが出来る。それ故に、世界と人とは、却《かえ》って常に予告に蝕《むしば》まれている。この瞬間が、予告に仕えているのである。

しかし、盲人の世界は、手許《てもと》にしかない。世界は決して予告されない。触れる瞬間に世界は初めて姿を現す。その一刹那《いっせつな》にのみ、忽然《こつぜん》と存在して消えるのである。彼方《かなた》の山は、終《つい》に存在しない。それを存在せしめるのは、そこに至って、実際に踏み出した一歩ばかりである。そして、存在せしめられた所の山と、新たな交わりを結ぶ渠自身もまた、その時に初めて存在するのである。

未来は決して侵蝕《しんしょく》しない。その刹那、世界と人との交わりは、絶対的な筈《はず》である。或る厳格な緊張《きんちょう》の下《もと》に、一瞬毎に新たになる世界と人との透徹《とうてつ》した交わり。その驚愕《きょうがく》。その幸福。

……真拆は、今、この地の景色に秘められた、云いしれぬ強い力を遍身《へんしん》に感じつつ、そうした瞬間を羨《うらや》んでいる。予告される未来を持たない一個の絶対の瞬間。独り肉体によってのみ、行為《こうい》によってのみ、導かれるその瞬間。畢竟《ひっきょう》、その瞬間にこそ、否《いな》、その瞬間に於《お》てのみ、自分は真に自然と一つたり得るのではあるまいかと私《ひそ》かな予感を抱《いだ》きながら。——

さて、山中の小屋で目覚めてから、六日目の夕刻のことである。

真拆は、何時ものように庭先へ出て、偶〻《たまたま》拾った小石を掌中《しょうちゅう》で弄《もてあそ》びながら、森の方を眺めていた。今日も変わらず無聊《ぶりょう》を紛《まぎ》らす術《すべ》もなく、本を手にしては直《すぐ》に傍《かたわ》らに投げ遣って、溜息ばかりを吐《つ》いていた。

腰を卸して暫《しばら》くすると、禅堂《ぜんどう》から出て来た円祐が声を掛《か》けた。

「足の具合はどうでしょうか。」

声は穏《おだ》やかだった。

「ええ、和尚《おしょう》様の手当のおかげで、随分《ずいぶん》とよくなりました。……まだ痛みは多少残っていますが、この分なら、それも直《じき》にとれると思います。」

真拆は粲然《さんぜん》としてこう対《こた》えた。

○

真拆が打笑《うちえ》むのは、ただに傷の恢復《かいふく》を喜ぶ為《ため》のみではなかった。日常の瑣末事《さまつじ》を、何でもひとりで出来るようになるにつれて、当然に円祐と詞《ことば》を交わす機会も少なくなる。これは、真拆自身も已《や》むを得ぬことと思っている。しかし、庭で会っても、厠で擦《す》れ違《ちが》っても、余りに何時も知らん顔をしているので、真拆は渠《かれ》が意図して自分を避《さ》けているのではと訝《いぶか》り、自身の言動に礼を失する所があったのではと、折に触《ふ》れて気に病んでいたからである。

「それならば、結構です。」

詞を返しながら円祐は傍らに腰を卸した。

彼方の夕焼が穹《そら》を焦《こ》がして鮮《あざ》やかである。赤く染まって、紅葉を迎《むか》えたかのような山の中から、時折、夕影鳥《ほととぎす》の声が聞こえてくる。

前を向いたまま、真拆は云った。

「この山は、夕影鳥がよく啼《な》くのですね。……あ、今も、また。……それに、鶯《うぐいす》やその外の鳥は皆《みな》ここらに夕漁《ゆうあさ》りをしに飛んで来るのに、あの鳥だけは、不思議と何時も遠くで啼いていて。……僕はこの声を聴《き》いていると、昔の人が、どうしてそれを死出の田長などと呼んでいたのか、何となく分かるような気がするのです。どこがどうとは云えませんが、ただ、何となく。」

円祐は、応ずることなく、黙《だま》って夕日に目を遣《や》った。二人の間には、沈黙《ちんもく》が一つ、無造作に置き放たれた。

真拆は、さりげなく僧《そう》の気色を窺《うかが》った。彼《かの》夜と同じく、恬然《てんぜん》として塵埃《じんあい》に汚《よご》れず、しかも若干《そこばく》の慈愛《じあい》だに湛《たた》えた、如何様《いかさま》、大悟却迷《たいごきゃくめい》したる者の顔である。言葉は発せられない。沈黙は、墨絵《すみえ》に描かれた空白のように、空虚《くうきょ》で且隙《すき》がない。それは、この僧の心中をそのままに現しているようである。

内面の生活。――果たしてそんなものがあるのだろうか。

円祐と向かい合う時、真拆は度々こうした疑いを抱くことがある。平生渠《かれ》は、人のおもてに表れる所のものを、簡単には信じないようにしている。それは、見栄《みえ》だとか、建前だとか云った前時代からの美風に対する考えが、舶来《はくらい》の人間不信に冒《おか》され、奇妙《きみょう》に暗いものへと転じて、胸中に蟠《わだかま》っているからである。人と接する為には、常に意識を渠《かれ》の奥《おく》へと向けて、そこに秘せられた所のものを知らねばならない。そして、そこに絡《から》む感情の糸を一本々々丁寧《ていねい》に解いてゆかねばならない。渠を信ずることが出来るのは、漸《ようや》くその後《のち》である。

これは、真拆にはさして困難と感ぜられなかった。何ほど複雑に絡み合っていようとも、畢竟《ひっきょう》解けぬ糸などはないからである。しかし、円祐と向かい合っている時には、こうした常の努力が一向に上手《うま》くゆかない。僧の裡《うち》へと向けられる真拆の意識は、何時でも更《さら》に深まることなく、気がつけば、また、外へと突《つ》き抜けてしまっているのである。

あとにはただ、元の沈黙ばかりが残されている。それならば、その沈黙を信ずることが出来るかと云えば、猶《なお》不安を覚えている。信じてよいものかと疑っている。それ故に、真拆は何時も、絡むことだにない一本の糸を、或《あ》いは、抑〻ありもしない幻《まぼろし》の糸を、どうにか解こうと努力するかのように、術《すべ》も分からぬままにこの僧の沈黙に対峙《たいじ》しているのである。

ややあって、円祐は真拆の方へ顔を向けると、自らその沈黙を払《はら》った。

「真拆殿《どの》に一つ申しておかねばならぬことがあります。」

「何でしょうか？」

真拆は居住まいを正した。

「真拆殿も随分とよくなられたようですから、躰《からだ》を動かされることも多くなるとは思いますが、――寺の中を歩き回ることは一向に構いませぬ。ただ、禅堂の向こうにある小屋には近寄らないで戴《いただ》きたいのです。」

「禅堂の向こう？　はて、そんな建物がありましたか？」

「はい。守って戴けますか。それを守って戴けぬのでしたら、貴方《あなた》にここに逗《とど》まって戴く訣《わけ》にはゆかなくなります。どうか返事を御聞かせ下さい。」

「……ええ、勿論、」

怪訝《けげん》な面持《おももち》で真拆は応じた。

「和尚様がそうおっしゃるのなら、約束しますが、……」

「慥《たし》かでしょうか。」

「慥かに。……しかし、何故《なにゆえ》に、……とは御聞かせ願えませんか？」

円祐は、須臾《しゅゆ》の間《ま》思案するような為草《しぐさ》を見せた。そして、ゆっくりと口を開いた。

「……秘密にすれば、尚更《なおさら》覗《のぞ》いて見たいと云《い》う欲が募《つの》るのも道理でしょう。隠《かく》すことではありませぬ。――実は、この寺に棲《す》む者はわたくしひとりではないのです。……小屋には老婆《ろうば》がひとり住んでいます。」

「お婆《ばあ》さんが？」

「はい。」

「でも、そんな所にひとりで？」

「癩《らい》の者なのです。」

「…………。」

「歳《とし》をとってはおりますが、やはり女ですから、醜《みにく》く変わり果てた見目形《みめかたち》をば人眼《ひとめ》に曝《さら》すことを嫌《きら》っております。どうか、慈悲の心を御持《おも》ちならば、戯《たわむ》れに中を覗き見るようなことはなさいませぬように。」

真拆は気色を変じた。

「……そう云うことでしたか。……勿論、約束は守ります。僕も、それほどの冷血漢ではありませんから。」

「それさえ守って戴ければ、あとはどうか御自由に。恢復《かいふく》を早める為には、多少は躰を動かしておかれた方が宜《よろ》しいかと。」

こう云うと、円祐は解顔《かいがん》することなく、頸《くび》を擡《もた》げた。

日は漸《ようよ》う暮れ、山の端《は》は闇《やみ》に沈《しず》もうとしている。その影《かげ》は、夜よりも更に暗い。そして、その闇の最も深い底からは、猶も執拗《しつよう》に夕影鳥の鳴声《めいせい》が昇《のぼ》ってくる。

『ただ、死を恐《おそ》れて、孤《ひと》りこの音《ね》を聞くのか。……』

ほどなく、円祐は黙って禅堂に去った。その背中を眼で追いながら、真拆は、これまで漠然《ばくぜん》と抱いていたこの僧への尊敬の念を、初めて慥かに感ずることが出来た。

円祐の沈黙は、仍付り難《なおはかがた》く思われる。しかし、それを老婆と結んで考えることは、纔《わず》かに真拆を慰《なぐさ》めた。円祐が、この山でひとり老婆の孤独《こどく》な死を守っているならば、そして、日々恢復しゆく真拆の足によって、それが侵《おか》されることを惧《おそ》れていたのならば、……

真拆は、徐《おもむろ》に視線を禅堂の果てへと向けた。

今、その小屋の影を見ることは出来ない。しかし、或《あ》る得体の知れぬ不吉《ふきつ》な力に握《にぎ》り締《し》められて、闇はそこだけ濃《こ》くなっている。

死んだ星が、光を呑《の》んでしまうように、山の生気がそこを目掛けて流れ込《こ》んでいるかのようである。

『ただ、死を恐れて、孤り、……』

杖《つえ》を突いて、立ち上がった真拆の足趾《そくし》を、一陣《いちじん》の細風《さいふう》が滌《あら》った。地面にうっすらと翳《かげ》が落ちている。導かれて東の穹《そら》を顧《かえりみ》れば、満ち足りぬ半月が、溶《と》けさした一握《いちあく》の氷塊《ひょうかい》のように、雲霞《うんか》に滲《にじ》んで、皎々《こうこう》と。——

○

それから、三日を経てのことである。

早朝、庭に降り立った真拆は、蒼白《そうはく》の額《ひたい》に掌《たなそこ》を宛《あて》がって、物憂《ものう》気《げ》に頸を折った。

「……またか。」

季節外れの細小波《いさらなみ》が、庭樹《ていじゅ》に絡まって、藻《も》のように宙《ちゅう》に漂《ただよ》っている。眼窩《がんか》にずれた指の隙からその様を眺めながら、真拆は、覚め遣らぬ夢の不思議を思っていた。

その同じ夢を、渠《かれ》は幾夜《いくよ》も、懼《おそ》らくはここへ来た日より夜毎《よごと》欠かさずに見ている。

気づいたのは、昨日のことである。

前日に見たのとそっくり同じ夢を、一層けざやかにもう一度見た。奇妙なことだと考えていると、朧気《おぼろげ》ながら、その前々日にも同じ夢を見ていたことが思い出された。すると、忽《たちま》ち記憶が聯《つら》なって、その前日にも、更にその前日にも、溯《さかのぼ》るほどに、次第《しだい》に幽《かす》かに、切々《きれぎれ》になってはゆくものの、やはり同じ夢を見ていたことに心づいた。

真拆は今、それを始《はじめ》から終《おわり》まで、隈《くま》なく思い返すことが出来る。

夢の中身はこうである。……

夜、真拆は、物陰《ものかげ》に隠れて、ひとりの女を眺めている。女はまだ若く、二十歳《はたち》を少し越《こ》えたくらいである。こちらに背を向けて、全裸《ぜんら》で簀子《すのこ》のような物の上に立っている。

足許には、脱《ぬ》いだばかりの着物がある。傍らには、桶《おけ》と水を湛えた盥《たらい》とがある。場所は分からない。が、辺りは深閑《しんかん》としていて外《ほか》に人影はない。視線の奥には森が見えている。

月は、殊《こと》の外明《さや》かである。女のからだは、その光に妖《あや》しく玲瓏《てりかがや》いて、暈囲《うんい》を纏《まと》わんばかりである。

腰《こし》に達《とど》くほどの豊かな緑髪《りょくはつ》が、雪膚《せっぷ》に映《は》えて美しい。女は先ほどから、それを、櫛《くし》でとめようと苦心している。肘《ひじ》を掲《かか》げた腕《うで》の様は、花に休む蝴蝶《こちょう》のよう。僅《わず》かにゆっくりと揺《ゆ》れながら、頭の上に止まっている。時折、俯《うつむ》き加減の鶴頸《かくけい》が、頤《おとがい》の線をちらと覗かせスッと隠す。肩《かた》は小さい。背《せな》は、飴《あめ》のように艶《つや》やかである。髪《かみ》が纏《まと》まると、女は結んでいた腕を静かに解いて、下におろした。俄《にわ》かにして、蝶が小さな櫛の姿へと変じた。

その間ずっと、女は、盥に浮かぶ月の色を眺《なが》めている。ほど経て、徐に片膝《かたひざ》を着くと、手にした桶でそれを掬《すく》った。満月が桶の水面《みなも》に揺蕩《たゆと》うた。

真拆は、恍惚《こうこつ》としてあから目もせずにその妍姿《けんし》を打目守《うちまも》っている。

女はやがて、躊躇《ためら》いがちに、肩口に桶を傾《かたむ》けた。水は静かに、膚《はだ》を滑《すべ》って潤《うるお》した。背が一瞬《いっしゅん》、黄金《きん》に輝《かがや》いた。

――煌《きら》めきは、そして、素早《すばや》く真拆の睛《ひとみ》を射た。これまで、息を殺して潜《ひそ》んでいた渠《かれ》は、秘められた顔への思いに身を顫《ふる》わせた。覚えず草履《ぞうり》の緒《お》を指で強く締めつけた。

手桶を置いて立ち上がると、女の頭より不意に櫛が落ちた。

それが、簀子《すのこ》を打って、小さく跳《は》ねる。水滴《すいてき》が飛ぶ。水を撒《ま》いたように、濡《そぼ》つるからだに髪が放たれる。女はそれに手を掛ける。両の腕《かいな》がふたたび蝶に結ばれる。……

そして、堪《こら》え切れず前へと進み出た真拆の気配に、女が後ろを顧んとするその瞬間、――夢は忽焉《こつえん》と、現《うつつ》の彼方《かなた》に連れ去られてしまうのだった。……

初めてこの夢に気づいた日、真拆は、月並な欲望の昂《たか》まりを冷笑しつつ、未知なる女の艶姿《えんし》の回想を愉《たのし》んだ。

女に覚えはない。そのことは、裸体に現れた美の比類なさを思っても慥《たし》かな気がする。しかし、何故《なぜ》かしら懐《なつ》かしい。恰《あたか》も長く以前より親しんだ者のようである。或いは、忘れ懸《か》けていた日傘《ひがさ》の女かとも疑ってみた。が、どうもそうでもないらしい。夢の女の背中には、駅で見掛けたあの女にはない、哀婉《あいえん》な雰囲気《ふんいき》がある。そして、どことなく夢の裡にしか棲めぬような儚《はかな》さがある。

真拆はふと、前日に聞いた老婆の話を思い出した。あんな哀《あわ》れな話が、記憶《きおく》のどこかで引繰《ひっく》り返って、まったく反対の淫《みだ》らな夢となって現れると云うのも、存外ありそうなことだと思った。憐憫《れんびん》の情が深く真摯《しんし》であるほどに、夢に於《お》いて益々《ますます》軽薄《けいはく》な所業となって現れる、そう云うこともあるかもしれぬと思った。すると、俄かに遣り切れぬ寂寥《せきりょう》に浸《ひた》されて、脳裏《のうり》を過《よ》ぎる様々の詮索《せんさく》を、悉《ことごと》く、打捨ててしまった。不思議な夢ではある。が、夢の謎《なぞ》は、謎のままで構わないと思った。

しかし、今朝は違う。一昨日《おととい》、昨日《きのう》と見た同じ夢を、また見たのである。しかも、どうやら老婆の話を聞く以前より、久しく見続けているようである。

真拆は、あり得ぬことではあるまい、と思った。疲労《ひろう》がそうさせているのかもしれない。しかし、その孰《いず》れもが始から終まで寸分違《たが》わずに同じであると云うのは、やはり異常なことだと思った。

——そして先ほどから、こうした疑いに戸惑《とまど》いつつ、庭先に立って思案しているのである。

今朝この夢を見た直後に、真拆は端《はし》なくも、「幽蘭露《ゆうらんのつゆ》　如啼眼《なけるめのごとし》　無物結同心《もののどうしんをむすぶなく》　煙花不堪剪《えんかはきるにたえず》」と云う詩の一節を思い出した。否《いな》、思い出したと云うのは適当ではない。言葉は、文字にも音にもならずに、フッと浮《う》かんで、おのずと口を突いて出たのである。それが、余りに突然《とつぜん》であった為《ため》に、真拆は、何者かが自分の口を借りてそう呟《つぶや》いたような気がして、少しく気味が悪くなった。

事実真拆には、この一節が何であるのかが暫《しばら》く思い出せなかった。庭に出て、あれこれと考えるうちに、漸く、殆《ほとん》ど偶然《ぐうぜん》にその題に行き当ったのである。詩は、李賀《りが》の蘇小小歌《そしょうしょうか》の始めの数行であった。そして、これがまた、真拆の意表に出た。

真拆は別段、日頃《ひごろ》より李賀の詩を愛誦《あいしょう》していると云う訣ではない。ただ、随分《ずいぶん》と以前に『李長吉歌詩《りちょうきつかし》』を読んで、その幾篇《いくへん》かを諳《そらん》じていると云った程度である。蘇小小歌は、それらの中《うち》の一つで、今ではもう絶えて口にすることのないものであった。

それが、驟然《しゅうぜん》と記憶の奥底から蘇《よみがえ》って、夢覚め遣らぬ渠《かれ》の乾《かわ》いた唇頭《しんとう》に上ったのである。他《た》に数多《あまた》ある言葉の群の中から、何者かが、意図してそれだけを取り出してきたかのように。恰も、生簀《いけす》に攩《た》網を挿《さ》して、鱗《うろこ》を接する鮮魚《せんぎょ》の簇《むらがり》を悉皆《しっかい》顧ず、態《わざ》と底に沈んだ死に懸けの魚を掬ってきたかの如《ごと》く。

実は、こうした体験は、今朝が初めてではなかった。数日前、丁度あの水の音を聞いていた時にも、真拆は突然「水弄湘娥珮《みずはろうすしょうがのはいを》」と云う詩句を思い出していた。

その時は、口に出した訣ではなく、胸裡《きょうり》に浮かんだだけである。日頃真拆は、詩でも小説でも、気に入ったものがあると何でも覚えてしまうので、それらの断片《だんぺん》が何かの拍子《ひょうし》に蘇ってくることは間々ある。とは云え、そうした文句を、一々吟味《ぎんみ》することはしないので、その時も、少し考えて、あとは気にせずに放っておいた。

しかし、今思い返すに、どうやらそれも李賀の詩の一節であったような気がする。題名は分からない。前後の句も思い出せない。ただ、久しく会っていない知人に、夢の中で思いがけず再会したように、真拆には、こんな山奥で理由もなく李賀の詩に逢著《ほうちゃく》したことが、何となく、不気味に思えるのであった。

「幽蘭露　如啼眼　無物結同心　煙花不堪剪」

少し肌寒《はださむ》い朝だった。真拆は、様々の連想に不吉な思いを抱きながら、もう一度その詩句を口ずさんでみた。そして、庭除《ていじょ》に籠《こ》めた霞《かすみ》に眼を向け、そのまま彼方を見遣《みや》った。

小鳥の囀《さえず》りが何時《いつ》になく遠い。空は既《すで》に白んできているが、不思議と朝も遠くに感ぜられる。山は畳々《じょうじょう》と聯なって、雲烟《うんえん》の波間に浮かんでいる。その影は、絶望的なほどに大きい。

ふと、今日は何日だろうかと考えた。ここに来てより、真拆は自然と月日を数えなくなった。円祐の詞《ことば》を疑う訣ではないが、眠《ねむ》り続けた三日と云う時間が真拆には信じ難く思われる。なるほど、円祐が嘘《うそ》を吐《つ》かねばならぬ理由はない。しかし、どれほど長い間寝《ね》ていようとも、起きてしまえば、その瞬間と眠りに就《つ》いた瞬間とが糊《のり》で張ったように繋《つな》がってしまうので、眠っている最中の時間は、所詮は、時の流れの中でその下に輪をつくっている弛《ゆる》みのようにしか感ぜられぬのである。

一言で三日間と云う。しかし、それほど長い間、一度も目を覚まさずに眠っていられるものであろうか。ひょっとすると、見つけられるまでに、更に幾日かを経ていたのかもしれない。一日か、二日か、或《あ》るいは、もっと長い日数か。それが慥かでない以上は、孰れ徒《いたずら》に月日を数えてみたとて詮なきことである。

……真拆は、己《おのれ》を苛《さいな》む、或る名状し難い不安に、こうした理屈《りくつ》の衣を着せて形を与《あた》えておかずにはいられない。慥かに、三日間は長い。しかし、山中を彷徨《さまよ》っていた時の記憶は、三日前どころか、数箇《か》月《げつ》前、数年前のもののようにさえ感ぜられる。否、如何《いか》に長い時間を以《もっ》てしても、その感覚は表し得ない。記憶は、具体的な時間によって隔《へだ》てられていると云うよりも、寧《むし》ろ、時間ではない何ものかによって切り離《はな》されてしまったかのようである。

真拆には、自分が現実の時間から隔絶《かくぜつ》されてしまったと云うような奇妙《きみょう》な錯覚《さっかく》がある。それはただに、暦《こよみ》の上で、自分の位置を慥かめることが出来ないと云うばかりではない。ここでは何か別の時間が流れているようである。或いは、時間そのものが流れていないようである。その感覚が、不安となって蟠《わだかま》っているのである。こうした不安には、幾つかの理由がある。例えば、普段《ふだん》携《たずさ》えている懐中《かいちゅう》時計をどこかで亡《な》くしてしまったと云うこともその一つである。真拆はどうやら、それを山中で落としてしまったらしいのである。

だが、そうした理由の外に、尚大きい理由が二つある。

一つは、今立っている、この庭の景色である。

真拆は、殆ど毎日ここへ出ているので、その慌《あわた》だしい変化の様子を備《つぶさ》に目の当《あた》りにしている。それが頗《すこぶ》る異常である。初めは気のせいだと思っていた。しかし、次第に明《さや》かになってゆくその光景に、今では己の看《み》ている所のものを、疑い得ぬようになっているのである。

——床《とこ》に就いて、翌朝目覚めてみると、花が大きくなっている。木々の枝が伸《の》びている。葉の緑が濃くなっている。その孰れもが眼に見えて分かるほどに甚《はなは》だしいのである。

　ここでは、自然が或る別の力によって、成長を著《いちじる》しく促進《そくしん》されているかのようである。否、促進と云《い》うよりも、殆ど悲痛なほどに、無理にも成長を迫《せま》られているかのようである。しかも、その度合が一様ではない。変化は真拆の寝起きしている小屋から禅堂《ぜんどう》を越えて老婆《ろうば》がいると云う場所へと向かって、次第に旺《さか》んになってゆく。丁度、横倒《よこだお》しの円錐《えんすい》を、頂点を固定して転がす如く、老婆の小屋へと近づくほどに時間が歪《ゆが》んで早く流れているかのようである。

　また、もう一つは、時折真拆を襲《おそ》う幻覚《げんかく》や幻聴《げんちょう》の類《たぐい》である。

　土間に降りて草履を穿《は》こうとする。肩口の埃《ほこり》を払《はら》う。膳《ぜん》に箸《はし》を置こうとする。厠《かわや》の戸に手を掛《か》ける。信玄袋《しんげんぶくろ》の口を締《し》める。欠伸《あくび》をする。頭を掻《か》く。……こうした日常の些細《ささい》な動作の際に、真拆はふと、今も仍《なお》暗い夜の岑中《しんちゅう》に、孤《ひと》り横たわっている自分自身を見出《みい》だすことがある。頭上で、頻《しき》りに夕影鳥《ほととぎす》が啼《な》いている。掌中《しょうちゅう》には、汚《よご》れた手拭《てぬぐい》が握《にぎ》り締めてある。眼《め》が土埃に痛んでいる。頬《ほお》には、朽《く》ち懸けた枝葉の感触《かんしょく》がある。鼻孔《びこう》が土を吸い込む。多足類の豸《むし》が眼前を這《は》う。傷口からは、絶えず生温い血が溢《あふ》れている。そして、闇《やみ》の底には、赤酸醤《あかかがち》の如く炯々《けいけい》と絶《かがや》く緋色《ひいろ》の二点各々《おのおの》が灯《とも》っている。——その孰れもが、幻覚と云うには生々し過ぎるのである。慥《たし》かな感触を有している。肉体に向けて迫ってくるような抗《こう》し難《がた》い力を持っている。そして、この奇妙《きみょう》な現象が、日を追う毎に、益々頻繁《ひんぱん》に、益々長い時間、真拆を森の奥《おく》へと連れ去るようになっているのである。

真拆は時折、徒に浦島《うらしま》伝説のことなどを想《おも》ってみては、そんなことを半ば真剣《しんけん》に考えている自分に、発狂《はっきょう》の萌《きざ》しを認めて不快を感じている。なるほど、ここには竜《りゅう》宮《ぐう》のようなきらびやかなものは何もない。あるのは独り老婆の孤《こ》独《どく》な死ばかりである。常は、こうした想像は、畢竟無聊《ひっきょうぶりょう》の産物であろうと思い做《な》している。しかし、それでも猶《なお》安んずることが出来ない。真拆には、山を下りた後に、嘗《かつ》てと同様に己の生き得《う》る世界が存しているとは、どうも信じられない。見知らぬ土地で、勝手に費《つい》やした時間の末端《まったん》を、他方で、やはり勝手に流れ続けている旅立ち以前の時間に接《つ》いで連続させると云うことが、甚だ困難に想われているのである。

少なくとも、これまでの旅でそんな悩《なや》みを抱いたことは一度もなかった。実際、旅より戻《もど》れば、翌日からは、また当たり前のように嘗ての生活が始まっていたのである。

それが、今では頗《すこぶ》る疑わしい。そんなことは固《もと》より不可能だったのではあるまいかとさえ疑われている。

こうした、理由のない疑いと云うものは、反証して自らを納得《なっとく》せしめることが出来ぬ故《ゆえ》に却《かえ》って一層厄介《やっかい》である。事実真拆には、この疑いを埒《らち》もないものと思い為《な》そうとするほどに、転《うた》た虚《むな》しく不安が募《つの》ってゆくように感ぜられるのであった。

——

……霞は少しずつ晴れていった。真拆は、ふと、人の気配を感じて、後ろを振《ふ》り返った。

禅堂の戸は閉ざされたままであった。

思索《しさく》を中断すると、嘆息《たんそく》しつつ、もう一度穹《そら》を見遣った。陰雲《いんうん》の彼方で日烏《にちう》が雄々《おお》しく翼《つばさ》を広げている。踵《くびす》を返して、小屋へ戻ろうと振り上げたその足の下に、ゆっくりと蝸牛《かたつむり》が這っていた。地面に残ったそのあとが、銀粉のように輝いていた。

○

その後、更《さら》に幾夜《いくよ》を経ても、真拆は同じ夢を見続けていた。衣を脱《ぬ》ぐ度毎《たびごと》に、女は繰《く》り返し新生の輝きに身を雪《そそ》がれる。その姿は益〻顕証《けそう》に最早《もはや》夢とも現《うつつ》とも分かち難く、目覚めの後にも、真拆を芳烈《ほうれつ》な記憶の残香《ざんこう》に酔《よ》わせていた。

今でも真拆は、この夢に若干《そこばく》の不吉《ふきつ》さを感じている。光景の執拗《しつよう》な繰返しは、或いは、狂疾《きょうしつ》の現れではあるまいかとも疑っている。しかし、そうした仄暗《ほのぐら》い感情までもが、既に女の不思議な魅力《みりょく》となっている。床に就く時、真拆の裡《うち》には、女に逢《あ》えることへの悦《よろこ》びと、それがともすれば今夜にも忽焉《こつえん》と失われるのではと云うことへの惧《おそ》れとがある。そして翌朝、前日よりも更に慥《たし》かな再会を果たした後には、恍《こう》惚《こつ》として独りその余韻《よいん》の底に身を沈めるのであった。

昨日、今日と昼間に少し雨が降った。真拆はこれを喜んだ。そして、歇《や》まずに猶も降り続いてくれることを願った。これまで真拆は、円祐に云った通り、傷が癒《い》えれば直《すぐ》にでも山を下りる積《つもり》でいた。しかし、夢の女に憑《つ》かれてからは、その決意も日々揺《ゆ》らぎゆき、近頃は、兎《と》に角《かく》ここに留《とど》まるべき口実をあれやこれやと思い悩《なや》んでいるのである。

真拆には、自分がこの山に呑《の》まれてゆくと云う感覚がある。これを思ったのは、昨日、怪我《けが》の具合を慥かめた時のことである。肉を裂《さ》き、毒に膿《う》んで紫色《むらさきいろ》に腫《は》れ上がったあの傷が、纔《わず》かに十日余りを閲《けみ》する間に、痂《かさぶた》のみを残して殆ど癒《い》えてしまった。痛みもない。傷に由来する熱や嘔吐《おうと》も息《や》んでいる。

真拆はこれを怪《あや》しんだ。傷の恢復《かいふく》は、無論懌《よろこ》ぶべきことではある。しかし、つい一週間前までは、杖《つえ》に縋《すが》らねば立つことだにままならなかったのである。それが、今では何の障碍《しょうがい》もなく寺の中を歩いている。薬のせいであろうか。或いはそうかもしれない。しかし、それにしても、完治に至るまでにはまだ日を要する筈《はず》である。

夜、雨上がりの庭に降り立った真拆は、月彩《げっさい》に静かに暉《かがや》く花々を見て、不安気に脛《すね》の傷に眼を落とした。そして、こう思った。

『俺《おれ》は何時しか、この地の激しい時の流れの中に、足を浸してしまったのかもしれない。』

小望月《こもちづき》が、流れゆく雲を透かして朧《おぼろ》である。穹《そら》には風が吹《ふ》いている。

真拆は頭上を見上げた。

鏡の面に掛かる紺碧《こんぺき》の覆《おお》いが、少しずつ捲《めく》れてゆくように、月は日増に露《あらわ》になってゆく。ここでは、ただ、その満ちゆく様からのみ時の経《た》つのを知ることが出来る。そして、人の通わぬ小部屋に這入《はい》って、物に積もった埃の濃《こ》さからそれを慥《たし》かめる人のように、真拆は、夜を経るほどに蒼白《そうはく》の光に潤《うるお》ってゆく庭の様からのみ、その時の流れを実感することが出来るのである。時は穹《そら》から降り瀉《そそ》ぐ。月に呼応するかの如く、花は一層匂《にお》やかに、蒼林は更に枝葉を伸ばし、渾《す》てが或《あ》る瞬間《しゅんかん》へと向けて、痛ましいほどに盛《さか》りゆく。

時の急湍《きゅうたん》は猶しも傷跡《きずあと》を漑《そそ》いで、その僅《わず》かな名残《なごり》だに滌蕩《できとう》しようとしている。そして、その流れの底からは、絶えずあの夜の景色が腕を伸ばして真拆を深潭《しんたん》へと引き込《こ》もうとしている。

その暗い強張《こわば》った手に握り締められる時にだけ、真拆は、微《かす》かに傷口に痛みを覚えることがある。そして、その幻影《げんえい》の底に身を沈《しず》める時にだけ、嘗《かつ》ての時間にいるような気がするのである。

女の夢はこの山と深く結びついている。——真拆がこう想うのは、次第《しだい》に明《さや》かになってゆくその様が、こうした時間の流れとどこかで触《ふ》れ合っているように感ずるからである。下山すれば、二度と女を眼にすることは出来まい。寺をあとにすることは、即《すなわ》ち女を捨てることである。それを旅の途上《とじょう》の奇妙な思い出として諦《あきら》めるには、真拆は余りに長く、そして、余りに遠く女を眺《なが》め過ぎているのだった。

下山を渋《しぶ》る真拆の胸中を見抜《みぬ》いているかの如く、円祐は、折に触れて傷の具合を尋《たず》ねるようになっている。真拆はそれにその場凌《しの》ぎの嘘で応《こた》えている。そんなことが余り度重なって心苦しいので、近頃は、食事の為に已《や》むを得ず禅堂へ往《ゆ》く以外には、出来る限り、円祐と顔を合わさぬようにしている。

それを、真拆自身、異常と感ぜぬ訣《わけ》ではない。夢も幻覚も、総《すべ》ては蛇《へび》の毒が齎《もたら》す後遺症《こういしょう》なのではと疑うこともある。しかし、そこから先へと進むことが出来ない。疑いは、忽《たちま》ち各〻の体験の異様な迫力《はくりょく》に呑まれてしまうのである。

それは時に、今この瞬間の現をだに呑み込もうとする。恰《あたか》も、目覚めているこの瞬間こそが朧な幻《まぼろし》であるかの如く。夢見られているのは、真拆自身であるかの如く。

〇

さて、真拆が目覚めてから十五日目の夜のことである。

禅堂で薬石を採った後、鉢《はち》を置いた円祐は、常と変わらぬ恬淡《てんたん》とした様子で、真拆に向ってこう云った。

「真拆殿《どの》、今宵《こよい》の月は、もう御覧になられましたか。」

「月？……いえ、今日はまだ。」

「満月です。貴方《あなた》がここへおいでになってから、丁度半月《はんつき》が経ちました。わたくしの看ます所、傷の方は既に癒えておられる様子。そろそろ下山なさって、旅を続けられてはいかがでしょう。」

円祐の詞《ことば》に、真拆は応ずることなく項垂《うなだ》れた。

「真拆殿、ここに留《とど》まる益はありませぬ。傷が癒えたのであれば、明日にでも、ここを御発《おた》ちなさるがよい。麓《ふもと》までは、わたくしが案内いたします。」

「…………。」

「真拆殿、」

「……どうあっても、ここにもう暫《しばら》く置いて戴《いただ》く訣にはいかないのでしょうか？」

円祐は、応えなかった。

「何故《なぜ》でしょうか？」

真拆は色を失い、思わず激昂《げっこう》して声を上げた。

「何故なのでしょうか？　どうか教えて下さい。おっしゃる通り、傷はもう癒《い》えています。和尚《おしょう》様には、色々とよくして戴いています。この上更にと云うことの厚かましさは、十分に心得ている積です。しかし、こうも和尚様が私を追い出したいと願うことには、訣が御有りなのでしょうか？　約束は、慥《たし》かに守っています。小屋には一歩も近づいてはいません。こうして食事を戴かせてもらうより外は、御手を煩《わずら》わせることもなくなりました。御世話になった間の御礼は、御布施《おふせ》の形で、失礼ながら御金でさせて戴こうと考えていました。私がここに留まっては不都合でしょうか？　それも一生と云うのではありません。もう暫く、あとほんの少しの間だけで好《よ》いのです！」

取乱し返答を迫る真拆に向って、乾《かわ》いた紫石《しせき》を据《す》えた円祐は、冷淡にこう云い放った。

「わたくしは固《もと》より、慈悲《じひ》で貴方を御助け申したのではありませぬ。一刹那《いっせつな》、敢えて見捨てようとした己の我執《がしゅう》を折伏《しゃくぶく》する為《ため》に、御救いしたまでのことです。」

沈黙《ちんもく》が、透《す》かさず余韻を捕《と》らえた。真拆は、一瞬呆然《ぼうぜん》とした。そして、乗り出した身を引くと、そのまま両手を床《ゆか》に着いた。板張りが微かに軋《きし》む音がした。

「抑〻《そもそも》真拆殿こそ、何故そのようにこの地に執着《しゅうじゃく》なさいます。」

「…………。」

「ここには何もありません。何も。——それが御分かり戴けぬ方でもありますまい。」

俯《うつむ》いて、真拆は暫く黙《だま》っていた。そして、やはり下を向いたまま小さく一度頷《うなず》いた。

「では、明日は朝からここを発ちましょう。真拆殿も今日はゆっくりと御眠《おやす》みになることです。」

膳を重ねて立上がると、円祐は真拆を一瞥《いちべつ》して、独りその場をあとにした。残された静寂《せいじゃく》に、真拆の激情は行き場を失った。

——何故そのようにこの地に執着なさいます。……

円祐の、この是非《ぜひ》もない問いに、真拆は一瞬、「夢の女の為」と答えることを考えた。そして、その愚かさを思った。すると、眼の前で眺めていた花が、開きさしたまま、突然《とつぜん》床に落ちてしまった如《ごと》く、女の幻が、スッと渠《かれ》の本来棲《す》むべき世界へと退《しりぞ》いてしまった。現実の世界に、少しずつ染《し》み入るようにして現れてきたその姿が、ふたたび夢の彼方《かなた》へと遠ざかってしまった。

その途端《とたん》、真拆の心中には俄《にわ》かに夢だとか、現実だとか云った言葉が溢れてきて、各〻の世界を縛《いまし》め始めた。女は言葉の囹圄《れいぎょ》に囚《とら》われた。真拆はそれに施錠《せじょう》した。そして、或る不快な疑念に憑かれて独り言ちた。

「——俺は女を愛しているのか？」

この時、殆《ほとん》ど無意識に籠《こ》めた自嘲《じちょう》の響《ひび》きが、辛《かろ》うじて真拆を救った。そして、それに縋《すが》って今度は故意に嗤《わら》ってみせた。

言葉を与《あた》えられねば認められぬ感情がある。それと倶《とも》に、本来は違《ちが》っていたかもしれぬが、言葉を与えられて、それに合うものへと変化してしまう感情がある。その孰《いず》れもが、気づいてみれば同じもののように思われる。

真拆は、自分が女を愛していたのか否《いな》かは分からない。しかし、それを言葉を須《もち》いて疑ってみると、現に愛しているように思えてきた。そして、その莫迦《ばか》らしさを思った。なるほど、女に見覚えはない。しかし、夢である以上は畢竟《ひっきょう》真拆自身の生み出したものである。しかも、それは云《い》わば幻である。

愛すると云う。それならば、自分は夢に愛されることを願っているのかと疑ってみる。そして、愈《いよいよ》不愉快になって、こう思った。

「愛するも愛さないもない。夢は夢だ。……俺はどうかしている。和尚様の心中は、きっと、この俺への侮蔑《ぶべつ》の念に満ちているに違いない。」

真拆は、我をも忘れて口にした己《おのれ》の詞の数々を呪《のろ》った。その滑稽《こっけい》さを呪った。

「そうだ、何のことはない、孰れの理由にせよ、単に和尚様が俺を嫌悪《けんお》しているに過ぎぬのだとすれば、……」

真拆はふたたび自嘲した。そして、今日まで胸に抱《いだ》いてきた、女に対する思いの渾《すべ》てをも悉《ことごと》く打捨てようとした。

――と、その瞬間、辺りは突然、暗い夜の森に様変わりした。

それは、夕影鳥《ほととぎす》が啼《な》き、闇《やみ》に緋《ひ》色《いろ》の二点が絶《かがや》く常の光景であった。しかし、この度ばかりは、少し様子が違う。どう疑ってみても、自分が実際にその場にいるとしか思えない。否、殆ど疑うことだに出来ぬくらいに、遍身《へんしん》がはっきりと感じているのである。足の傷は、嘗《かつ》て知らぬほどの高熱を発して疼《うず》いている。血に濡《ぬ》れた掌《たなそこ》は、土に塗《まみ》れて顫《ふる》えている。指を立てて力を込めると、爪《つめ》の間にも土が減《め》り込む。朽《く》ち懸《か》けた枝が、耳朶《じだ》を圧して軋《きし》んでいる。荒《あら》げた息に、口許《くちもと》の枯葉《かれは》が僅かに捲れてまた直る。

『……これも幻と云うのか？』

ふと前方の二点に眼《め》を遣《や》ると、真拆は俄《にわ》かに、体中の血が失われて、辛うじて残った血までもが冷たく固まってゆくような感覚を覚えた。頭上を覆った枝葉の騒立《さわだち》が、遠く幽《かす》かになってゆき、それが何時《いつ》しか、以前に聞いた川の音へと変わっていった。

視界が昏《くら》くなる。脳髄《のうずい》が内から膨《ふく》らんで、頭蓋《とうがい》に圧せられているかのように激しく疼《うず》いている。口の中には、松脂《まつやに》のような渇《かわ》いた唾液《だえき》が出ている。時折、意識が遠くなる。すると、或る強い力が、無理にもそれを覚まして、自分の許へと引きつけようとする。

前方の二点の向こうに、幽かに人影《ひとかげ》らしきものが見える。真拆は思わず呟《つぶや》いた。

「あの女か、」

――声にはならなかった。はっきりと姿を眼にすることは出来ない。伸《の》ばした手も達《とど》かない。しかし、女は今、直ぐ近くにいる。殆ど、その温《ぬく》もりをだに感ずることが出来るほどに。それが尚更《なおさら》もどかしい。真拆は、もう一度声を発して、今度は女に呼び掛《か》けようとした。すると突然、哀《あわ》れに激した調子で、

「来ないで。」

……次の刹那、束《つか》の間《ま》の意識の混濁《こんだく》を経た後に、真拆はふたたび、禅堂《ぜんどう》の真ん中にぽつんと孤《ひと》りで座《すわ》っていた。

暫くは、そのまま呆然として、床の上ばかりを眺めていた。

やがて、少し視線を動かすと、続けて更に、頭《こうべ》を廻《めぐ》らせ、恐《おそ》る恐る周囲を見渡《みわた》した。別段変った様子はない。右の掌を蠟燭《ろうそく》の明りに翳《かざ》して見る。が、そこにも何の

あとも残っていない。傷の痛みも消えている。

真拆は、初めて怯怖《きょうふ》を覚えた。そして、これが為に、あらゆる思考が一時《いちどき》に破綻《はたん》してしまった。

「俺は、山中に倒《たお》れていて、しかも、禅堂の中に座っていて、……そして、夢の中に、……」

考えるほどに、怯怖は募《つの》っていった。

やがて、庭を往く草履《ぞうり》の音が聞こえてきた。

『和尚様は、俺のこうした異常を知っていて、山を下りろと云うのだろうか？』

立ち上がりつつ、真拆は嘆息《たんそく》した。孰《いず》れにせよ朝《あした》にはここを発たねばならぬのである。

禅堂を抜け、小屋へと足を運ぶ道すがら、真拆は、庭の花々に眼を落とした。

「夢や幻がどれほど怪しいものであっても、ここに咲《さ》き誇《ほこ》った花の美しさだけは、俺は疑うことが出来ない。……そして、この足の傷もだ。于嗟《ああ》、それにしても、今日の月は、何と明るいのだろう。これほど美しい月を、そして、その美しい分だけ不吉《ふきつ》な月を俺はこれまで見たことがない。赤い、血の滲《にじ》んだように赤い。……或《ある》いは、今夜の夢には、何か変化があるかもしれない。……否、あらねばならない筈《はず》だ。……何か、必ず、……」

色を失った頬《ほお》の上に静かに手を当てた。そこには、まだ先ほどの土の匂《にお》いが、仄《ほの》かに残っているような気がした。

○

——しかし、期待が募るほどに、眠《ねむ》りは益〻《ますます》遠ざかっていった。

深夜、掛衾《かけぶすま》を払《はら》うと、真拆は、苛立《いらだ》たし気に頭を掻《か》いて、床《とこ》の上に身を起こした。熱せられた焦燥《しょうそう》が、睡郷《すいきょう》への途《みち》を閉《と》ざしてしまった。真拆は、この上幾度《いくたび》も寝返《ねがえ》りをうって眠りを迎《むか》えに行くのももどかしく、到頭《とうとう》観念して、暫くは起きてその訪《おとず》れを待つこととした。

衾の面《おもて》は明るかった。西の窓より、朧々《ろうろう》と月影が洩《も》れている。

「月か、……」

真拆は、その光に眼を遣った。そして、誘《いざな》われるようにして土間へと降り、草履を穿《は》いて戸口の前に立った。

戸が僅《わず》かに開かれた。庭除《ていじょ》に籠めた月彩《げっさい》は、匂袋《においぶくろ》の緒《お》を解いたように、隙《すき》より入り真拆を包んだ。汗《あせ》の滲んだ腕《うで》が、氷像のように蒼白《そうはく》に耀《かがや》いている。眩暈《げんうん》に蹌踉《よろめ》きつつ、更に戸を大きく開いて庭へ進み出ると、真拆は、眼にしたその光景に暫し恍《こう》惚《こつ》として立ち尽《つく》した。

それは、殆ど現《うつつ》と云うことをだに疑わせるに十分であった。

濃紺《のうこん》の穹《そら》には、雲一つなく、暈《かさ》を構えた玉鏡が耿々《こうこう》と懸かっている。その面は、既《すで》にして先ほどの異様な赤色《せきしょく》を払っており、黄金より外には最早《もはや》如何《いか》なる色をも容《い》れぬと云った風である。星は、これを中心に据えて、夜が、彼方に満ちる眩《まばゆ》い光を、一度《ひとたび》闇の層で遮《さえぎ》って、無数に穿《うが》たれた各《おのおの》の小さな穴から、ちらちらと覗《のぞ》かせているかのように一面に瞬《またた》いている。

山のかたちは、常ならぬこの明かりに、闇に没《ぼっ》することなく、切絵のように浮《う》かび上がっている。稜線《りょうせん》は、丁寧《ていねい》に指でちぎって描《えが》いたかの如く、幽《かす》かに打烟《うちけぶ》って朧《おぼろ》である。奥行《おくゆ》きを隠《かく》したその簡潔な影は、此方《こなた》へ迫《せま》るほどに次第《しだい》に闇と溶《と》け合い、一旦《いったん》は失われ、やがて底より俄かに盛り上って、眼前に生《お》い茂る水楢《みずなら》の林に姿を変えるのである。

庭は、背後の林に守られて、降り濺《そそ》ぐ煙雨《えんう》のような月光を恣《ほしいまま》にしている。色鮮《いろあざ》やかな蘭《らん》や文目《あやめ》は、裂《さ》けんばかりに花弁を広げ、磨《みが》かれて将《まさ》に現れようとする刹那の螺鈿《らでん》の飾《かざ》りのように、暗がりに浮かび上がっている。躑躅《つつじ》の緑条《りょくじょう》は、その旺《さか》んな枝振《えだぶ》りを注意深く潜《ひそ》めながら、咲き乱れた花の色に裏切られることを嬉《たの》しんでいるかのようである。茶葉は艶《つや》やかである。大根の花は、無数に開いている。弓形に垂れた許多《あまた》の稲穂《いなほ》は、漁《いさ》り火の下《もと》、網《あみ》に掛かって水面《みなも》に跳《は》ねる魚群の如く、また、真《ま》っ直《す》ぐに伸びた葉は、それが散らした飛沫《しぶき》のようである。しかも、それらの葉や花の、どの一つを採って見ても異常なほどに大風《おおぶり》で、肉が厚い。

草木《そうもく》は深く、睒光《せんこう》に潤《うるお》っている。夜であるには違いない。しかし、それだに疑わしく感ぜられるほど、一面が明るく耀きを灯《とも》している。闃《げき》として音一つ立てるものはない。慌《あわ》だしい時の流れは、この瞬間《しゅんかん》に止《とど》まって、庭にある総《すべ》てのものの成長をそれぞれの極《きわ》みに於《お》いて保っているかのようである。——

真拆は、深く息を吸って歩き始めた。

　静寂が、小舟《こぶね》の乱した水面のように、静かに分かれてゆっくりとそのあとに尾《お》を曳《ひ》いている。

　別段思う所がある訣《わけ》ではない。ただ、ふらふらと歩いていれば、そのうち眠気も催《もよお》すだろうと云うほどの考えであった。そして、花々の美しさに魅《み》せられて、その次第に旺んになってゆく方へと足を進めるうちに、真拆は何時しか、禅堂裏の件《くだん》の小屋の前に立っていた。――そこで、漸《ようや》く自分の居る場所に気づいたのである。

　真拆がここを訪れるのは、無論初めてのことであった。最初のうちは、円祐との約束を守って、努めて近寄らぬようにしていた。それが、何時しか当たり前のこととなって、約束そのものが殆ど意識の外へと退いてしまっていたのである。

　小屋の周囲には、生活のあとは殆ど看《み》られない。種々の雑草が、膝《ひざ》のあたりまで茂っている。建物には窓一つなく、壁を這《は》う蔦《つた》の葉陰《はかげ》には禽獣《きんじゅう》の眸子《ぼうし》の如き漿果《しょうか》が幾つもなっている。

　その蒼然《そうぜん》たる佇《たたず》まいが、しかし、何故《なぜ》かしら懐《なつ》かしい。不思議と、既に何度も足を運んだ場所のようである。

真拆は、音を立てぬように注意深く草を踏《ふ》みながら、更にゆっくり前へと進んだ。先ほどから、真拆の脳裡《のうり》には、まだ見ぬ老婆《ろうば》の姿が過《よ》ぎっている。真拆がこれまで、ここに足を向けなかったのは、円祐との約束を守る為と云うよりも、寧《むし》ろ、老婆に対して純粋《じゅんすい》に憐憫《れんびん》の情を抱いた為である。その孤独《こどく》な生活を、せめて、そっとしておいてやろうと思ったからである。

その心情は、今でも微塵《みじん》も変わらない。真拆は、老婆の姿を覗き見たいなどとは、ゆめゆめ思っていない。にも拘《かかわ》らず、実際に足は、一歩々々と小屋へと向かって近づいて行く。自戒《じかい》の念が、何か大きな力に妨《さまた》げられて一向に深く浸透《しんとう》しないのである。

『或いはこれも、歪《ゆが》められた肉欲の一つなのだろうか?』

更に歩き、小屋の裏手にまで至ると、真拆は物音に心づいて卒然と身を隠した。小屋の戸が開き、中から人の出てくる気配がある。

『和尚様《おしょう》か?』

陰に潜《ひそ》んで、耳を欹《そばだ》てると、乾《かわ》いた土を踏む草履の音《ね》が聞こえて来た。その柔《にゅう》弱《じゃく》な足取は、円祐のものではない。踏み出す度に注意深く置かれる小さな間が、怯《おび》えたように頭《こうべ》を廻らすその姿を、宛《さなが》らに伝えている。

『……いや、違う。……和尚様ではない。』

真拆には、直にそれが老婆の跫音《あしおと》であることが察せられた。そして、居た堪《たま》らなさに、思わず身を飜《ひるがえ》した。

——如何にも、哀れな響きだった。真拆はこの時、己の非情を改めて嫌悪した。老婆は、円祐の目さえをも忍《しの》び、こうして夜が更《ふ》けるのを待ってから、初めて躊躇《ためら》いがちに小屋より出て来るのである。人跡稀《じんせきまれ》なこの深山《みやま》の孤寺で、日もすがら暗い小屋に籠《こも》って、ただ静かに死の訪れを待っている。陽光は疾《と》く捨て果てたに違いない。或いはただ、夜毎《よごと》の月を眺《なが》めることにのみ、ささやかな慰《なぐさ》めを得ているのかもしれない。孰れにせよ、その姿を戯《たわむ》れに覗き見ようとするなどとは、余りに酷薄《こくはく》な為打《しう》ちと云うべきである。

真拆は、俄かに陰鬱《いんうつ》な思いに領せられて、俯《うつむ》いたまま、元来《もと》た途《みち》を引き返し始めた。——と等しく、またも自分が山中に倒れている時の生々しい光景に襲《おそ》われた。

幻《まぼろし》の夜は、何時しか現の夜と溶け合って、同じ一つの夜となった。真拆は目覚めた覚えもないままに、小屋の傍《かたわ》らに立っていた。そして、不意に、帯を解く衣擦《きぬずれ》の音《ね》が、背《せな》より耳朶《じだ》に触《ふ》れたのを感じた。

打顫《うちふる》えて、後ろを顧《かえりみ》た。

その幽かな音が、あらゆる不思議を一斉《いちどき》に呑《の》んで、衣と倶に解いてしまった。

『老婆ではない。老婆などではないのだ、断じて。——于嗟《ああ》、そうだ、この小屋、この景色。何故俺《おれ》は今まで気づかなかったのだろう！』

詞《ことば》が、真拆に詰《つ》め寄った。踵《つ》いで、衣が地に落ち、草履の脱《ぬ》がれる音がした。

真拆は、二三度大きく息を吐《つ》いた。そして、次の瞬間、欲望に耐《た》え兼《か》ねたかのように、小屋の陰より彼方《かなた》を見遣った。

『于嗟！』

——声にならぬ嘆息が洩れた。法悦《ほうえつ》が、風に吹《ふ》かれた花粉のように、須臾《しゅゆ》にして胸に放たれた。

疑うべくもない。果たして彼方の月下に輝《かがや》くのは、幾夜をも重ねて見続けた、夢の女の裸体《らたい》であった。

苦痛にも似た狂《くる》おしい歓喜《かんき》の奔流《ほんりゅう》が、堰《せき》を切ったように肉体を駆《か》け巡《めぐ》った。真拆は、何か別の痛みを以《もっ》てそれを分かたねば耐え得ぬかの如《ごと》く、右手で激しく胸の肉を絞《しぼ》った。鼓動《こどう》が高まる。顎《あぎと》を突《つ》き出して、喘《あえ》ぐように息をする。露《あらわ》になった白皙《はくせき》の頸領《けいりょう》は、月華《げっか》に映《は》えて、雪花石膏《せっかせっこう》の彫像《ちょうぞう》のように浮かび上がっている。

女は真拆に背を向け、ゆっくりと髪《かみ》に手を掛けた。嫋《たお》やかな指が、琴《こと》を奏《かな》でるようにしてそれを束ねてゆく。指の隙より幾本かが零《こぼ》れ、それを掬《すく》おうとして両肘《りょうひじ》が翅《はね》のように大きく揺《ゆ》らめく。

記憶《きおく》は疾走《しっそう》し、女はそれを優雅《ゆうが》に模した。夢と違《たが》う所は一つだにない。

やがて、片膝《かたひざ》を着き、肩《かた》からそっと水を瀉《そそ》いだ。濡《ぬ》れそぼった背《せな》が、月光に照り映える。

真拆は額《ひたい》の汗を拭《ぬぐ》った。破綻の怯怖は、流れる動作に次々と駆逐《くちく》されてゆく。

女は継《つ》いで、静かに頸《くび》を折った。すると、結《ゆわ》えられた髪の頂きに、一瞬、櫛《くし》が閃《ひらめ》いた。

真拆はこの時、嘗《かつ》て自分を女から遠ざけていたものは、外でもなく、この櫛だったのではあるまいかと疑った。この櫛が落ちなければ、或いは、夢は畢《おわ》ることなく、女は振り返っていたのではと疑った。そして、渾《すべ》てが夢と違わぬ今、ただ一つ自分を裏切り、女の顔を永遠に隠してしまうものがあるとするならば、それは懼《おそ》らく、この櫛であり、この櫛が女の髪より落ちぬことであろうと想像した。

月は猶《なお》しも明《さや》かであった。闃寂《げきせき》の穹の下、独り女のからだより瀝《したた》る水滴《すいてき》のみが、ぽたりぽたりと地を打っている。

真拆は、草履と蹠《あしうら》との隙に這入《はい》った土を、幾度も汗で捏《こ》ねながら、来《きた》るべき瞬間に思いを馳《は》せた。

手桶《ておけ》を置くと、女はゆっくりと立上がった。真拆の視線は櫛を追う。斜交《はすか》いに、女の頸がやや傾《かたむ》く。髪が膨《ふく》らむ。櫛が顫《ふる》える。

——次に起こるべきことは、最早疑うべくもなかった。女が頸を縦にすると、綺《き》羅《ら》と光って櫛が落ちた。緑髪《りょくはつ》が宙に舞《ま》う。女はそれに手を掛《か》ける。待ち敢《あ》えず、真拆は故意に足下を鳴らす。……そして、その気配に、将に女が振り返ろうとした刹《せっ》那《な》、——真拆の視界は、突然《とつぜん》乾いた闇《やみ》に閉ざされた。

「高子《たかこ》よ、早く小屋の中へと戻《もど》りなさい。」

……両眼を隙なく覆《おお》ったその手を払除《はらいの》け、ふたたび前方を見遣《みや》った時には、女の姿は既になかった。

顧《かえりみ》て、立っていたのは、円祐であった。

○

遣方《やるかた》のない憤怒《ふんぬ》に、真拆は声を荒《あら》げた。

「和尚様、これは一体どう云《い》うことなのでしょうか？　あの美しい若い娘《むすめ》が、貴方《あなた》のおっしゃる癩《らい》の老婆なのでしょうか？」

「…………。」

「嗟乎《ああ》、貴方は何たる俗僧《ぞくそう》だ、女を隠す為《ため》に、私の憐憫の情につけ込《こ》むとは！……それにしても、何故、何故、……分からない、しかし、そうして黙《だま》っているが好《よ》い。老婆でないと知れた以上、小屋に入り、この眼《め》でその顔を慥《たし》かめるまで！」

歩き出そうとする真拆に、円祐は静かに応《いら》えた。

「行ってはなりませぬ。」

「ならぬと？　ならぬとおっしゃるのですか？　この上私は、奈何《いか》にして貴方の詞を信ずれば好かろう？　奈何なる耳を以てそれを聴《き》けば好かろう？　最早私は、奈何なる詞をも信じまい。断じて信じまい！」

激昂《げっこう》した真拆は、円祐の制止を振り切って、小屋の戸口に駆寄った。と、その時、

「来ないで、」

——女の声が、静寂を矢のように貫《つらぬ》いた。

「ああ、どうか来ないで下さい。和尚さまの云うことをお聴きになって下さい。和

尚さまは、あなたさまのおっしゃるような方ではありません。わたくしは、あなたさまとお会いする訣にはゆかないのです。わたくしは、……」

こう云い懸《か》けて、女は堪《こら》え切れずに嗚咽《おえつ》を漏《も》らした。激情に我をも忘れていた真拆は、その哀婉《あいえん》な響《ひび》きに戸惑《とまど》った。

「何故でしょうか？　貴方は、私を知らないとおっしゃるのですか？　この私のことを？……否《いな》、そんな筈《はず》はない！　私は知っている、ずっと以前から貴方を知っている。貴方こそは、夜毎私が夢に見続けた人、今日まで私が恋い焦《こ》がれてきた人！私はここに来た日より、ずっと貴方に逢《あ》うことを願ってきた、蛇《へび》に噛《か》まれ、ここへ運ばれて来たあの日から。否、ひょっとすると、それよりも遥《はる》かに以前から、私は貴方を追い続けてきたのかもしれない、ただ、貴方だけを！　それが今、こうして現実となった、貴方はもう幻ではない、夢の彼方の住人ではない。その奇跡《きせき》を、どうして歓《よろこ》んではならないのでしょうか？」

「どうか、どうか、もう、お已《や》めになって、それ以上はお話しにならないで。……勿論《もちろん》、わたくしとて、あなたさまのことは存じております。存じておりますからこそ、この出会いが一層辛《つら》いのです！……わたくしはやはり、あなたさまとお会いする訣には参りません。どうか、和尚さまのお詞通り、山をお下りになって下さい。……これ以上、ここに留《とど》まられるのであれば、わたくしはあなたさまをお恨《うら》み申します。きっと、……今よりも、更《さら》に、……」

真拆は、継ぐべき詞を失って立ち尽《つく》した。そして、苛立《いらだ》たし気に後ろを振り返ると、黙《もく》したままの円祐に向かって悲痛な声を上げた。

「和尚様、何故でしょうか？　私には分かりません。……嗟乎、やはり分かりません。ことの一切《いっさい》が、渾てが！」

円祐はただ黙っている。

「和尚様！」

「高子を、これ以上苦しめてはなりませぬ。……貴方には、やはり明日にもここを発《た》って戴《いただ》きたい。否とは云いますまい。それは、貴方の御決めになることではない。」

絶望に、真拆は言なく、崩《くず》れるようにして地に両膝を着いた。

円祐も、それ以上ものを云う気色はない。夜は謐々《ひっひつ》として、ただ、女の哀咽《あいえつ》ばかりを幽《かす》かに響かせている。

朝はまだ遠い。小屋の前には、女の躰《からだ》を伝い流れた水が望月《もちづき》を浮《う》かべて閃々《せんせん》と輝いている。

簀子《すのこ》の縁《へり》から、また一滴、雫《しずく》が垂れた。水の面《おもて》が、静かに揺らめいた。……

○

翌日の朝《あした》は、よく晴れていた。

往仙岳をあとにすると、真拆は、百町の渡《わた》しに出て、それから、小辺路へは戻らずに、西熊野街道へと向かって歩き始めた。

円祐とは山を下りた所で既《すで》に別れていた。去り際《ぎわ》に丁寧《ていねい》に礼を云うと、真拆は併《あわ》せて前夜の非礼をも謝した。円祐はただ黙って合掌《がっしょう》した。

山の麓《ふもと》の墓地を経て、小谷へ行く途中《とちゅう》のことである。草鞋《わらじ》の緒《お》を締《し》め直そうと、片膝を着いて袋《ふくろ》を傍らに置いた途端《とたん》、真拆はまた忽然《こつぜん》と件《くだん》の幻に襲《おそ》われてしまった。

これは真拆にとっては、甚《はなは》だ意外のことであった。

真拆は今日まで、自分の身に起こるこの奇妙《きみよう》な現象を、彼《かの》山と結んで考えることにのみ、辛《かろ》うじて救いを見出《みい》だしてきた。独り幻ばかりではない。女の夢も、目まぐるしい庭の変化も、渾《すべ》ては山に由来するものの筈であった。山にあればこそ、体験されたものであった。そう考えるのには、格別、慥かな根拠《こんきょ》がある訣《わけ》ではない。ただ、一斉《いちどき》に起こった許多《あまた》の不思議を、一つ一つ理解してゆくことが出来ぬので、何等《なんら》かの一なる大きい不思議の裡《うち》に委《ゆだ》ねてしまおうと思ったのである。

何様、不思議と云うものは、事実と比せられればこそ不思議である。例えば、桜の木に、梅の花が咲《さ》けば、不思議である。これは、桜の木には桜の花が咲くと云う事実があるからである。又、例えば、鳥が土に潜《もぐ》り、鼹鼠《もぐら》が宙《そら》を飛べば、不思議である。これは、鳥は宙を飛び、鼹鼠は土に潜ると云う事実があるからである。しかし、それらの個々の事実を、固《もと》より無意味にしてしまうような、一なる大きい不思議があるならばどうであろうか。その時人は、個々の不思議を最早《もはや》不思議とは想《おも》わぬであろう。何故と云うに、そこでは比せられるべき事実そのものが成り立たぬからである。

真拆は、自らの体験した様々な不思議を、個別に疑ってゆくことに倦《う》んでいた。それ故《ゆえ》に、その悉《ことごと》くを彼山に帰そうとしていた。個々の不思議を一々検証し、そこから総《すべ》てに於《お》て肯定《こうてい》の結論を導き出すことは懼らく出来まい。さりとて、現象として、慥かに起こっている以上は、否定する訣にもゆかない。だからこそ、山の不思議のせいにしようと思ったのである。山が、抑《そもそも》個別の事象に於る事実を否定するのであれば、どんなことが起ころうとも、それは最早不思議ではないからである。許多の不思議を肯定する為には、ただ、一なる不思議を信ずるだけでよい。それは、ささやかな努力しか要さない。信じるか、信じぬかの二者択一《たくいつ》である。そして、真拆は信じようと思ったのである。

　しかし、その大きい不思議に由来する筈の一つの不思議が、今、そこから零れて道行く真拆に追い縋《すが》った。これは畢竟《ひっきょう》、渠《かれ》にとっては総ての不思議が山の呪縛《じゅばく》から解き放たれたことを意味するのであった。

　真拆は慄然《りつぜん》とした。そして、この時から、現《うつつ》に帰っても、足に痛みが残されるようになったのである。——

　さて、真拆が、先へ進むのを諦《あきら》めて、小谷に留まったのは、その足の痛みの為と、折しも萌《きざ》してきた頭痛の為とであった。小谷に着くや否や、真拆は俄《にわ》かにして発熱し、そのまま、旅籠《はたご》の床《とこ》に臥《ふ》せてしまった。

熱は微弱《びじゃく》であった。しかし、それが数日を経ても一向に下がる気配を見せず、容体は寧《むし》ろ悪くなってゆくようであった。

食事は殆《ほとん》ど受けつけない。肉体は日々衰弱《すいじゃく》してゆき、治癒《ちゆ》した筈の足には、何時《いつ》しか膿血《のうけつ》が滲《にじ》むようになった。

三日ほど様子を看《み》た後に、旅籠の女将《おかみ》は、女中に命じて漸《ようや》く医師を呼びに遣った。

数年前から、村には二人の医師が置かれていた。が、連れて来られた渠等《かれら》は、孰《いず》れもこれが何の病気であるのかが分からなかった。診断は、病名だに明かさず曖昧《あいまい》に済まされたが、それでも最後には、気休めにもならぬような調子で、

「大したことはないが、もう暫《しばら》くはここで安静にしていなさい。」

とつけ加えられた。

真拆は、西と南とに面した二階の角の部屋を宛《あ》てがわれていた。旅籠には、殆ど客がなく、女中は皆《みな》、徒然《つれづれ》を持て余しているかの如《ごと》く、甲斐《かい》々《が》々《い》しく終日渠の看病をした。

ここで最初の夜を過ごした日、真拆は、件《くだん》の幻覚《げんかく》と同様に、女の夢もまた、自分と一緒《いっしょ》に山を下りて来たことを知った。——が、その姿は嘗《かつ》てと違《ちが》って、遠く朧《おぼろ》で、しかも、日増に霞《かす》んでいくようであった。寝《ね》つかれなさに、医師より睡眠薬《すいみんやく》の服用を命ぜられた夜には、殊《こと》に、濃《こ》い眠《ねむ》りが霧《きり》のように厚く女を遮《さえぎ》った。

真拆は、失われゆくその艶姿《えんし》を我をも忘れて追い求めた。一方で、山中の幻影《げんえい》は、益々《ますます》頻繁《ひんぱん》に、益々長く枕頭《ちんとう》に立ち顕《あらわ》れるようになり、眠りが残した現の時間を少しずつ奪ってゆくようになっていた。

明け方眠りから覚めると、真拆は屢々《しばしば》今し方見た夢の余韻《よいん》を抱《いだ》きつつ、朝月夜を眺《なが》めて、山での日々を思い返した。

それは恰《あたか》も、一つの長い夢のようであった。寺の夕間暮《ゆうまぐれ》、徒《いたずら》に、我《わ》が身を浦島《うらしま》の子などに擬《なぞら》えてみては、最早この山より外に、自分のあるべき場所はないのではと考えたりもした。しかし、こうして山を下りた今、ふたたび嘗《かつ》てと同様に、当たり前の時間の中に生きている。否、少なくとも、当たり前の時間に生きる多くの人々の中に生きている。それが何となく、渠《かれ》には不思議に思われた。

『……一体、夢と云い、現と云う。しかし、どちらも畢竟《ひっきょう》、同じ一つの幻《まぼろし》のように感ぜられる。俺《おれ》はあの夜、夢にではなく、現の世界で慥かに女の姿を見た。この肉の眼《まなこ》を以《もっ》て見た。しかし、思い返せば、あれもやはり、一つの儚《はかな》い幻ではなかっただろうか。

如何《いか》にも、女は幻のように美しかった。あれは、この世界には、生きることの出来ぬような類《たぐい》の美だ。しかし、ひょっとすると、俺が恍惚《こうこつ》のうちに眄《み》たのは、和尚《おしょう》様の云う通り、真に癲の老婆《ろうば》の裸体《らたい》であったのかもしれない。

俺は、和尚様より受けた恩を忘れはしない。冷静になって思うほどに、その姿は高潔さを増してゆき、幽深《ゆうしん》の山中へと遠ざかってゆく。それが、如何にも懐《なつ》かしい。勢いに駆られて、俗僧と罵《ののし》りはしたものの、今ではやはり後悔《こうかい》している。

しかし、その同じ人が、あんな嘘《うそ》まで吐《つ》いて、若く美しい女を隠《かく》していたとは、俺にはどうしても信じられない。なるほど、考えてみれば、生き仏と称《しょう》された一休禅師《ぜんじ》の如きにさえも、森女を歌った淫《みだ》らな詩などがある。されば、女が居たからどうした大騒《おおさわ》ぎするのは、所詮《しょせん》は、俺が作家《そけ》の悟《さと》りと云ったものに蒙《くら》い為なのかも知れない。

しかし、それでも俺は腑《ふ》に落ちない。

高子と云った。その、高子と云う女の姿は、俺が、夢の女の裸体を認めたその姿は、和尚様の眼には、髄かに老婆と映っていたのではあるまいか。……口悪《くちあ》しく罵られながら、和尚様は、終《つい》に一言だに嘘の弁解をしなかった。和尚様は、俺を狂人《きょうじん》だと思ったのかもしれない。哀《あわ》れな老婆を眺めて、欲情を募《つの》らせるこの俺を。だとすれば、和尚様の沈黙《ちんもく》は、俺に対する憫察《びんさつ》の故にか。……於乎《ああ》、しかし、どちらでも好い。どちらでも好いのだ。あの女が若く美しい女であろうと、癩《らい》の老婆であろうと、一体その間に、どれほどの違いがある？　固よりそれが幻であるならば、俺は俺の見た幻を信ずるまでだ。そして、あの美しい声で語られた詞《ことば》を信ずるまでだ、あなたのことは存じております、と云うあの詞を。……』

梅雨《つゆ》入《い》り前の熱気に、真拆の不快は一層募った。懐《ふところ》は常に汗《あせ》に蒸《む》れて、額《ひたい》の手拭《てぬぐい》は、幾度《いくど》替《か》えても、直《すぐ》に瀕死《ひんし》の小動物のように、生温かい無気力に憑《つ》かれてしまう。

食べるものと云えば麦混じりの白湯《さゆ》のような粥《かゆ》ばかりで、それも多くを戻《もど》している
から、胸には随分《ずいぶん》と肋《あばら》が波を打っている。
夢と幻とは益〻多く現《うつつ》を侵《おか》して、近頃《ちかごろ》は、一日の中《うち》でも意識のはっきりとしてい
る時間の方が短いほどである。真拆は、女中の前でも幾度か幻に襲われた。その間
は、丁度癲癇《てんかん》の発作《ほっさ》を起こしたようになっていて、初めてこれを見た時には、狼狽《ろうばい》
した女中が、女将の名前を叫《さけ》んで、客を集めて、一騒動《そうどう》であった。
「今でも私なんか、怖《こお》ォて、お女将さんを呼んでしまいますねん。せやかて、ほん
まに死んだはるみたいですもん。けど、外《ほか》の皆《みんな》はもう慣れたって曰《ゆ》うたはります。」
こんな風に若い女中に云《い》われて、真拆は、ただ、力なく笑った。異様な幻覚に襲
われて、身悶《みもだ》えして苦しむのを気味悪く思われるよりは、癲癇持ちと勘違《かんちが》いされて
驚《おどろ》かれている方が、幾らか増《まし》だろうと考えたからである。
しかし、女中がこうつけ加えると、真拆も笑ってばかりはいられなかった。
「それでも、あんまり頻繁やと、やっぱし不安ですわ。……それに、足の方は、み
んなかて心配してますねんよ。」
――事実、脛《すね》の傷は化膿《かのう》して、真拆は最早、杖《つえ》なしでは歩くことだにままならぬ

ようになっていた。

真拆の看病をするのは、女中達《たち》ばかりではなかった。女将もまた、折々部屋へと足を運んでは、容体を尋ねて、自ら汗を拭ってやったり、匙《さじ》を口元へと運んでやったりしている。眼窩《がんか》の奥《おく》に沈《しず》んだ一際大きな睛《ひとみ》と、ほっそりと古風な鼻梁《びりょう》とがありし日の美しさを思わせるこの壮年《そうねん》の女は、胸元を開《はだ》けた真拆の躰に触《ふ》れる時、ふと己《おのれ》の裡なる若さに触れるような気がした。それが、今では密《ひそ》やかな喜びとさえなっている。長らく患《わずら》っていながらも、さして疎《うと》まれることもなく、真拆が旅籠に身を置いていられるのは、同情は固より、女将にこの喜びの存しているが故であった。

さて、旅籠へ来てから二週間ほど経《た》った或《あ》る夜のことである。

この日の明け方、真拆は、陸《ろく》に目も覚めぬうちから、件の幻に憑かれてしまい、そのまま午後になるまで一度も現に帰らなかった。発作は常のこととは云え、これほど長い間意識の戻らぬのは初めてだったので、流石《さすが》に女将も心配して、女中を集め、村医を呼びに遣《や》り、何時かのように、一時は宿中が大変な騒ぎになっていた。

駆《か》けつけた医師は、診察《しんさつ》の途中《とちゅう》で幾度か頸《くび》を傾《かし》げた。そして、もう一度脈を徴《たし》かめて、驚いたような顔で女将の方を顧《かえり》みた。と、その刹那《せつな》、真拆の瞼《まぶた》は、俄かに、水《すい》泡《ほう》の弾《はじ》けるようにして大きく睜《みひら》かれた。女中が「あっ、」と声を上げた。

「ああ、よかった、気ィつかはった、気ィつかはった、」

——床を囲んだ者達が、銘々《めいめい》に安堵《あんど》の声を漏《も》らした。真拆自身も、これに応じて、訣も分からずに打笑《うちえ》んだ。しかし、その手首を摑《つか》んだままの医師だけは、訝《いぶか》し気に眉を顰《ひそ》めて、今し方口にしようとした詞を、注意深く、胃の底の方に飲み込《こ》んだ。医師が帰った後にも、真拆は時折現に帰りながら、やはり、幻の底に倒《たお》れ伏《ふ》していた。そして、今は漸く、少し気が徴かになって、旅籠の窓から、ぼんやりと外を眺めているのである。

夜毎《よごと》、居待ち月、臥し待ち月、更《ふ》け待ち月と数えてきて、今宵《こよい》はもう、その影《かげ》だになくなってしまった。夢の女も、愈《いよいよ》遠く幽《かす》かになって、幼時の記憶《きおく》のように、纔《わず》かにその断片《だんぺん》のみが思い出されるばかりである。

真拆は、幻の裡にも幾度か意識を失って、その都度ちらと女の姿を垣間《かいま》見《み》た。目覚めてみれば、山中に孤《ひと》り倒れている。すると、また一層意識が徴かになって、今度は旅籠の床に臥せているのである。

現に帰る度《たび》に、真拆は流れた時間に驚かされる。山中にいるのは、何時でも精々数分に過ぎぬのに、気づいてみれば、数十分、数時間と経っている。それが今では、夢で過ごした時間と、山中で過ごした時間と、現の時間とが、糸のように絡《から》んでいて、殆ど分からなくなっているのである。

『こうして物思いに耽《ふけ》っている間にも、俺はまた、フッと目が覚めて、どこか違う場所に居ることに気がつくのではないだろうか。——山中か、女の小屋の前か、それとも、まだ知らぬ遠い所か。……』

こんなことを考えながら、熱く疼《うず》いた脛に一瞬《いっしゅん》顔を歪《ゆが》めた時、襖障子《ふすましょうじ》が静かに開いた。

「あら、すみまへん、お声もお掛《か》けせんと。もう寝たはると思いまして。——起こさんように、一寸《ちょっと》様子を窺《うかが》おうと思いましてん。」

「いえ、別に構いません。」

女将の詞に、真拆は少し緩頬《かんきょう》してみせた。

「構《かま》しませんの？」

「ええ、幾らかは。」

「そうですか。昼間はほんまに心配しました。……けど、まだ安静にしたはらんとって、お医者様も曰《ゆ》うたはりましたよ。」

「本当に、御迷惑《めいわく》ばかり掛けてしまって。」

「いいえ、そう云う積《つもり》で申したんと違いますねん。どうか、わたしどものことは気にしはらんといて下さい。その為《ため》に、前以てお支払《しはら》いしてもろてますから。」

女将はこう云うと、莞爾《かんじ》として打笑んだ。

真拆は、小さく頭を下げた。そして、また外に眼《め》を向けながら、

「……於乎《ああ》、でもやっぱり、少し疲《つか》れてしまったようです。ずっと起きていましたから。」

「それはあきまへんわ。どうぞ横になって下さい。今日は何時もより風も涼《すず》して、お休みにならはるには、丁度宜《よろ》しいですやろから。」

女将に助けられて、真拆はふたたび床に臥した。

仰向《あおむ》けになった額《ひたい》に、水桶《みずおけ》から取出して、絞《しぼ》ったばかりの手拭が宛がわれた。その冷たさは、折しも吹入《ふきい》った夜風の涼意《りょうい》と相須《あいま》って、真拆に若干《そこばく》の安らぎを与《あた》えた。

女将の唇《くちびる》が微《かす》かに開く音がした。

「……井原様、」

真拆は瞼を開いた。

「少しお尋《たず》ねしても構《かま》しませんやろか？」

先ほどまで掌中《しょうちゅう》にあった手燭《しゅしょく》が、今は枕頭に赫《かがや》いていて、それが遠ざかった女将の顔を仄《ほの》かに照らし出している。真拆は、常と変わらぬその淡粧《たんしょう》に心惹《こころひ》かれた。

「何でしょうか？」

「あの、井原様は、ここへ来はる途中、往仙岳の方にも登って来はったとお伺《うかが》いしてますけど、……」

「ええ、それが、何か？」

「いいえ、別に大したことと違いますねん。……ただ、……その道中、何か変わったことなどありませんでしたやろか？」

「……いえ、これと云っては。」

真拆は、不意を衝《つ》かれたように少し驚いて、敢《あ》えて慎重《しんちょう》にこう応《こた》えた。これまで真拆は、我が身に起った奇妙《きみょう》なことの数々を、一つだに人には漏らしていなかった。

「……そうですか。」

女将はこう云うと、形の崩《くず》れた円髷《まるまげ》に手を当てながら、やや自嘲《じちょう》気味に微笑《ほほえ》んだ。

これが、真拆の興味をそそった。

「何か、気になることでもあるのですか？」

「……いいえ、その、本当に些細《ささい》なことですねん。井原様は、東京の方ですよって、こんな話を聞かはったら、田舎者《いなかもの》の迷信《めいしん》深さを可笑《おか》しく思わはるかもしれませんけど、……。」

「迷信ですか？」

「……ええ、そうとでも云いますやろか。」

「もし宜しければ、その御話《おはなし》を聞かせて戴けませんか？」

女将はまた少し微笑んでみせた後に、躊躇《ためら》うような気色で、真拆の額《ひたい》の手拭を取り、さして温《ぬく》もってもいないそれを冷水の中に浸《ひた》した。清爽《せいそう》な檜《ひのき》の桶の裡《うち》で、白布《はくふ》は鮎《あゆ》のように揺蕩《たゆと》うた。

「……そうですねェ。」

硬《かた》く絞って、几帳面《きちょうめん》に折畳《おりたた》むと、ふたたびそれを真拆の頭に乗せた。真拆は、幾《いく》重《え》にも折られた手拭を通して、静かに額《ひたい》を圧《おさ》える女将の掌《たなそこ》を感じた。縁《へり》に残った水の雫《しずく》が、鼻梁を伝って僅《わず》かに流れ、右に逸《そ》れて、眼窩《がんか》に垂れた。

真拆は、女将の手が額から離《はな》れぬうちに、今度は態《わざ》と砕《くだ》けた調子で、

「僕《ぼく》も、一日中横になっているものですから、夜は、中々寝つかれないのです。」

と云った。女将は、これに口実を見出《みい》だして、ゆっくりと手を引くと、

「……では、井原様がお休みにならはるまでと云うことで、……少し長いお話ですけど、どうぞ、目を閉じて寛《くつろ》いでお聞きになって下さい。」

と云った。着物の裾《すそ》から、崩した皙《しろ》い足がちらと零《こぼ》れた。

○

「かれこれ、もう二十五年ほども前のことになりますやろか。わたしが丁度十五六の頃ですさかい、多分、そのくらいになると思います。当時は廃仏毀釈《はいぶつきしゃく》が隆《さか》んに行

われてまして、この村にも、何《なん》やら、暗い物騒《ぶっそう》な雰囲気《ふんいき》がひろまってました。その時分、この小谷の字《あざ》から小原へ行く途中に、一軒《けん》の小さい旅籠《はたご》があったんです。わたしも、よう覚えてます。女将《おかみ》さんが一人と、女中が何人かいてるだけで、御主人は新宮《しんぐう》のほうで働いたはりました。ここら辺りには、うちとそこしか旅籠がなかったもんですさかい、お互《たが》いに親しくつきおうてまして、わたしなんかも、子供の頃よう遊びに往《い》っては、おばさんに栃餅《とちもち》をご馳走《ちそう》になったりしてましたんです。

その旅籠に、わたしとは八つ歳《とし》の離れた女《むすめ》さんがいたはりまして、お名前をお滝《たき》さんて曰《ゆ》わはりました。このお滝さんは、——わたしは何時《いつ》も、お姉ちゃん、お姉ちゃんと呼んでましたが、それはもう、凄《すご》いくらいにお綺麗《きれい》な方で、ええ、近くの字でも、お客はみんなこのお滝さんを目当てに泊《とま》りに来るんやとか饒談《じょうだん》が云われるほどでして、……いえ、決して饒談とばかりも申せません、実際に、そんなお客さんもあったようですさかい。わたしも、物心ついた頃からほんまによう遊んでもろて、妹のように可愛《かわい》がってもろてましたから、普通《ふつう》なら、慣れてしもうて器量のことなんか気にならんくなりそうですけど、どうして、そんな風に殆《ほとん》ど毎日顔を合わせてましてさえも、時折ハッとするほど綺麗なお顔をしたはるんです。勿論《もちろん》、お顔だけではありまへん。ほんまにどこを取ってもお姫様《ひめさま》のようで。それに、物静かで、優《やさ》しくて、わたしは、一回かてお姉ちゃんのことを、あ、いえ、そのお滝さんのことを嫌《きろ》うたりしたことはありまへんでした。……

……けど、今思いますに、お滝さんには、そのお美しかった分だけ、どこか儚《はかな》いような、哀《かな》しいような所《とこ》がおありになって、――それは例えば、病気がちやったとか、そう云うこととは違いますねん。……何とも、……わたしにもよう分れへんのですけど、ただ、そう云う感じは、わたしだけやのうて、誰《だれ》もが抱《いだ》いてましたようで、中には、不吉《ふきつ》やとか、気味悪いやとか、意地の悪い言葉を使《つこ》うて陰口《かげぐち》を曰う人もいてました。

わたしには、何でみんながそう思うてたんか、今でもやっぱり分かりまへん。普段も別に、そのお綺麗やった云うんの外は、変わった所《とこ》もありまへんでしたから。……けど、ひょっとすると、それは、お滝さんの膚《はだ》があんまり皙《しろ》かったからなんかも知れまへん。――

兎《と》に角《かく》、お滝さんと云《い》う人は、そう云う方でした。思い返せば、その特徴《とくちょう》の一つが、後のお気の毒な最期《さいご》を暗示してるようで、こうして喋《しゃべ》ってるだけでも、わたしは何となく、遣《や》り切れへん思いがします。」

女将は、愀然《しゅうぜん》として口を緘《かん》した。

真拆はただ、黙《だま》って話を聴いている。耳に入るのは、この辺りでは珍《めずら》しい十津川独特の関東風の訛《なまり》で、それが、聞き慣れぬ響《ひび》きに親しみやすさを添《そ》えている。言葉も、真拆に気を遣《つか》ってか、平気で語尾に「のぅら」などとつける女中達とは違って、少し垢抜《あかぬ》けたもののようである。

部屋の中では蠟燭《ろうそく》の焰《ほのお》が静かに揺《ゆ》れている。

階下に、女中の跫音《あしおと》はない。……

「そのお滝さんが、――はい、丁度、二十歳《はたち》も過ぎはった頃《ころ》やったでしょうか、或る日、家をお出になったまま、フイと居のうなってしまわはったんです。何でもその日は、お山へ、客間へ生《い》ける花を摘《つ》みに行かはったそうなんですが、それが、夜になっても一向に帰って来はれへん云うんです。これには、家族は愚《おろ》か、ここらの者《もん》から、偶〻《たまたま》旅籠に泊ってはったお客さんまで、みんな心配しまして、夜中に松明《たいまつ》を持って、この辺り一帯を探して回ったんです。

ええ、勿論わたしも行きました。月のない暗い夜のことで。……ほんまの話、わたしもその頃は、少し大人になってまして、――とは曰《ゆ》うても、始めに申しました通り、まだほんの十五六やったと思いますけど、――昔のように、毎日一緒《いっしょ》にお滝さんと遊ぶ云うことはのうなって、少し疎遠《そえん》にもなってたんですけど、それでも、知らせを聞くと、もう、居ても立っても居られんくなって、泣きながら大人達に交ざって探しに行ったんを覚えてます。」

……この時、女中のひとりが、出し抜けに襖を開いた。

「あっ、女将さん、ここにいはったんですか。」

「何ですの、急に黙って。」

「いえ、今日はうちの番ですさかい。」

病状が悪化してからは、こうして毎晩女中が、部屋の様子を見に来ることとなっていた。女将は、秘めごとを人に覗《のぞ》かれたような気がして、何となく不快になった。

「ここは好《え》えから、もうお休み。」

「……はい、すんまへん。」

女中が退《さ》がると、女将は少しばつの悪さを覚えて、

「わたしがこんなですから、皆不躾《みなぶしつけ》で。」

と云った。真拆は気遣うように、

「何時も、見に来てもらっていたのですか？」

「ええ、それは、構しまへんのですけど。」

——こう云ったきり、二人とも黙ってしまった。

ほど経て、女将が口を開いた。

「……どこまでお話ししましたやろか。……そうそう、それで、お滝さんは、結局その夜は見つかれへんかったんです。

次の日は、朝からみんなで、前の日よりももっと多くの人を集めて探したんですけど、やっぱり見つかりまへんでした。——こうなると、段々と嫌《いや》な噂《うわさ》も聞こえてきます。神隠《かみかく》しに遭《お》うたやとか、もうどこかで死んでしもうてるんやとか、……きっとおばさんは、随分《ずいぶん》、辛《つら》い思いをしはった思います。

——ところが、探し始めて四日目の朝、……ええ、そうです、ずっと月のない晩が続いて、やっと新月の出た朝でしたさかい三夜を経たあとのことです、フラリと帰って来はったんです。井原様が登って来はった云う、あのお山から。」

「あの、往仙岳と云う山ですか？」

「ええ、そうなんです。……明け方から探しに出たはったおばさん達《たち》が、偶然《ぐうぜん》見つけはったそうで、……始めはもう、大喜びで、……」

「それは、……」

「ええ、……ところが、その、……どうも、ひとりお山ん中で、あんまり怖《こわ》い思いをしはったからなんですやろか、少し、気がおかしな具合になってしまわはって、……はい、兎に角その日から、お滝さんは、正気ではのうなってしまわはったんです。

わたしは、人に囲まれて旅籠へ戻《もど》って来はったお滝さんを、ほんの一瞬、ちらと見ました。そのお顔は、えろう窶《やつ》れてしまわはって、それが、愈《いよいよ》以前にも増して、夢か幻《まぼろし》のように儚く見えるんです。わたしは今でも、その時、朝日に浮《う》かび上がったお滝さんのお姿を、はっきり覚えてます。それは、とても口では云えまへん。本当に疲れたはるようで、それでいて、やっぱりお綺麗で。ただ、特にわたしがその時のお姿を忘れられまへんのは、それが、わたしがお滝さんをお見掛《みか》けしたんの最後やったからです。以後は一回もお目に掛ってません。――それに、この時お滝さんは、わたしの方を振《ふ》り向いて、やっちゃん、大きい蛇《へび》がね、……と笑ってみせはったんです。わたしは靖子《やすこ》と申しますから、お滝さんは何時もそう呼んではったんですけど、……不思議なんは、その蛇の部分です。わたしは、何となくゾッとして、思わず、えっ、と聞き返しました。その時のお滝さんの眼は、赤く潤《うる》んで、今にも泣き出すようで、それでいて微笑むようで、何とも云いようもないくらいに哀《あわ》れにお美しくかがやいてました。

おばさんは、蛇云う詞《ことば》を聞くと、周章《あわ》てたように人垣《ひとがき》を分けて、お滝さんを家の中へ連れ込《こ》んでしまわはったんです。」

……女将は、また少し間を置いて、徐《おもむろ》に真拆の額《ひたい》の白布《はくふ》を取った。

「冷やしましょうね。」

手拭《てぬぐい》を絞る音がする。夕方から、窓の外で盛《さか》んに啼《な》いていた蛙《かえる》の声が、その些細な音に瞿《おどろ》いたかのように、俄《にわ》かに已《や》んだ。遠くでは、まだ夕影鳥《ほととぎす》が鳴いている。桶《おけ》の裡では、手に残った雫を払《はら》おうとして、女将が、軽く指先を弾《はじ》いている。

手拭を戻すと、女将は、

「もう、休まはりますか？」

と問うた。

「いえ、……お話の続きを。」

真拆は、女将の面《おもて》を仰いだ。その目許《めもと》には、愁色《しゅうしょく》が萌《きざ》している。ややあって、斜《なな》めに小さく頷《うなず》いてみせると、女将は、またゆっくりと口を開いた。

「……それから、わたしが、お滝さんと顔を合わせる機会をなくしてしまいましたのは、わたしの二親が見舞《みまい》へ行くんを禁じてたからでもありますけど、それとは別に、あちらのほうでお滝さんを家の外へ出さんようにしてしまわはったからなんです。これは、あとで分かったことなんですが、お滝さんは、お山から帰られた日よりずっと、自分は蛇の子を孕《はら》んでしもうたんやと信じてはったらしいんです。何でも、見つけられはった時から、繰《く》り返しそんなことを口にされてたそうで、……多分、わたしに曰おうとしはった、大きい蛇とか云うんも、孰《いず》れそのようなことやったんと思います。

それなら、そんな女《むすめ》を哀れに思うて家の中に閉じ込めたはったたんかと云えば、それが、そうでもないんです。勿論、そう云う気持ちも手伝《てつど》うてたんかも知れまへんけど、それよりも、外《ほか》に理由があったんです。……まったく不思議なお話なんですけど、……暫《しばら》くするうちに、そのお滝さんのお腹《なか》が本当に膨《ふく》らんできてしもうたんです。

知らせを聞いて、新宮で働いてはったおじさんが、飛んで帰って見えました。勿論、おじさんもおばさんも、蛇の子とか云うんは信じてはるわけではありまへん。ただ、お滝さんがほんまに子を孕んでるとしますと、どうにか、ことの辻褄《つじつま》が合うように思われますから、……その、きっと、どこかの悪い男に勾引《かどわ》かされて、手籠《てご》めにでもされたと思わはったんでしょう、何にせよ、子がある以上は、親がある筈《はず》やて曰わはって、お滝さんに色々問い質《ただ》さはるんです。けど、幾《いく》ら尋《たず》ねてみても、返って来る答えは、相変わらず、大きい蛇に睨《にら》まれて、……とか、そう云う類《たぐい》ばかりなんです。

こうなりますと、愈ゝ女《むすめ》が哀れになるやら、その男が憎《にく》いやらで、到頭《とうとう》、おじさんの方が少しおかしくなってしまわはって、それきり為事《しごと》も辞《や》めて、お滝さんと一緒に旅籠《はたご》の奥《おく》に籠《こも》ってしまわはったんです。……

おばさん達は、お滝さんが子を孕んではる云う話は、一応秘密にしてはったんですけど、その頃あちらで働いてた若い女中が、方々で喋ってましたから、この辺りではもう随分と人の口に上ってました。そうでのうても、元々、お滝さんは器量の良いことで有名な方でしたし、それに、暫くの間は、男の人が旅籠の前を通るだけでも、おじさんが凄い剣幕《けんまく》で怒鳴《どな》ってはりましたから。お前が山に連れ込んだんやろうて。」

○

「……そうこうしますうちに、到頭月が満ちまして、お滝さんは、お産婆《さんば》さんを呼んで、旅籠で赤ん坊《ぼう》を産まはったんです。それが、聞けばお滝さんにそっくりな愛らしい女の子やったそうで。——

この頃になっても、お滝さんはやっぱりお心を患《わずら》ってはったんですけど、産まれて来た赤ん坊の方には、どうやらそんな気色もなかったようです。

おじさんもおばさんも、父親を思えば恨《うら》みも尽《つ》きん所《とこ》ですけど、さすがにその無《む》垢《く》な笑顔《えがお》を眼《め》にしますと、胸を打たれてしまわれたようで、……結局、二人で旅籠を切り盛りしながら、その赤ん坊を育ててゆこうと決心しはったんです。」

「……今でも、その旅籠はあるのですか？」

真拆は、或《あ》る強い興味から、覚えず女将《おかみ》にこう問うた。

眠気《ねむけ》は一向に訪《おとず》れない。昼間あれほど長く続いた幻覚《げんかく》も、今は、話が了《お》えるのを待っているかのように影《かげ》を潜《ひそ》めている。

現《うつつ》は淙々《そうそう》と流れている。

「いいえ、それがありませんねん。」

「ない？」

「はい、本当に、お気の毒なことで。……

赤ん坊が生まれてから、暫くは何ごともなかったんです。――ところが或る日、漸《ようや》く目の開いた我が子を御覧になって、お滝さんが突然《とつぜん》、大きい声をあげて、暴れ出さはったんです。

その、口にしはった言葉があきまへんでした。お滝さんは、赤ん坊の眼を見て、また、蛇に睨まれたやとか、蛇の子がどうしたやとか、そんなことを繰り返し叫《さけ》ばはって、怖い、怖い曰うて、泣き出してしまわはったんです。

——その場は何とか、おばさんに宥《なだ》められて落ち着かはったらしいんですが、……

お滝さんは、その晩遅《おそ》うにひとりで家を出はって、崖《がけ》から十津川に身を投げてしまわはったんです。

赤い大きな満月の懸《か》かった、蒸《む》し暑い夜のことでした。……」

ゆっくりと視線を逸《そ》らすと、女将は窓の外を眺《なが》めた。先ほどから蛙の声に混って、幽《かす》かに川の流れる音がしている。

真拆は耳を疑った。よく聴《き》くと、更《さら》にその奥から水恋鳥《みずこいどり》の声も聞こえてくる。

『十津川か。』

……しかし、ここから十津川までは聊《いささ》か遠過ぎる。

真拆は、黙ったままの女将に向って、声を掛けた。

「今日は、蛙は勿論《もちろん》、それと一緒に、水鳥なのでしょうか、随分とよく啼《な》いてますね。近くの川なのですか？」

女将は不思議そうな顔をして振り返った。そして、「はァ、」と曖昧《あいまい》に笑ってみせた。真拆は、慄然《りつぜん》とした。その同じ訝《いぶか》し気な表情には、以前にも出会《でくわ》したことがある。そして、それを思い出すのと同時に、この川の音が、早く既《すで》に自分と親しいものであったことに気がついた。

『これは俺《おれ》が、山中の小屋で聞いていた音だ。そしてあの時も、それに就《つ》いて尋ねようとした俺に、和尚《おしょう》様は不審《ふしん》らしく眉《まゆ》を顰《ひそ》めていた。』

その刹那《せつな》、真拆の口から、

「水弄湘娥珮《みずはろうずしょうがのはいを》」

と云《い》う詞が漏《も》れた。

真拆は胸に燭涙《しょくるい》のような汗《あせ》をかいた。しかし、女将にはこれが聴き取れなかったらしい。頸《くび》を傾《かし》げて、口許に顔を近づけると、「えっ、」と問い返した。真拆は慌《あわ》てて、

「その、お滝さんと云う人は、」

と誤魔化《ごまか》した。

女将は我に帰ったように、静かに詞を継《つ》いだ。

「はい、そのまま、亡《な》くならはりました。何でも、大津呂《おおつろ》の辺りまで流されたはっ

たらしくて。——

……勿論、事故やったんかも知れまへん。今年は少ない方ですけど、元々この辺りは雨の多い地方でして、その夜も、川の流れが随分と速《はよ》うなってましたから。丁度梅雨《つゆ》の頃《ころ》でしたから、尚更《なおさら》です。

そう曰《ゆ》うたら、今思い出したことですけど、これもやっぱりお心の病の為《ため》か、お滝さんはお山から戻らはって以来、兎《と》に角《かく》よう水を飲まはったらしいんです。人が止めへんと、一升《しょう》でも、二升でも、平気で飲まはったらしくて。それが、亡くならはった晩は、何時《いつ》にも増して、喉《のど》が乾《かわ》いた、体が熱いて曰うたはったらしいんです。川に行かはったんは、それでやないかて云わはる人も居てます。

けど、おばさん達は、身投げと思わはったんです、あんな騒《さわ》ぎのあとでしたから。……そして、そう考えてみますと、これまで可愛《かわい》がってきたあの赤ん坊が、どう云う訣《わけ》か、段々と憎らしう、薄気味《うすきみ》悪う思えてきて。……

それでも、お葬式《そうしき》が済むまでは、我慢《がまん》したはったんです。この辺りでは、みんな土葬にされますから、お滝さんも、お山近くのお墓に埋《う》められはりました。

わたしは、もう、哀《かな》しうて、哀しうて、死顔も見ずに泣き続けてましたが、ただ、おばさんの窶れようだけはあんまり酷《ひど》かったんで、よう覚えてます。

お葬式が畢《おわ》ってからも、赤ん坊の面倒《めんどう》は、おばさんが看《み》てはったんですけど、どうも、随分と乱暴にしたはったらしくて、……お乳を分けてあげてた近所の人も、見兼《みか》ねて何回か注意して、その度《たび》に口論になってたようです。

おばさんは、親しい人にも、切《しき》りに、その赤ん坊の眼が気味悪うて仕方ない云うようなことを零《こぼ》してはったらしいんです。見てると、胸が痛《いと》うなるやとか、吐《は》き気がするやとか。ただ、その理由はと申しますと、どうもお滝さんが亡くならはった云うことばかりではなかったようなんです。

わたしもはっきりとは存じませんが、丁度その頃に旅籠に泊《と》まってはった或る旅のお坊様が、——ええ、この辺りは、極稀《ごくまれ》に、修行を了えられた修験道《しゅげんどう》のお坊様が立寄らはったりするんです。……とは申しましても、どうもこのお坊様は、そう云う方とも違《ちが》いましたようですけど、……はい、それで、そのお坊様が、赤ん坊の眼を御覧になって、これは見毒《けんどく》じゃ、と云わはったらしくて、……何でもその、聞けば、見詰《みつ》めるだけで人を傷つけたり、殺《あや》めたりしてしまうような恐《おそ》ろしい眼があるんやそうです。

おじさんやおばさんは、それほど迷信《めいしん》深い方達ではありまへんでしたけど、やっぱり、お滝さんのことがありましたし、それに、おばさんの躰《からだ》の調子も勝《すぐ》れへんかったもんですよって、この話を信じてしまわはったんです。それで、そのお坊様にえろう沢山《たくさん》お布施《ふせ》を包んで、お経《きょう》を上げてもらわはったそうで。

……それから、暫くは、何ごともなかったんです。けど、二年ほどが経《た》ちました頃、今度は突然、おばさんが亡くならはったんです。……何て云いますやろか、お滝さんのことで、色々と心労が続いたはったようですし、それに、抑《そもそも》おばさんは、あんまり躰の丈夫《じょうぶ》なほうではありまへんでしたから。――

けど、これに愕《おどろ》いたんは、ひとり遺《のこ》されたおじさんで、……おじさんは、愈《いよいよ》赤ん坊のことが恐ろしうなって、自分はまだ死にとうないて、どこで教わって来はったんか、狼《おおかみ》の革《かわ》で包んでしまえば、害あるもんもそうでのうなるとか云わはって、ただ、手許にそれがないもんですさかい、代わりに猪《いのしし》の革で、鼻と口とだけを残して赤ん坊の顔をすっかり包んでしまわはったんです。

ほんまに、心の乱れてしもうた時には、人は思いもよらへん恐ろしいことをしてしまいますようで。――けど、この頃には、村にも色々な噂が流れてましまして、強《あなが》ち、おじさんばかりが悪かったとも云えへんのです。それは、井原様のような、学のある方にしてみれば、阿呆《あほ》らしう思われるかもしれまへんけど、こんな山奥の村のことですよって、……兎に角、見毒のお話は勿論、お滝さんがお山で正気を失《な》くさはったことにまで溯《さかのぼ》って、あれはきっと、あんまり美し過ぎて、お山の神様が嫉妬《しっと》したんやとか、反対に、子を孕んだんは、お山の神様が惚《ほ》れ込んで、蛇に姿を変えて交わったんやとか、その外、夢のようなお話が、実《まこと》しやかに伝わりまして、……おじさんは、そう云う騒ぎの中で、何《なに》が何《なん》やら分からへんようになってしもうた云うんがほんまなんやと思います。

村の中には、面白《おもしろ》がって騒いでるだけの者《もん》もいてましたが、みんながみんなそれほど薄情《はくじょう》やったわけではありまへん。ともあれ、赤ん坊はそんな哀《あわ》れな姿で、殆《ほとん》ど見せ物のようになってましたから、何とかしてやろうとは思うんです。ただ、どうするか云うことになりますと、ちっとも話が合いまへん。おじさんを説得して、覆《おお》いを取らせよう云う点では大体みんな同じ考えです。けど、抑〻正気の沙汰《さた》ではありまへんから、どう説得するか云う段になりますと、それぞれが思い思いのことを云うんです。

玉置山へ連れてって、赤ん坊ともどもお祓《はら》いをしてもろたらと云う人がいてました。これはまだ、まともなほうです。中には、いっそのこと、物心つく前に両眼を潰《つぶ》してしまおうやとか、この先、生きてても幸せなことなんかある筈ないんやから、今のうちに殺してしまおうやとか、そんな、乱暴なことを云う人もいてました。——それでも、大半の人は、見毒とか云うもんに就いては半信半疑ですさかい、有無《うむ》を云わさんと覆いを取ってしもうたら好《え》え云う考えなんです。ところが、実際には誰《だれ》もそれをしようとはしまへん。理屈《りくつ》では、そんなことはない筈やと分かってるんです。けど、お滝さんのことを思い、おばさんのことを思うと、ひょっとすると、と考えてしまうんです。」

○

「そんなことをしてますうちに、或る日また、村にひとりのお坊様が見えはって、これは、見毒のお話をされたお坊様とは別の方で、昔はこの辺りに棲《す》んではったそうなんですけど、例の廃仏毀釈《はいぶつきしゃく》でお寺を焼け出されて、それ以来どこか遠くに行脚《あんぎゃ》に出たはったらしいんです。

話を聴かはったお坊様は、おじさんの旅籠へ赴《おもむ》いて、赤ん坊を御覧にならはりました。おじさんは、その時のお坊様の態度があんまり立派やったもんですさかい、多分、ほんまのことを曰《い》うんが恥《は》ずかしうなったんですやろ、咄嗟《とっさ》に、革を被《かぶ》せてるんは、この子が癩病《らいびょう》に罹《かか》ってるからやと嘘《うそ》を吐《つ》かはったんです。その、人にうっては大変やからとか云う理由で。

勿論、そんな荒療治《あらりょうじ》は聞いたことありまへんし、誰でも直《すぐ》に嘘やと気ィつく思いますねんけど、ただ、このお坊様は、どうお考えにならはったんか、それなら、貴方《あなた》にうつっても悪かろうから、わたしにこの子を預けて欲《ほ》しい曰わはったそうなんです。

……これには、見物に来てた人達《たち》もさすがに驚《おどろ》いたらしくて、――けど、おじさんは、少《しばら》く考えたあとに、到頭《とうとう》、お坊様の申出を聞き容《い》れてしまわはったんです。

これは、しかし、大変なことになった云うんで、村では一時《いっとき》、この話で持ち切りでした。けど、色々話し合《お》うてみましても、結局みんな、自分で赤ん坊を引き取ることはしとうないもんですさかい、おじさんが承知してるんなら好《え》えやないかとか云うことになって。ただそれでも、お坊様に、おじさんかて今は正気やあらしまへんけど、そのうち落ち着けば、また孫を引き取りとうなるかもしれへん、その時には黙《だま》って返してやって欲しい云うことだけは申し出ますと、それは構しまへん云うお話で。それから、その為には、あんまり遠くへ行かれても困る云うこともつけ加えたんですが、これにもお坊様は頷《うなず》かれて、それなら、あそこに見えている山に庵《いおり》を結びますて曰わはったんです。……村の者も、当座の間預けるだけやと考えますと、それほど無理な話でもないように思えて来て、それに、どこか自分達も後めたい所《とこ》があるもんですさかい、そんならとお坊様の曰うたはることを聞き容れて、叙《つい》でに、お山の炭焼き小屋のあとに、細《さき》やかなお堂と女《むすめ》の為の小屋とを建てて、そこに棲んでもらうようにしたんです。

……今思いますと、廃仏毀釈のあとに、態々《わざわざ》またお寺のようなものを建てる云うんも、おかしな話ですけど、あの頃はもう、その子のことが片づくと思いますと、誰も彼《かれ》も夢中で。——

それから、暫《しばら》くの間は、みんなも食物《たべもん》やら着物やらを持って、お山に通うてました。三四年ほどは続いたでしょうか。けど、そのうち段々と足も遠のいてしもうて。……それが、随分《ずいぶん》と賢《かしこ》い子で、まだ旅籠にいてた頃から、片言で色々喋《しゃべ》ってたらしいんですけど、お山へ行ってからは、お坊様《ぼうさま》が教えてはったんか、何でもよう喋るようになって、たまに人が来ると、小屋の中からあれやこれやと村のことなんかを訊《き》いてくるんやそうです。その様子が、あんまり可哀《かわい》そうで。……それに、冬はお山に登るんも大変ですし、元々みんなの生活かて、そないにゆとりのあるもんでもありまへんでしたから、お坊様が、御自分で村人からもろた稲《いね》やら何やらを植えて作物をこしらえはるようになりますと、自然とお山にも通わんようになってしもうたんです。

井原様は、随分と酷い話やと思わはるかもしれまへんけど、おじさんも悪いんです。みんなは、自分所《とこ》の少ない蓄《たくわ》えさえ絞《しぼ》って、お山に食物《たべもん》を運んでましたのに、おじさんは到頭、一回かてそこへ足を運ぼうとはしまへんでしたから。櫛《くし》やら何やら、お滝さんの形見の品の一切《いっさい》も、人に預けて持って行かせて。……それに、始めからあんまりこの話に乗り気やない人達もいてましたし。のちには、ちゃんと通うてる筈《はず》の人達まで、嘘をついて、誤魔化すようになってしもうて、気ィついてみれば、もう何月も誰もお山へは行ってへんようになってまして、結局それが、尚更みんなの足を遠ざけることになってしもうたんです。

……そのうち、五年、十年と経つ頃には、人の足もぱったりと絶えてしまいました。その間、子供に会《お》うた人は誰も居てまへん。その代わりに、嫌《いや》な噂《うわさ》が聞こえてきまして。あのお山の辺りで、幽霊《ゆうれい》を見たやとか、何か妖怪《ようかい》のようなもんに出会したやとか、それから、少し変わったもんになりますと、天誅組《てんちゅうぐみ》の落人《おちうど》が隠《かく》れ棲んでるやとか。……若い人の中には、もうお滝さんのことなんか知らへん人等《ら》も居てますけど、噂には聞いてますから、その女《むすめ》ならさぞかし綺麗《きれい》になってるやろて、昔の道を辿《たど》ってお堂を覗《のぞ》きに行こうとしたりするんです。……けど、どう云う訳か、みんな迷うてしもうて。――それとは反対に、年頃になったその女《むすめ》が、例えば、井原様のように若くて立派な男の方が通り掛《か》かると、人や動物を妖術で操《あやつ》って山に誘《さそ》い込《こ》んで、虜《とりこ》にしてしまうんやとか云う噂も。……

そんな調子ですから、八年ほど前の大洪水《だいこうずい》の時にも、沢山の亡くならはった人の中に、おじさんが含《ふく》まれてるんを知ると、村の中には、きっと見捨てられた女《むすめ》が復《ふく》讐《しゅう》したんやとか云う者《もん》も居てまして。偶《たまたま》大雨の降る何日か前に、丁度お滝さんが亡くならはった晩とそっくりの、赤々とした気味の悪い満月が出てましたから、尚更そう想《おも》ったんですやろ。……」

女将《おかみ》は、その最後の部分を半ば独り言のように呟《つぶや》くと、深い溜息《ためいき》を漏らした。そして変わらず、笑《え》みともつかぬような哀々《あいあい》たる表情を湛《たた》えてこう云った。

「わたしも、本当の所《とこ》はどこまで信じて好《え》えんやら分からへんのです。それは、お滝さんのことはよう存じてますけど、今お話ししましたことは、殆どみんな、大人になってから教えてもろうたことなんです。――やっぱり、父も母も、親しうしたお滝さんが、お山に連れ去られて、手籠《てご》めにされてしもうた云うような話は、十五六のわたしには聞かせん方が為やと思うてたんでしょう。

ですから、わたしの聞いた話も、時の経つ間に色々と尾《お》ひれや背びれがついてしもうたようで、喋ってくれる人によって、みんな少しずつ違うんです。例えば、見毒のお話をしはったお坊様と、赤ん坊を引き取らはったお坊様とは同じ方《おんな》やった云う人もいてますすし。それから、お山に登って、一年も経つ頃には、もう二人ともおらんようになってしもうてたとか云う人もいてますし。……実は、話を聞いてから、何回かわたしもお山へ行ったんですけど、やっぱり、迷うてしもうて、そのお坊様の所へはどうしても辿り着けへんかったんです。もう何年も前のことですけど。……

それで、わたしは、そんな風に人から聞いた話を色々と考え合せて、それから、自分がその頃耳にしたことなんかをちょっとずつ思い出しながら、どうにか筋の通るように、今、井原様にお話ししたんです。わたしも、最初から最後までみんな喋ってしまいましたんは、これが初めてです。ここらの者《もん》も、もうあんまり触《ふ》れたがらん話ですさかい。……あれやこれやと思い出しているうちに、いろんなことが胸に迫《せま》って来て、思わず、井原様のことも考えんと、長《なご》う喋ってしまいましたが。……」

女将が語り了《お》えるや、真拆は堪《こら》えられなくなって、

「……女将さん、その赤ん坊の名前は、もしや、……」

と身を起こした。

降り積もった雪の一塊《いっかい》が、軒《のき》から崩《くず》れるようにして、額《ひたい》から、皚《しろ》い手拭《てぬぐい》が落ちた。

○

「ええ、高子云《い》う名前です。……井原様、ご存知で？」

——暫く、呆然《ぼうぜん》と女将の顔を目守《まも》った後に、真拆は、

「……いえ、……別に。」

と、ふたたび床に身を横たえた。

女将は、真拆の手から手拭を奪《うば》うと、

「いきなり起き上がらはるから、てっきりご存知なんかと思いました。——けど、あんな山奥《やまおく》のことですさかい、今はどうなってるのか、……やっぱり、もうどこか別の土地に移ってしまわはったんかも知れまへん。

……孰《いず》れにせよ、こんなお話は、何時《いつ》かはすっかり忘れ去られてしまいますやろ。」

「……そうでしょうね。」

頷く代わりにゆっくりと一回瞼《まぶた》を往復させると、女将は真拆の額に掌《たなそこ》を当てて、

「まだありますやろか。……お水の方もぬるうなってきましたさかい、替《か》えを持って参りましょう。」

……瞼を閉ざした真拆の耳に、畳《たたみ》を踏《ふ》む女将の跫音《あしおと》が二つ三つ。襖《ふすま》の戸が、慎《つつ》ましやかに、その細腰《ほそごし》を思わせるほどに開かれた。

廊下《ろうか》に出ると、女将は小さく咳《せき》をした。朽葉色《くちばいろ》の竹筒《たけづつ》で作られた添水《そうず》のような、乾《かわ》いた抜《ぬ》けの良い音であった。

○

「――丁度、下に降りますと、珍《めずら》しいもんが、……。」

鉢《はち》を片手に戻《もど》って来た女将は、襖を開くと、暫し部屋の異変に眼《め》を瞠《みは》った。

床《とこ》の上に真拆の姿はなかった。

「雪隠《せっちん》に往《ゆ》かれたんかしら。」

戸を開けようと、鉢を抱《だ》く手に預けていた手燭《しゅしょく》を、また自由な手に持ち直して、前に翳《かざ》した。

薄《うす》い掛衾《かけぶすま》が、乱暴に払《はら》われて畳の上に踊《おど》っているのが見える。不審《ふしん》らしく小首を傾《かし》げた。部屋の隅《すみ》には、脱《ぬ》ぎ捨てられた浴衣《ゆかた》がある。が、これには気づかなかった。更《さら》に視線を巡《めぐ》らせると、枕頭《ちんとう》に残された荷物が見えた。女将は初めて安堵《あんど》した。俄《にわ》かに鉢の重みが増したように感ぜられた。

それから、部屋の中に這入《はい》って鉢を置き、裾《すそ》を気にしながら上品に正座した。眼の前にあるのは、この日初めて開いた月下美人の皓《しろ》い花《か》である。数年前に、大阪から来た客が置いて行ったものを、今日までここで枯らさずに育ててきたのであった。女将は、夜風に漂《ただよ》うその芳香《ほうこう》を嗅《か》ぎながら、少し物憂気《ものうげ》に息をした。そして、どこか遠くを眺《なが》めるようにして、間近の花に眼を遣《や》った。

先ほどより、女将の心中は、云い知れぬ哀《かな》しみが領している。記憶《きおく》と倶《とも》に薄《うす》らいでいた幾多《いくた》の思いが、漸《ようよ》う蘇《よみがえ》って、冷たく胸に張りついているのである。

女将はこれまで、滝と云う女の話を人にしたことはなかった。それは、抑〻《そもそも》機会を得なかった為《ため》でもある。が、縦《たと》い機会を得ていたとしても、やはり語ることはしなかったであろう。女将には、自分がそれを語り得《う》るとは信じられなかった。故人を語ると云うことは、その人を彼方《かなた》へ遠ざけることである。或《ある》いは、早く既《すで》にその人が彼方へ遠ざかっていたのを認めることである。それが、女将には出来なかった。少なくとも出来ないと思われていた。

しかし、真折に語り掛けながら、女将は存外、自分が上手く喋っていることに驚いた。時折、田舎者《いなかもの》の迷信《めいしん》深さを弁解しつつも、順を追って、兎《と》に角《かく》最後まで語り了えたことが、不思議であった。そしてそれが、何となく、軽薄《けいはく》な為業《しわざ》であるように思えたのである。

事実、懐《なつ》かしい滝の姿は、今は随分と遠くなったような気がする。その代わりに、忘れ懸《か》けていた哀しみが、新たに湧《わ》き上がった別の哀しみと相須《あいま》って、胸に迫って遣り切れぬのである。

女将は、花に萌《きざ》した凋落《ちょうらく》の影《かげ》に、睛《ひとみ》を曇《くも》らせた。徒《いたずら》に紅差指《べにさしゆび》で触れてみると、身を掉《ふる》わせて、厭《いと》わし気な素振《そぶ》りをする。

美し過ぎるものは、所詮《しょせん》は、永くは生きられないのだと自らに云い聞かせた。そして、「やっちゃん、大きい蛇《へび》がね、……」と云った時の、滝の顔を思い出した。自然と、涙《なみだ》が溢《あふ》れた。

ほど経て、女将はふと、窓辺に掛けてあった筈の、真拆の着物がなくなっているのに気がついた。それから初めて、打遣られた浴衣に気がついた。

女将は打慄《うちふる》えて、後ろを振り返った。

蠟燭《ろうそく》が、燃尽《もえつ》き遣らずに、静かに消えた。

○

血の滲《にじ》んだ足を引摺《ひきず》りながら、真拆は、漸《よう》く山に這入ろうとしていた。旅籠《はたご》を抜けて、ここまで直走《ひたはし》って来た。杖《つえ》を打捨て、左足を、鍬《くわ》のように幾度も大地に突き立てながら走って来た。

小谷の影は既に遠い。沈黙《ちんもく》は澄《す》んでいる。辺りには、ただ、草鞋《わらじ》が土を蹴《け》る音と、荒《あら》ぶる息の音とばかりが響《ひび》いている。

「俺《おれ》は、山を下りてはならなかったのだ！」

立ち止まって木々の隙《すき》より穹《そら》を見上げた。彼方に月の姿はない。しかし、真拆の眼には、その皎々《こうこう》たる輝《かがや》きが、今も眩《まばゆ》く映じている。睛《ひとみ》に瀝《したた》って、明《さや》かに金色《こんじき》に染め尽《つく》さんとするかの如《ごと》く映じている。大地の光を悉《ことごと》く吸い上げて、自らの身に集めたかのようなその豊かな輝き。遥《はる》かに遠く、冷たく、何者もそこへ至ることは出来ぬと知りながら、猶私《なおひそ》かに人々を誘い続ける残酷《ざんこく》な輝き。幾度となく亡《ほろ》びては蘇る輝き。計り知れぬほど許多《あまた》の秘密を隠した輝き。……その幻《まぼろし》の玉鏡こそは、正《まさ》しく今、真拆が手に入れようとしている夢の女の背中であった。幽寂《ゆうじゃく》なこの山の深奥《しんおう》で、女は孤《ひと》り死に憑《つ》かれた双睛《そうせい》を妖《あや》しく絶《かがや》かせている。蝴蝶《こちょう》が翅《はね》を揺《ゆ》らめかすように、ゆっくりと瞬《まばた》きして、今や遅《おそ》しと青年の到着《とうちゃく》を待ち侘《わ》びながら。——

真拆には、その姿が慥《たし》かに見える。彼方の闇《やみ》に、夢の鮮《あざ》やかさそのままに、ありありと浮《う》かんで見える。

山中を頓《ひたぶる》に駆《か》け登った。荒々しく蔓草《つるくさ》を摑《つか》み、木々を分けて、走り続けた。進むほどに、枝葉は益々《ますます》繁茂《はんも》し、草棘《そうきょく》の嵩《かさ》は募《つの》っていった。蹠《あしうら》には、草鞋を貫《つらぬ》いて朽木が刺《さ》さる。開《はだ》けた胸元には、木の葉が数枚張りついている。袖《そで》より露《あらわ》になった両腕《りょうって》には、無数の傷が刻まれて、汚《よご》れた汗《あせ》が熱湯のように染《し》みている。息が殊《こと》に激しくなった。乾いた唾《つばき》を無理にも呑《の》むと、それが一瞬《いっしゅん》、詰《つま》ったように遮《さえぎ》られる。

山は野犬の群の如く、執拗《しつよう》に追い縋《すが》る。幾度払おうとも、その瘦細《やせほそ》った脛《すね》を捉《とら》えて、地中深くに引き込もうとする。真拆の面《おもて》は苦痛に歪《ゆが》む。足の傷からは、既にして、多量の血が流れ出している。——

旅籠で女将の話に聴き入っていた時、真拆は、死んだ滝と云う女を、そしての母親を想うよりも早く、だらしなく口を開いて、白皙《はくせき》の美しい足許《あしもと》に横たわる自身の屍体《したい》を想像した。その瞬間の至福を思った。走りながら、渠《かれ》は、自分を駆り立てるその黒い不吉《ふきつ》な衝動《しょうどう》を怪《あや》しんでいる。肉の底深くに鎮《しず》められた、情熱の堰《せき》を打《う》ち砕《くだ》いて、その奔流《ほんりゅう》を遍身《へんしん》に放った激甚《げきじん》な衝動を怪しんでいる。

『俺は、死ぬ為に走っているのだろうか？』

眩暈《げんうん》に襲《おそ》われる度《たび》に、真拆はこう自問した。

既に久しく、女を恋《こ》い慕《した》ってきた。しかし、今ほど劇《はげ》しくその姿を求めたことはない。それは、女将の話に、女の睛が死を宿していると信じたからである。その睛が、火箭《かせん》のように、鋭《するど》く、熱く、自分の命を射貫《いぬ》いてくれると信じたからである。

『殺されることが、俺の願いと云うのか？』

こう自問して、真拆は激しく頸《くび》を振った。ならば、女の面を見る為には、その眼《まな》差《ざし》に殺されることも已《や》むを得ぬと諦《あきら》めているのか。それも違《ちが》う。真拆は、死を逃れることを微塵《みじん》も願ってはいない。却《かえ》って、死を熾《し》烈《れつ》に望んでいる。女を手に入れ、その後に更に生が続くことは、真拆の最も虞《おそ》れる所である。女と死とは、その刹那《せつな》、両《ふた》つながらに得られねばならぬのである。

『——死ぬ為に走っているのではない、断じてそうではない！　俺はその時、将《まさ》にこの命の絶たれんとする刹那、生まれてこの方終《つい》ぞ知らなかったような、生の絶対の瞬間を、その純粋《じゅんすい》な一個の瞬間を生きるのだ。行為《こうい》が悉皆《しっかい》捧《ささ》げられるその瞬間、来《きた》るべき未来に侵《おか》されぬその瞬間。……それを齎《もたら》してくれるのが、高子だ。俺はあの女を愛している。この上もなく愛している。世界には、愛したいと云う情熱しかない。愛されたいと云う願いは、断じて情熱ではない筈《はず》だ！　それこそが、あのラッヴというものだ！　俺は、その情熱の渾《すべ》てを以《もっ》て、今、女の許へと行こうとしている。その晴を見ようとしている。……俺の情熱はどこまでも俺のものだ。慥かに俺は、その成就《じょうじゅ》の瞬間、俺が俺であって、俺ではないことを願っている。女と一つに結ばれることを願っている。だが、その為には、俺は俺であり続けねばならない。将にその眼前に至るまで、その瞬間に至るまで。そうして初めて、俺は女と結ばれる筈だ、一つとなる筈だ！　疑う必要があろうか。否《いな》、断じてない、ないのだ。俺はただ信じている、信じている！』

息も絶え絶えに、猶しも真拆は足を進めた。

耳を掠《かす》める微風《びふう》は、何時しか、川の流れに音を変え、その底から、水恋鳥《みずこいどり》の声を響かせている。それが不思議と女の声に重なって聞こえる。真拆はあの日、終に、拒絶の為の言葉しか綴《つづ》らなかったその声が、今は水を求めて啼《な》く幻の鳥の声と相俟《あいま》って、強く慥かに自分を引きつけているような気がした。導いているような気がした。女の声は彼方より発し、しかも耳元で囁《ささや》いている。言葉ともつかぬ音を聯《つら》ねながら、ただ、遥か高みの、己《おの》が許へと誘《いざな》うように。……

——しかし、ほどなく、藪《やぶ》を抜けた所で、前途《ぜんと》は卒然と失われてしまった。

真拆は呆然と立ち尽した。

円祐に延《ひ》かれて下山した日の記憶を辿《たど》り、ここまで一心に駆けて来た。しかし、眼前に開けた漆黒《しっこく》の闇が、大波のように、行く手を一呑《ひとのみ》にしてしまったのである。藪《やぶ》の嵩《かさ》が募るほどに、真拆の不安は昂《こう》じていた。それを、兎に角藪を抜ければとここまで進んで来たのであった。

水楢《みずなら》の林は、無表情に鬱々《うつうつ》と茂《しげ》っている。

走るのを已めると、足の痛みは俄かに激しくなった。真拆は、堪《こら》え切れずに、地に膝《ひざ》を着いた。眩暈が透《す》かさず両肩《りょうかた》に伸《の》し掛《か》かって、遍身をその場に伏《ふ》せしめた。

……腐葉土《ふようど》の匂《にお》いが、鼻をついた。頭上では、先ほどの水恋鳥の声を毀《やぶ》って頻《しき》りに夕影鳥《ほととぎす》が啼いている。躰《からだ》は重く、立ち上がることは出来ない。傷口からは、止処《とめど》なく血が流れている。——

意識が朧《おぼろ》になっていった。真拆は、覚えず掌《たなそこ》に力を込《こ》めた。

「……ここまでか。」

この時、一瞬《いっしゅん》眼の前が昏《くら》くなって、それから、今度は却って視界が慥《たし》かになった。

睛ばかりをゆっくりと巡らせながら、真拆は、その光景に目を瞠《みは》った。

「俺は、……」

気がつけば、真拆は件《くだん》の幻の中にあった。そして、初めてこの山に迷い込んだ日と同様に、傷に喘《あえ》いで、孤り地を這《は》っていた。

『……分からない。――だが、このまま待っていれば、俺はまた何時ものように現《うつつ》に帰るのだろうか？……目が覚めれば、俺は、愁眉《しゅうび》を開いて俺の顔を覗《のぞ》き込む医者や女中や女将《おかみ》を気遣《きづか》い、力なく微笑《ほほえ》んでみせるのだろうか？　その各《おのおの》の目に、水《みな》面《も》に降り立つ蜻蛉《とんぼ》のように、少しずつ微《かす》かに視線を合わせながら。或いは、饒談《じょうだん》の一つも云《い》うだろうか。……否、しかし、ひょっとすると、俺はこのまま意識を失って、和尚《おしょう》様に助けられ、小屋の中で眠《ねむ》りから覚めるのかも知れない。或いは、女の小屋の前で、或いは百町の渡《わた》しの途中で、……於乎《ああ》、しかし、分からない。俺はこれまで、この瞬間をただに幻に過ぎぬと信じてきた。だが本当は、この瞬間こそが、この景色こそが現なのではあるまいか？　そして、俺はただ、ここへと帰ってきた時にだけ、現を生きていたのではあるまいか？……分からない、分からない、しかし、過去は兎《と》に角《かく》、今は現であるのに間違いはない。俺はここまで慥かに歩いてきた。この足で歩いてきたのだから。――歩いてきた？　於乎《ああ》、如何《いか》にもそうだ。しかし、仍《なお》俺には疑わしい。それにどれほどの意味がある？　そんなことは、俺が現を生きたと云うことの何の証拠《しょうこ》にもなりはしない。この一月《ひとつき》と云う間、俺は、その歩いたと云うのと同じほどの確信を以て回想し得ぬような行動は、殆《ほとん》ど何一つしてはいない。にも拘《かかわ》らず、今、その一つ一つが失われようとしている。否、そればかりではない。俺が生きてきた二十四年と云う歳月《さいげつ》までもが、悉《ことごと》く幻の裡《うち》に溶《と》かし込まれようとしている！』

　真拆は、身を捩《よじ》って脛の傷に手を伸ばした。軽く触れてみるだけで、焼けるような劇痛が全身を駆ける。今し方嚙《か》まれたばかりであるかのように、溢れ出る血の流れは速い。傷は、時間の中で大きく円を描《えが》いて、ふたたび元の状態へと戻ってしまったかのようである。

『この傷は、俺の肉体に捺《お》された焼印だ。しかも、肉体そのもののように欺く焼印だ。』

　苦痛に耐《た》え得ずして、真拆は幾度も地に頭を擦《こす》りつけた。小枝が頰《ほほ》を突き、枯葉《かれは》が耳孔《じこう》を塞《ふさ》ぐ。唇《くちびる》は、土に汚れた。

『呑まれてゆく、……深く、……』
朝《あした》を待つことは出来なかった。真拆は既に、己《おのれ》の命がこの夜を越《こ》え得ぬことを知っているのであった。

発作《ほっさ》のように漏《も》れる息に、口許の木の葉が飜《ひるがえ》った。頭の上では、枝々が静かに鳴っている。

『このまま、俺は死ぬのか？』

立ち上がろうとはする。しかし、力が四肢《しし》の先まで達《とど》かない。肉体は最早《もはや》、真拆からは遠い所にあるかのようである。次第《しだい》に瞼《まぶた》が重くなってきて、瞬《まばた》きしても眼を眠《ねぶ》っている間が長くなっている。今では、さかしまに瞬きをするかの如く、閉ざされた瞼を時折無理にも開くばかりである。

辛《かろ》うじて右手を引き寄せ、両眼を圧《お》さえた。瞼の裏が、火花の散ったように煌《きら》めいている。ふと女の背中が浮かび上がった。幾重《いくえ》にも闇で塗《ぬ》り固められた穹の下、月はただ、その凝脂《ぎょうし》の上にのみ玲瓏《てりかがや》いている。

『――この時にこそ、女は振返って、その眼で俺を射殺してはくれぬであろうか。』

溷濁《こんだく》する意識の底で、真拆は幾度もこう願った。打顫《うちふる》える指先に、残された、僅《わず》かな力を込めながら。

しかし、瞼の下には、もう一枚瞼が降りたかの如く、煌めきが昏く朧になった。

それから、更《さら》に一枚、また一枚と。……

やがて、眼窩《がんか》に宛《あて》がった右手の指が、音もなく静かに地に落ちた。

○

ほど経て、真拆は瞼の向こうが明るくなるのを感じた。

女の背中が、透《す》かし絵のように幽《かす》かになった。光は更に赫《かがや》きを増してゆき、それが目頭《めがしら》を締《し》めつける。不思議と心地好《ここちよ》い。柔《やわ》らかな掌《たなそこ》が、優《やさ》しく触れているかのようである。

真拆は、目が覚めたのかと疑った。そこで、怖々《こわごわ》瞼を開いた。睫《まつげ》の格子《こうし》は、光に霞《かす》んでゆっくりと上下に分れた。

──眼《まなこ》に映ったのは、鼻梁《びりょう》の上に翅《はね》を休める一匹《ぴき》の蝴蝶《こちょう》であった。煌《きら》めき渡る翠《みどり》の地に、炯々《けいけい》たる緋《ひ》の紋《もん》を二つ浮かべた、あの日と同じ、妖麗《ようれい》な鴉揚葉《からすあげは》。……それが、仄《ほの》かに光を放っているように見えた。

真拆の身は、依然《いぜん》として山中にあった。睛《ひとみ》からは、何時《いつ》しか泫々《げんげん》と涙《なみだ》が溢《あふ》れている。

蝶は、その髪《かみ》の毛を折ったようなかぼそい足を、器用に運びながら、鼻梁《びりょう》を渡り、眉間《みけん》へと至った。支えるべき肉の重みを持たぬ足とは、何と無意味に美しいものであろうか。その繊細《せんさい》な感触《かんしょく》は、真拆を、奇妙《きみょう》に懐《なつ》かしい、遥《はる》かな思いへと誘った。

「……於乎、」

左の眼窩《がんか》に降りた蝶は、料《はか》らずも漏れたこの声に驚《おどろ》いて、細氷のような鱗粉《りんぷん》を散らして飛立った。目が、それに引かれて上を向くと、勢い上体が浮《う》き、両肘《りょうひじ》が透かさず身を支えた。──存外、また、歩けそうな気がした。

やがて、傍《かたわ》らの木に縋《すが》って、どうにか立ち上がると、真拆は、遍身の血が、一斉《いちどき》に脳裡《のうり》を駆け、一滴《てき》だに残さず去ったような、激しい眩瞑《げんめい》に襲われた。目の前が、玻璃《はり》を砕いて日華《にっか》の下《もと》に散らした如く、熠燿《しゅうよう》たる光に包まれた。思わず瞼を閉じた。

立ち上がる前に見ていた景色が、颯《さっ》と睛を過《よぎ》る。ふたたび瞼を開けば、白昼宛《さなが》らの目映《まばゆ》い光。そして、その果しない明滅《めいめつ》の裡に、幽かに蝴蝶の輪郭《りんかく》が浮かび上がった。現と幻との間隙《かんげき》を、その優雅《ゆうが》な翅《はね》が縫《ぬ》っていった。光は収斂《しゅうれん》し、色づき、形となって、朧《おぼろ》な輪郭と重なり合った。闇は夜の山中を馳《は》せ巡《めぐ》った。

——蝶が導いてくれる筈だった。固《もと》より道は、その耀《かがや》きの下にしかないのである。

真拆は、幾度《いくたび》も地に両手を着きながら、無心でそのあとを追った。額《ひたい》を拭《ぬぐ》うと、麻痺《まひ》しかけた許多《あまた》の傷に汗《あせ》が沁《し》みる。仄かに血の滲《にじ》んだ右腕は、蝶の散らした鱗粉に汚れて、金泥《きんでい》の一刷《ひとはけ》のように煌めいている。頬の肉は熱く、その表面は、絶えず発汗《はっかん》し蒸発し続ける皮膚《ひふ》に冷たく覆《おお》われている。

蝴蝶は猶《なお》も登って行く。水楢の門を潜《くぐ》り、その若木の繁茂《はんも》を下に敷《し》いて、ただ一《いち》条《じょう》の道を示しながら。息を切らし、苦痛に喘ぎ、真拆は、駆けんばかりの勢いでその道を辿る。衰弱は否めない。しかし、羸痩《るいそう》した躰には、不思議と力が満ちている。真拆は今、生きられている。愛する者に、そして懼《おそ》らくは、それよりも遥かに巨大《きょだい》な、或《あ》る力に！

闇が開けてゆくほどに、真拆の思いは過去を貫いた。同じこの山中を同じ蝶を追って彷徨《さまよ》っていたあの日の落霞《らっか》を、旅籠《はたご》で忽然《こつぜん》と姿を消した老爺《ろうや》の横顔を、吉野へ去った女の日傘《ひがさ》を、旅立ち以前のあらゆる日々を、……そして、今日まで生きてきた総《すべ》ての瞬間を。放たれた矢に縋《すが》る風景のように、記憶《きおく》は決して追い着かない。ただその中に、変わらず高子の背《せな》が、その幽かに覗かせた横顔が、ちらり、ちらりと。それらはただに心に映るばかりではなかった。真拆はその一つ一つを肉の眼を以て見ていた。

山中の景色は、次々と記憶の像へと転じ、解《ほど》け、一つの長い幻《まぼろし》の聯《つら》なりとなっている。もののかたちは失われ、色は互《たが》いに溶け合った。そして、その現と記憶との目まぐるしい混淆《こんこう》を、瞬きの度に蘇《よみがえ》る、森の底の光景が鋭く切り裂《さ》く。彼方《かなた》から、真拆を引き寄せるものがある。それとは逆に、直《す》ぐ背後から、その傷ついた足を摑《つか》んで放さぬものがある。各〻の力は激しく肉体を奪《うば》い合っている。それは云わば同じ一つの力である。深淵《しんえん》に於《おい》て結びあった一つの力である。巨大な蟹《かに》が、小魚を虜《とりこ》にして、一方の鋏《はさみ》で頭を捕《とら》え、もう一方の鋏で尾《お》を捕え、千切らんばかりに引張りながら、ゆっくりと口許《くちもと》へと近づけてゆくように、真拆は今、その二つの力に身《み》悶《もだ》えしながら、漸《ようよ》う深淵へと向かいつつある。

蝴蝶の翅《はね》には、緋色の紋が一際鮮《ひときわあざ》やかに灯《とも》っている。そして、今、仰《あお》ぎ見た先には、紛《まご》うことなき、彼禅堂《かのぜんどう》の孤影《こえい》が。――

○

途《みち》は既《すで》に示されていた。

鬱々《うつうつ》たる稠林《ちゅうりん》を毀《やぶ》って、朧に浮《う》かんだその一画が、次第に露《あらわ》になってゆく。さしたる距離《きょり》はない。しかしそれは、何と遠く、困難な道程であろうか。そこには、凝縮《ぎょうしゅく》された無限が横たわっている。この世界のあらゆる運動を呑み込んで、圧搾《あっさく》してしまうような濃密《のうみつ》な無限が横たわっている。羽のない櫓《ろ》を漕《こ》ぐ舟のように、肉体は進まない。目測は刻々と欺《あざむ》き、隔《へだ》たりは、刹那《せつな》々々の苦痛を以てのみ感ずることが出来る。

瞼は益々《ますます》重く、瞬きは頻々《ひんぴん》と世界を裂いて、その底から、執拗《しつよう》に件の光景を現出せしめる。今や二つの世界が、対等に真拆を奪い合って、その躰を一瞬毎《ごと》に虜《とりこ》とする。足を引き摺《ず》り駆《か》けている。森の底を這《は》っている。変化は際限なく、各〻の残像が重なって、また一つの別の景色を作っている。脛《すね》の傷が激しく疼《うず》く。瞬きが多くなる。真拆は最早、自分が何時、何処《どこ》にいて、何をしているのかさえ、覚束《おぼつか》なくなっている。……

蝴蝶《こちょう》の姿は既にない。――これに気がつくや否《いな》や、真拆の眼前には、閂《かんぬき》が外れて扉《とびら》が開いたように、俄《にわ》かにして、新しい景色が広がった。

真拆は、呆然《ぼうぜん》とした。

それは、彼《かの》庭であるには違《ちが》いなかった。しかし、どこを探しても、嘗《かつ》ての俤《おもかげ》は微《み》塵《じん》もない。木々は皆《みな》葉を落とし、草花は枯れ、作物は姿を消している。虫の類《たぐい》の姿も見えず、ただ、蜘蛛《くも》の巣に絡《から》まった蛾《が》の屍骸《しがい》が、傍らにある枝より下がって、静かに揺《ゆ》れているばかりである。至る所に看《み》られた生命の放恣《ほうし》な噴出《ふんしゅつ》は、凋落《ちょうらく》のあとに沈《しず》んで今は名残《なごり》だにない。そして、一面を雲霞《うんか》の如《ごと》き闇《やみ》が領している。

眩暈《げんうん》が、また激しくなった。これらを眺《なが》め遣《や》る間にも、真拆は絶えず、もう一つの景色に往来している。

焦燥《しょうそう》が募《つの》った。禅堂を顧《かえりみ》ると、座したまま眠る円祐の姿が眼《め》に入った。沈黙《ちんもく》が潮《うしお》のように足許に打ち寄せ、それが、森の底の静寂《せいじゃく》と結び合って、脛の傷に滲《し》みてゆく。真拆は慄《おそ》れた。その苦痛を、その云い知れぬ心地好さを。

『最も深く己《おれ》を冒《おか》したのは、この毒、この沈黙だ。』

真拆は咄嗟《とっさ》にこう悟《さと》った。奈何《いか》なる言葉、奈何なる行動よりも強く真拆を高子から遠ざけるこの沈黙。高子へと至り、高子に於て留《とど》まることを許さぬこの沈黙。高子と倶《とも》に高子を越えることをだに許さぬこの沈黙。そして畢竟《ひっきょう》、真拆の情熱を、その高子への愛を、決して成就《じょうじゅ》させることのないこの沈黙。……

頭《こうべ》を振《ふ》ると、真拆は勢いよく駆け出した。それは、侵《おか》されねばならなかった。径《ただ》ちに、この刹那《せつな》にこそ、侵されねばならなかった。言葉を以《もっ》てするのではない。ただ、踏《ふ》み出した己《おのれ》の足の一歩を以て。——

庭を過ぎ、小屋へと近づくほどに、真拆の耳には、切々《せっせつ》と真珠《しんじゅ》の首服《しゅふく》のように羅《つら》なる、女の哀咽《あいえつ》が聞こえて来た。

真拆は叫《さけ》んだ。

「さア、もう泣かないで！　私は戻《もど》って来た、貴方《あなた》に会う為《ため》に、ただ、貴方のその眼に触《ふ》れる為に！」

女は泣き続けた。

「何故《なぜ》泣くのです？　その涙は、私の為のものではないのですか？　否、信じない、そんなことは信じられない、私を呼んだのは貴方だ、導いたのは貴方だ、私はここにいる、貴方のすぐ側《そば》にいる、……どうか、そこから出て来て、出て来てその顔を見せて下さい、さもなくば私が、――」

真拆は入口にまわって、勢いよく戸に手を掛《か》けた。腐《くさ》った木の肌《はだ》が、力を込《こ》めた指に搔《か》かれて、土塊《つちくれ》のように地に落ちた。しかし、戸は堅固《けんご》に閉ざして微動《びどう》だにしない。

「いいえ、来ないで、来ないでください、……ああ、どうか、そのまま、お帰りになってください、山をお下りになってください、」

女の怯《おび》えた様子に、真拆は無理にも中に入ろうとするのを已《や》めて、小屋を巡って、声のする壁《かべ》の前に立ち止まった。

そしてまた、息も継《つ》がずに呼び掛けた。

「帰れと？　このまま、貴方と会わずに？　否、出来ない、それは出来ない！　何故です？　どうして会ってはもらえぬのです？　貴方は私のことを、」

「どうかそれ以上はおっしゃらないで、」

「いいや、私はもう知っている、貴方の生《お》い立ちも、その眼が、人を殺《あや》めてしまうと云《い》うことも、……於乎《ああ》、しかし、総て承知の上、構わない！　それでも私は、貴方の顔が見たい、その美しい顔が！」

「いけません、それは悪いお心です、」

「何故？　何故その顔を見せてはくれぬのです？」

「わたくしには、あなたさまを殺すことなど出来ません、ああ、そんな詞《ことば》は口にするだけでも、身を裂かれるようにつらい、」

「やはり貴方は知っている、そして知らぬ風《ふり》をしようとしている、私がどれほど貴方のことを思っているかを！」

「存じません！」

「貴方によって齎《もたら》される死が、私にとっては一向に不幸でないことを、そしてそれを、私がどれほど望んでいるかを、」

　詞は壁を打って、岸に寄せる濤瀾《とうらん》のように砕《くだ》け散った。

高子は詞を詰《つ》まらせた。

「私にはもう時間がない、今にも貴方が遠ざかって行こうとする、」

沈黙が、その背中に重く伸《の》し掛かった。小屋が霞む。瞼を開いても、森の景色が退かない。

躰《からだ》を支える為に、真拆は壁に両手を突《つ》いた。その音が、ふたたび高子を驚かした。

「ああ、つらい、今ほど我《わ》が身を呪《のろ》ったことはない、わたくしは、あなたさまをこへ招いてしまったことが、この上もなくつらいのです、わたくしの心は、半分はわたくしのもの、残りの半分は、何か得体の知れない恐《おそ》ろしい力のもの、人を思えば会いたくなる、どれほど遠くにいても、どれほど離《はな》れていても、気づかぬうちに呼んでしまう、思いを無理にも叶《かな》えてしまう、」

「如何《いか》にも貴方は私の夢に現れた、その比類なく美しい姿で、」

「けれども、夢見るあなたさまも、わたくしの見た夢、……わたくしにとっては夢も現《うつつ》も同じこと、あなたさまを殺めてしまうことには変わりがありません、ああ、ですからどうか、どうか、お帰りになってください、」

「否、それならば尚《なお》のこと、私とて夢で貴方と出会ったのだ、私にとっても、夢も現も同じこと、」

「いいえ、あなたさまはわたくしとは違います、あなたさまは、人の間にあってこそ、死ぬべき方、人の記憶の中でこそ死を死に続ける方、」

「何と云う詞！　構わない、ならば私は、人の歴史が汲《く》み尽《つ》せなかった夜露《よつゆ》の一滴となろう、」

「いけません、」

「私の死は、この大地が知ってくれている、月が知ってくれている、そして、貴方が！」

「ああ！」

「そうだ、私の命は、大海の波濤が散らした飛沫《しぶき》の一瞬《いっしゅん》の煌《きら》めき、大樹に茂《しげ》った葉の刹那の明滅、孰《いず》れ失われるのであるならば、今この場で、貴方の前で！　案ずることがあろうか？　貴方が私の記憶を思う時、夢見る時、どうして私が蘇らぬことがあろう！　死んだ月がふたたび輝《かがや》き始めるように、その都度私は蘇る、真に蘇る、」

「いけません！　山を下りれば、また幾つかの心を焦《こ》がすような出会いもある筈《はず》、」

「下りればと？　将来起こるやもしれぬことなどに、一体どれだけの意味がある？　明日を頼《たの》んで、この一瞬を捨てよと云うか？　嗟乎《ああ》、そんな詞は聞きたくない、」

真拆は語気を荒《あら》げた。

「私の愛は、どうか、どうか聞いて欲《ほ》しい、私の愛は、一振《ふり》の剣《けん》だ、鍛鉄《たんてつ》の焔《ほむら》もそのままに、激しく熱せられて焯々《しゃくしゃく》と赫《かがや》く緋色《ひいろ》の剣だ、しかしそれは、嘗ては、美しく飾《かざ》られた鞘《さや》の裡《うち》の剣でしかなかった、抜《ぬ》いて振り下ろせば、人をも殺し得たであろう、だが、徒《いたずら》にそれを証《あか》す必要があろうか、剣ならば、必ずその裡に死を秘めている筈だ、一撃《いちげき》の下《もと》に殺し得る死を！　鞘はただ一度払《はら》われれば好《よ》い、切れぬ剣ならばそれまでのこと！　そして今、私はその剣を抜いたのだ、貴方の前に抜いてみせたのだ、鞘は疾《と》うに捨て遣った、ふたたび納めることは出来ない！　貴方はただ、その柄《つか》を握《にぎ》って私の胸に立てれば好い、そして、渾身《こんしん》の力を込《こ》めて突けば好い！　深く、深く、彼方へ突き破るほどに！」

高子は激しく嗚咽《おえつ》した。言葉は、真拆と一つとなっていた。一つとなるほどに真実で、一つとなるほどに虚《むな》しかった。言葉は自ら破れ、微塵《みじん》に砕け、易々《やすやす》と越《こ》えられた。今や高子は真拆を直《じか》に解していた。

だが、その間にも、沈黙は瀲灔《れんえん》と満ちていた。小屋の影《かげ》が遠く幽《かす》かになって、森の底へと沈んでゆく。頭痛がする。壁に突いた両の掌《たなそこ》から、枯《か》れて砕ける蔦《つた》の感触《かんしょく》が失われてゆく。脛の傷が痛む。喉《のど》が熱い。

浜辺に打ち上げられた海月《くらげ》のように、真拆の腹の下には冷たい波が沁《し》みている。寄せては返し、少しずつ周りの砂が攫《さら》われてゆくように、漸《ようよ》う躰《からだ》が地中に呑《の》まれてゆくようである。夜が濃《こ》い。夕影鳥《ほととぎす》の声が高い。焦燥は、耳の中で鐘《かね》を乱打している。

顳顬《こめかみ》から垂れた一滴《てき》の汗が、睛《ひとみ》に入った。真拆は、頸《くび》を起こした。そして、朧《おぼろ》に薄《うす》れゆく意識を眼前に浮かぶ月に繫《つな》いだ。

一点の曇《くも》りだにないその眩《まばゆ》い鏡の面《おもて》を、あらゆる光景が過ぎていった。真拆は、今こそありありと、そこに女の姿を映し出すことが出来る。その髪《かみ》を、腕《うで》を、背中を。

そして、憧《あこが》れ続けたその顔が、その双睛《そうせい》が、将《まさ》にそこに現れんとする刹那、振り返って、真拆を射貫《いぬ》かんとする刹那、――小屋の中からは、闇を裂くような高子の声が響《ひび》き渡《わた》った。

「ああ、最早《もはや》迷いはありません、今こそわたくしも打ち明けます、どれほどあなたさまを思っているかを、どれほどあなたさまを愛しているかを、どれほど永く、ああ、そう、片時も忘れずに、どれほど深く、どれほど苦しく、せつなく！――初めから叶う筈もないと諦《あきら》めていたわたくしの恋《こい》、それが今、何と云う奇跡《きせき》でしょう、叶おうとしている、あなたさまは、そのお命を懸《か》けて私を愛してくださっている！」

声は、慥《たし》かに届いた。真拆は、感涙《かんるい》に噎《む》せながら、刻々と闇に沈みゆく彼方の月に向かって叫んだ。

「それならば、さァ、どうかそこから出て来て！　出て来て、その眼で私の顔を見て下さい、貴方を愛する者の顔を、貴方の愛した者の顔を、しっかりと、慥《たし》かに！　貴方は、その記憶《きおく》と倶に生きれば好い、ただ一度だけ眼にしたこの顔を、睛《ひとみ》を、思いながら！」

「いいえ、どうしてあなたさまばかりを死なせることが出来ましょうか？　わたくしとて、この一瞬を失いたくはない、あなたさまと倶にあるこの一瞬を、生涯《しょうがい》にただ一度あるこの一瞬を！　どうかわたくしを、孤《ひと》り残してはゆかないで！　あなたさまを失って、どうしてこの先生き永らえることが出来ましょう、どうしてその苦しみに耐《た》え続けることが出来ましょう！　どうか哀《あわ》れなわたくしの睛をご覧になってください、そして、あなたさまのお顔をお見せになってください、わたくしは、あなたさまと倶に死にたい、死にたい、生涯に、ただ一度だけ愛した、あなたさまと倶に、今、その傍《かたわ》らで！」

女の詞に、真拆は打顫《うちふる》えた。

「於乎《ああ》、何と云うこと！　そうだ、それこそは、密《ひそ》かに私の願った詞、望んだ詞！——この瞬間に！　この至福の瞬間に！　私も無論、貴方と倶に死にたい、その傍らにあって貴方と倶に！……於乎、しかし、口惜《くちお》しい、口惜しい、ここまで来て、……迫《せま》って来る、……もう間に合わぬのか、……大きなうねりが、俺《おれ》を呑んで、……冥《くら》い、冥い、……間に合わない、……月が、沈んでゆく、……さァ、早く、どうか早く、私にその顔を見せて、……この闇を裂《さ》いて、破って、そして、その睛で、その輝く睛で、射貫いて下さい、……深く、……深く、……私を、……渾《すべ》てを！……」

○

……山の頂きが、旭日《きょくじつ》に潤《うるお》って、漸《ようよ》う穹《そら》に浮《う》かび上がろうとする頃《ころ》、禅堂《ぜんどう》を抜けた円祐は、草履《ぞうり》を穿《は》いて、独り高子の小屋へと足を運んでいた。

水恋鳥《みずこいどり》が、庭樹《にわき》に溜まった夜の残滓《ざんし》を啄《ついば》んで、累《しき》りに啼《な》いている。長い嘴《くちばし》の紅《くれない》が、蒼然《そうぜん》たる朝に映《は》えて匂《にお》やかである。枝が揺れる度《たび》に小刻みに動く。足許には、枯葉が一枚、今にも落ちそうになりながら垂れている。

畑を跳《は》ね、餌《えさ》を探していた雀《すずめ》の群は、僧《そう》の気配に驚いて、一斉《いっせい》に飛び立ち、禅堂の軒《のき》や小屋の屋根など、思い思いの場所に逃《のが》れて、一頻《ひとしき》り囀《さえず》った。

常と違《たが》わぬ、静かな朝だった。

庭を過ぎようとする時、円祐は、ふと足下に花開いた薄雪草《うすゆきそう》に眼を止めた。凋落し果てた庭の中にあって、この一箇所《かしょ》にだけ、不思議と花が残っている。蘚苔《せんたい》の生《む》した岩に、覆《おお》い被《かぶ》さるようにして広がったその可憐《かれん》な一群は、この日の爽涼《そうりょう》な空気を吸って、的皪《てきれき》たる花弁を競《きそ》っている。

それは恰《あたか》も、浄《きよ》められた夢のあとのようであった。

小屋の戸口には高子が倒《たお》れていた。仄《ほの》かに蒼《あお》みの挿《さ》した、美しい磁器のような面《おもて》には、乱れた黒髪が僅《わず》かに掛かっている。口許《くちもと》からは、誤って引かれた紅《べに》のように、地に向けて一条《いちじょう》の鮮血《せんけつ》が流れており、そこに小さな染《し》みを作っている。

暫《しばら》く黙《だま》って佇《たたず》んでいた後に、円祐は、片膝《かたひざ》を着いて、高子を腕の中へと抱《かか》えた。亡骸《なきがら》は、真綿のように軽かった。立上がろうとした時、擡《もた》げられた頸が肘《ひじ》の谷より零《こぼ》れ、顎《あぎと》が天を指し、唇《くちびる》が微《かす》かに開いた。

森の奥から、夕影鳥の啼き声が聞こえて来た。

円祐は歩き始めた。

漸う赫きを増してゆく陽光が、そして、高子の面《おもて》を照らし出す。その瞼《まぶた》は二つともに綺麗《きれい》に閉じられ、濡《ぬ》れた睫毛《まつげ》が玲々《れいれい》と煌めいている。

少し行くと、円祐は、立ち止まって大きく一つ嚔《くしゃみ》をした。と等しく、腕の中からは血に汚《よご》れた一束の白髪《はくはつ》が零《こぼ》れて、風に靡《なび》いて静かに揺《ゆ》れた。……

ふたたび歩き出そうと足を踏み出した時、僧は、何者かに呼び止められたかの如《ごと》く、徐《おもむろ》に後《うしろ》を顧《かえりみ》た。

——その刹那《せつな》、高子の残した血溜りより、目も異《あや》なる、一匹《ぴき》の蝴蝶《こちょう》が舞《ま》い上がった。

# 「日蝕」解説

四方田犬彦

誰もが再来について語っている。ビートルズの再来について、三島由紀夫の再来について、浅田彰の再来について。だがそこで噂《うわさ》されているのは、単純に同一物の類似への配慮にすぎない。だが、どうして人は反復について論じようとしないのか。意図された探求の行為としての反復に、言及しようとしないのか。ジャーナリズムの話題が終わって、文学の問題が開始されるのは、そのような時点からである。読むことが再来し、それとともなって書くことが到来する。いや、より正確にいうならば、書くことが読むことの反復であるような事態が到来する。平野啓一郎の『日蝕』は、そうした事態の徴候である。だが具体的には、それは何を意味しているのか。

通過儀礼はひどく評判が悪い。今日ではそれは「イニシエーション」と英語で呼ばれ、カルト教団が信者たちをかり集めるさいの修辞と化してしまった。同時に探求の物語も価値が下落してしまった。もはや世界に探求すべきものは何もなく、日本という社会はすでに成熟から来る停滞段階に到達してしまったという言説が席巻《せっけん》している。冒険は、いかなる意味でも時代遅れのものとなってしまった。

平野啓一郎が提示しようとするのは、そうした通過儀礼の物語である。当然のことながら、それは一見、反動的な装《よそお》いを見せることになる。その反動性を馴致《じゅんち》して周囲にわかりやすく了解させるために、再来という観念が援用される。だが彼が探求しようとしたことの本体は、語られないままに終わる。それは原型を反復することによってこそ、小説は書かれるべきであるという彼の確信である。模倣ではない。またパロディでもない。『日蝕』がわれわれの前に差し出そうとするのは、古今で書かれてきたあらゆる探求の物語に正面から対決するのではなく、それらをいわば肩越しに見つめ、積極的に反復に身を任せることで文学を創出してゆこうとする姿勢である。

ヨーロッパがルネッサンスのさなかにあったある時、パリでトマス神学を学んでいたひとりの学生がフィチーノの著したヘルメス文書を索《もと》めて、フィレンツェへの旅を決意する（魅力的な書き出しだ。ボルヘス風の、あるいはエーコ風の）。だがこの探求の旅は字義通りにはなされず、別の探求に姿を変えることになる。彼はリヨンからわずかに離れたところにある村に滞在し、それを契機として信仰と世界観をことにするさまざまな人物に出会うことになる（さながらタルコフスキーのフィルムの登場人物のように）。

彼らはいかにもわれわれがすでに知ってきた物語のなかの人物たちにそっくりである(世俗的に堕落した僧侶《そうりょ》。狡猾《こうかつ》な畸形《きけい》の男。無垢《むく》で聾唖《ろうあ》の少年。そして不思議な錬金術師。まるでユルスナルの長編のように)。やがて彼は錬金術師の探求に気付き、彼を追って謎《なぞ》めいた洞窟《どうくつ》に参入したところで、みずから漠然と考えていた探求の真の対象に出くわしてしまう。それは(さながらバルザックの短編に登場するかのような)光輝く両性具有の存在である。だが異端がかまびすしく語られる時世にあって、この両性具有者は魔女の名のもとに捕らえられ、焚刑《ふんけい》を施されてしまう(エリアーデの宗教学が説く象徴法に沿って)。主人公は手をこまねいてその誤解の惨事を傍観しているしかないが、処刑のさなかに天変地異が生じ、日蝕《にっしょく》が実現される(泉鏡花の、またゴシックロマンスのように)。このとき計らずも錬金術の目標である黄金が生成し、主人公はその過程を忘我の瞬間として体験する。それから歳月が経過し、神学者として穏当な人生を過ごしてきた主人公は、あることが契機になって、かつて見知った錬金術師の実験を真似《まね》ようとし、ここに読まれることになる回想を執筆する。

これが『日蝕』の物語である。ここでは物語の新奇さが売物にされているわけではない。すべてはどこかですでに物語られた出来ごとのように進行し、男性的な原理に基づいて絶頂を迎え、その恍惚《こうこつ》の瞬間が過ぎ去ると、われわれはふたたび覚醒《かくせい》の時間に引き戻されることになる。だが、こうした物語構造がいかに既存のものに多くを負っているからといって、それだけで作者を非難することは慎もうではないか。というのもすでに物語のなかで主人公がみせる探求こそが、先行せる探求の反復であり、蠟燭《ろうそく》を片手に洞窟の真奥《しんおう》へと足を運ぶ錬金術師の探求を肩越しに眺めることでなされたものであるからであって、この肩越しという姿勢において、主人公と作者は重なりあっている。作者は先行するあまたの物語的探求を肩越しにしながら語るという姿勢を、主人公の探求のあり方を通して、あらかじめ認識されたものとして提示しているからである。主人公が錬金術師を真似て見よう見まねで禁断の知の実験に手を染めるように、作者もまた今日ではアナクロニズムだと見なされ貶《おとし》められてきた実験、すなわち小説における通過儀礼の物語の採用に向きあい、それを反復しようと試みているのだ。もとよりその物語が何百回となく反復され、ありとあらゆる映像が出尽くしていることを承知のうえで。このとき書くことは未知の領野を突き進むことではなく、タロットカードをシャッフルし、目の前に並べてゆくしぐさに酷似してくる。差し出されるものはどれも見知ったものばかりだ。だが提示という行為そのものは現下においてなされているのであり、それがわれわれに告げ知らせる意味は新しいものである。

ここで『日蝕』を特徴づけている、繁雑なまでのルビの使用については、この文脈において理解されなければならない。だがそもそも、ルビとは何だろうか。

ある漢字の右脇《みぎわき》にその発音を指定する平仮名を添えるというシステムは、複数の文字体系を同時に使用することでエクリチュールがなされてきた日本語において、一般的なことであるが、それは日本語においてのみ可能な修辞学を発展させてきた。ルビを振ることは、本来は難読な漢字を発音するさいに補助を差し延べることであった。やがてそれは独自の批評的発展を許すようになり、意味論的な多義性を演出したり、ひいては日本語の表記を用いながらもそこでフランス語に英語での解釈を施すというアクロバット的な戯《たわむ》れをも可能にするようになった。わかりやすい例をあげれば、「わが天体」という表記に「シリウス」とルビを振ることは、意味論的な領域での詩的攪乱《かくらん》行為であるということができる。だがagencementというフランス語をひとまず「アジャンスマン」と音訳し、そこにarrangementという英語のこれまた音訳である「アレンジメント」というルビを施すことは、日本語という地平のうえでふたつの異なった言語が対決しあうことであり、単なる発音の提示や詩的要請の域を越えている。それはきわめて凝縮された形でなされた多言語的実験であり、ジョイスの『フィネガンズ・ウェイク』の日本語への翻訳を可能とした修辞法でもあった。ルビの美学を先駆的に顕彰したのは英文学者の由良君美（『言語文化のフロンティア』講談社学術文庫）であったが、これについてはやがて一冊の書物が書かれなければならないだろう。

それでは平野啓一郎が「ことごとく」と普通なら書くべきところで「悉」を用い、そこにルビを施すとき生じるのは、どのようなことだろうか。

たとえば『由縁《ゆかり》の女』を著した泉鏡花は、われわれであれば何げなく「美しい」と書くところを、「美麗い」と書いた。また『草迷宮』では同じ発音に「妖艶い」という漢字を当てた。他にも「妍麗い」とか「艶麗い」という表記がなされる場合があった。こうした表記は、たとえ「うつくしい」と等しく発音されたとしても、微妙に異なった意味論的陰りを担《にな》っている。それは彼が同時代の日本語の辞書を用いず、もっぱら清朝で編纂《へんさん》された『康熙《こうき》字典』を愛用したことを示し、その文学的教養が近代日本を越えて、時間的には江戸期にまで及び、空間的には東アジア的拡《ひろ》がりのもとにあったことを示している。

平野啓一郎におけるルビの使用は、この凝縮された表現を通して、これまで日本語で書かれてきた近代文学を肩越しに反復しておきたいという意志を示している。『日蝕』には鏡花と違って、作者の独創からなるルビは存在していない。そこに見られるのはすでに先人によって試みられた表記の戯れであり、それを作者は引用として用いることで、それが母体としてきた物語の力を借り受けようとしている。鏡花が心の赴くままに自在にルビを考案したとすれば、それから一世紀のちの平野はそのルビを引用し、エクリチュールにバロック的な装飾を施すことで、かつてルビが体現し奉仕していた、物語という喪《うしな》われた言語のなかに参入しようと試みているのだ。ここでわたしが鏡花の名前を出したことは、おそらく許されることだろう。なんとなれば『日蝕』に続いて作者が世に問うた長編である『一月物語《いちげつものがたり》』が『龍潭譚《りゅうたんたん》』から『薬草取』『高野聖《こうやひじり》』へと及ぶ鏡花の山界彷徨譚《ほうこうたん》を踏まえたうえで執筆されたパスティッシュであるためである。

文学にとって前衛とは、あるものが死んだと知っていることである。後衛とはその逆に、その死んだものを愛していることである。かつてロラン・バルトは『彼自身によるロラン・バルト』のなかで、そう記したことがあった。平野啓一郎が『日蝕』で示した企てとは、すでに死んでいるものと積極的に戯れることで、その反復的戯れを通して再生を演出することである。少なからぬ小説家が初期においてこうした戯れに魅惑されるが、彼らはまもなくそれに飽きてしまって、独自の別の領域へと進みだしてしまう。『日蝕』はその意味で、書くことの初期そのものが作品として結晶化した稀有《けう》の例だということができる。それを、物語のなかで両性具有者の遺灰のなかから忽然《こつぜん》と出現する黄金に喩《たと》えて、どうしていけないことがあるだろうか。

（平成十三年十一月、映画史・比較文化）

# 「一月物語」解説

渡辺　保

平野啓一郎「一月物語」は現代の神話である。

古代の神話は口誦《こうしょう》によっておのずから成立した。しかも今日から見れば解きにくい謎《なぞ》を含んで、長い歴史の洗礼を受けて今日に伝わる。したがって一人の人間が創作したものではない。それを現代の合理主義社会において一作家がつくろうとするのは、ほとんど無謀に近い冒険である。平野啓一郎はその冒険に挑戦している。なぜその必要があるのか。二十一世紀の、合理主義に行き詰まった文学が、再び神話を必要としているからである。これは後に詳しく触れたいと思うが、たとえば自己意識において二元論が行き詰まったように、言葉と行動、情熱と外面との背反の中で苦しむ近代の精神にとっては、どうしてもそれをこえる論理が必要だからである。それがどれほど危険に満ちた論理であろうと、そこへひかれていくのは現代文学の避けることの出来ない運命であろう。

さて平野啓一郎が、神話を作るために使った方法は四つある。

第一に、時代と場所のリアルな設定。

第二に、修辞の擬古典的な手法。
第三に、作家としての自分の直面している問題の導入。
第四に、古典劇の能に似た構成。

第一点について。神話は、その時、その場所を厳密には規定しない。しかし「一月物語」にはきわめてリアル、かつ緻密《ちみつ》な時間と場所が設定されている。その設定のためにおそらく作者は何遍も実地を歩き、その時代を詳細に調査したに違いない。

明治三十年初夏。明治三十年は西暦一八九七年。日清戦争後の下関講和条約が締結された二年後、十津川氾濫《はんらん》の災害から八年後である。場所は奈良県十津川村往仙岳とその山麓《さんろく》。当時東京から十津川村へ行くためには新橋駅から東海道線で京都、京都で一泊。「通ったばかりの」奈良鉄道で奈良。そこから大阪鉄道で高田。さらに一泊して南和鉄道で終点二見まで。そこからは歩いて高野街道、小辺路をへて、熊野《くまの》本宮にいたる道の途中である。その途中で主人公井原真拆《いはらまさき》は、往仙岳の山中に迷い込む。むろん普通の小説ならばこのくらいの場所と時間の設定は当り前だろう。しかしこの作品のような幻想的な作品に果たしてそれだけの設定が必要だろうか。そう思う程、ここには詳細な設定が行われている。なぜか。この現代の神話を成り立たせている大きな枠組が、現実的なリアルさだからである。ここに描かれた自然は幻想的であると同時に現実的でなければならない。幻想が成り立つには、この現実が一方になければならない。

第二点。その現実は、小説である以上当然のことながら言葉によって表現されるが、この言葉がまた特異である。使われている単語はさながら明治の小説かと思うばかり。晦渋《かいじゅう》な漢字にルビつき。その上に表現が擬古典的である。たとえばこのなかではホトトギスの鳴き声が重要な役割を果たしているが、普通ホトトギスは杜鵑と書く。それが夕影鳥と書かれているばかりでなく、「死出《しで》の田長《たおさ》」という古名まで出てくる。このような修辞が必要なのは、一方にリアルさをもって、しかしその一方に於《お》いて神話の夢幻性をとらえるために他ならない。現代の普通の言葉では、神話を成り立たせることが不可能だからである。

第三点。明治三十年、二十五歳の詩人井原真拆の苦悩のなかには、現代の作者自身の問題が投影されている。問題はたとえば二つ。一つは言葉と行為の問題、もう一つは自己意識の問題。

真拆はこう思う。「自然の最も深遠な美に到達した瞬間」「認識主体である人は、対象である自然と劇的に一致して、認識そのものが不可能となってしまう」。「語るべき自分と語られるべきものとの区別がなくなって、一つになってしまう」。これは三島由紀夫が『太陽と鉄』で示した瞬間に他ならない。そしてそれが不毛の時代においてなお物語を語りつづけようとする者の不幸な矛盾であることもあきらかである。

もう一つの問題は、「一度《ひとたび》手にした自我を捨て去って、ふたたび自然の中の一現象としての生を自覚することは出来なかった」「情熱がそれを許さない」「二元論に切断され得ない、何かしら超越的な存在と一体化することを願う」真拆の苦悩は、明治三十年の青年のものであると同時に、今日の私たちの問題でもある。

この作者の投影は、第一点、第二点とは違った角度から神話の実在性を支えている。

第四点。神話の成立するポイントは、その構成にある。「一月物語」の構成は私に能を思わせる。なぜならば能こそもっとも見事に神話を描く方法だからである。作者が能を意識したのではなく、おのずからこの作品が能に似たのは、そこに神話の重要なポイントである構成の相似性があるからである。

「一月物語」は、東京から往仙岳への「道行」ではじまる。前場は往仙岳山中の庵《いおり》。シテは小屋の中の女、ワキが井原真拆、ツレが老僧円祐《えんゆう》である。普通はシテが真柝と思いがちであるが、実はそうではない。ここが作者のうまいところであるが、シテはあくまで、小屋の中の癩《らい》の老女——夢の中の美女、真拆はそれを引き出すワキなのであり、この二重構造が神話の幻想性を成り立たせている。

真拆が山を下りたところからが宿屋の女将《おかみ》の長い「間狂言」になる。女将の話は「道行」と同様にリアルで具体的である。話が少しそれるが、私はこの作品をはじめて読んで以来一年半。今日まで時々この小説のある部分を不意に思い出すことがあった。その断片的な記憶。濃密な、珠玉のような部分。たとえば前半の庵の庭の、裏手の小屋に向かって日ごとに咲き茂って行く姿。あるいはまた夢の女の振り返りそうで振り返らぬ裸体の姿。それらの断片はいつまでも鮮明で忘れられなかった。忘れられないばかりでなく、謎めいていた。読者がこの本を一度読み始めると手から離せなくなるのは、おそらくこの断片の強い印象と謎のためだろう。それらの断片が、この女将の話で一挙につながる。能の「間狂言」は、前場の謎を、もう一つの視角から解くものなのである。ここでも「間狂言」によってバラバラだったイメージが一挙につながって、事件の全貌《ぜんぼう》が見えてくる。

それを知った真拆がふたたび往仙岳山中へ取って返すのが後場である。後シテはむろんあの小屋の女。ワキが真拆。シテとワキとの激しい対決になる。序破急という原理は、能の構成の上で最も大切な法則であるが、ここは最後の「急」の部分である。

女が死んで、ワキの真拆の姿はどこにもない。死骸《しがい》さえない。女の死骸を抱き上げるのは、ワキツレの円祐である。

見事な構成であり、能に実によく似ている。能で見たいと思う程である。ということは、能の場合と同じ構成によって、ここに現代の神話が成り立ったということだろう。

以上四点。時代と場所の緻密な設定、擬古典語の駆使、現代に通じる言葉と行為、人間の自己意識の問題、能に似た構成。この四点の方法によって、この神話は成り立っている。

かくして成り立った神話が私たちの前に示すものは、一人の女の哀《かな》しい生涯であり、そこに現われた自然の力の恐ろしさである。

私が宿屋の女将の話で、胸を締め付けられるように思ったのは、お滝の娘である少女の運命であった。本来は孫可愛さのあまり目に入れても痛くないはずのお滝の父も母も、この娘のもつ目の力のためにおびえ、母は死に、父は娘を獣の革でつつんでながい間その革をとらなかった。なんという残酷な運命だろうか。娘には何の罪もない。にもかかわらず、いたいけない少女はそういう人生を生きなければならなかった。しかも成人しても山中の小屋に幽閉され、一たび男を想《おも》った時でさえ、その男を見ることも出来ない。見れば男は死ぬ。顔を背けて泣くしかない。もし夢の中でさえも、櫛《くし》がなければ、振り返った女の目は男を殺したに違いないのである。櫛とは何か。別れの櫛といい、櫛が折れるのを不吉とする民俗伝承を考えると、ここには深い意味がかくされているだろう。

「見毒」とはなにか。見ることが毒であることには、おそらく二つの意味があるだろう。一つは何かを見ることとは実は真実を見ないことだからである。オイディプスは目が真実を見るために邪魔だといって目をえぐった。悪七兵衛景清《あくしちびょうえかげきよ》は見れば源氏への怨念《おんねん》を断つことが出来ないといって目をえぐった。オイディプスも景清も、目が何かを見ることによって本質をあやまると考えた。これが一つ。

もう一つは、目は心の窓といって人間の内面をさらけ出してしまうことである。目は口ほどにものをいう。

この二点が「見毒」という言葉にこめられている。そしてこの「見毒」が娘の運命になったのは、母お滝が往仙岳の山中で大蛇にあい、大蛇に犯されて妊娠したからであった。お滝もまた「見毒」の犠牲者であり、娘はその父なる大蛇からこの運命を受けたのである。

大蛇とはなにか。それは自然の恐ろしい力であり、森の奥に秘められたものだろう。

女はこういう。

わたくしの心は、半分はわたくしのもの、残りの半分は、何か得体の知れない恐ろしい力のもの、人を思えば会いたくなる、どれほど遠くにいても、どれほど離れていても、気づかぬうちに呼んでしまう、

真拆の死骸さえないのは、この「残りの半分」によって森の奥に連れ去られたからであろう。女の哀しい人生を思えば思う程、そこには「残り半分」の「何か得体の知れない恐ろしい力」の世界が浮かび上がってくる。美しい鴉揚葉《からすあげは》の蝶《ちょう》も、目の光るおそろしい毒蛇も、得体の知れぬ老人も、全《すべ》てはこの「恐ろしい力」の世界に消えて行く。そしてこの世界は私にある記憶を呼び起こさせる。

私はそのとき、日高川の源流を一望する峯《みね》に立っていた。私の眼下には、深い谷間を幾重にも蛇行して流れる川の水面が、朝の日の光を浴びてキラキラ、まるで蛇の鱗《うろこ》のように光りながら、はるかな道成寺《どうじょうじ》に向かって続いていた。その時、私はこの川こそが「道成寺」の女の正体だと思った。蛇行して山の間を流れる川のくねり具合は、まさに女の想いそのものだったからである。そこに神話の一つの源泉があることは疑いがなかった。

「一月物語」もまた、この自然の源泉につながり、現代の読者一人一人のなかに流れ込み、そのたびに読者の心に蘇《よみがえ》るものだろう。現代の神話と私がいう理由である。

（平成十四年七月、演劇評論家）

# 平野啓一郎という謎

三浦雅士

平野啓一郎はいまなお謎《なぞ》の作家である。

『日蝕』の刊行が一九九八年、『一月物語』の刊行が九九年。前者は、中世の面影なお消えやらぬルネサンス・ヨーロッパの錬金術師に取材し、後者は、日本近代文学濫觴《らんしよう》期の一詩人の山地彷徨《ほうこう》に取材している。

いずれも一言でいえば、反時代的である。現代を離れること遠い主題はむろんのこと、文体もまたほとんど擬古文といっていい。しかも一方は西洋古典を背景にし、他方は中国古典を背景にしている。はなはだしい飛躍である。かりそめにできることではない。衒学《げんがく》を思わせるものでは必ずしもないが——それにしては面白すぎるのである——、しかし知識の集積は生半可ではない。

だが、にもかかわらず、いまなぜ十五世紀フランスの一修道僧の物語なのか、いまなぜ神経を病む明治の一青年詩人の物語なのか、まったく理解の外にあったと言わなければならない。この作家がいったいなぜ、どのような必然性のもとにこれを書いたのか、まるっきり見当がつかないのである。あるいは見当がついたと思った読者もいたかもしれない。だが、人はたいていもっとも低い稜線《りょうせん》で山を越えようとするものだ。見当がついたと思わせるには、主峰が立派すぎることにすぐに気づかねばならなかっただろう。

困惑は、二〇〇二年に『葬送』が、二〇〇八年に『決壊』が刊行されるに及んで、あろうことか、さらに深まった。ともに上下二冊本、前者は二千五百枚、後者は千五百枚の大長編小説である。一方が十九世紀フランスのショパンとドラクロワに取材した模範的な芸術家小説ならば、他方は二十一世紀日本のネット社会を背景にしたサスペンス十分な犯罪小説である。『日蝕』、『一月物語』の後に、なぜ『葬送』であり、『決壊』でなければならなかったのか、まったく訳が分からない。しかも、『日蝕』と『一月物語』以上に、『葬送』と『決壊』の主題と方法は懸け離れているのである。

だが、訳が分からないといって匙《さじ》を投げて済ませるわけにはいかない。いずれも見事というほかない出来だからである。『葬送』の、とりわけショパンのピアノ演奏の描写には讃嘆を禁じえないし、『決壊』の、犯人を最後の最後まで明かさずに読者を引っ張ってゆく手腕には、エンターテインメントの極致を感じざるをえない。

悪魔にからかわれているのではないか。そう疑わないほうが不自然である。主題と方法のこれほどの拡散と、しかもこれほどの充実は、異常という言葉で形容するほかない。一人の作家が為《な》しうることではない。いや、社会の規範に合わせてより正確に言えば、一人の作家が為してはならないことなのである。小説家としてのアイデンティティが成立しないことになるからだ。複数の平野啓一郎がいてはならないのである。

だが、平野啓一郎は、逆にむしろその当惑を嘲笑《あざわら》うかのように、『高瀬川』や『滴《したた》り落ちる時計たちの波紋』といった短編集まで刊行しているのである。前者は二〇〇三年、後者は〇四年。短編集の特徴は、それこそ「拡散と充実」にほかならない。一方で堅実な自然主義風の手法を採用しているかと思えば、他方では現代詩を思わせずにおかない破天荒な言語実験を展開している。この作家は、確信犯なのだ。

普通、小説家は、二作目、三作目で、その守備範囲を明らかにするものである。従来の言葉でいえば、作風を示す。そしてその作風を着々と発展させる。主題と方法という座標軸が定まり、読者は安心してその行方を見守ることになる。讃嘆するにしても、落胆するにしても、その枠内でのことなのだ。洋の東西を問わず、これが、少なくとも近代以降の文学の慣習、いや、文学の制度というものである。

たとえば、文学という制度に果敢に挑戦したと思われる村上龍《りゅう》や村上春樹《はるき》にしても、この座標軸そのものを破壊するまでのことはしていない。村上龍は小説の主題において、村上春樹は小説の発表の仕方において、文壇の常識を覆《くつがえ》した――文壇を消滅させた――わけだが、作風を示しそれを展開してゆくという小説の基本的な在り方まで破壊したわけではない。現代社会の規範まで崩すわけにはいかないからである。作家のレーベルまで崩すわけにはいかない。レーベルとはすなわち著作権のことである。営業権といってもいい。

平野啓一郎の先行者で、同じほどの謎を提示しているものをあえてひとり挙げれば、おそらく水村美苗だろう。『続 明暗』、『私小説』、『本格小説』と続くその作品は、いずれもレーベルを混乱させている。『私小説』、『本格小説』は、類と種の、あるいは種と個の次元をわざと掛け違えることによってレーベルを混乱させている。動物園で「きりん」や「かば」といった名札の傍に「動物」という名札を堂々と掲げているようなものだ。昔ならばおそらく書店や取次店から苦情が出たに違いない。水村美苗が行ったことは、本来的にはきわめて過激なことなのだ。

だが、その画期的な水村美苗にしてさえも、文体には明確にひとつの流儀を感じさせる。平野啓一郎は、あえていうが、それさえも感じさせない。いや、逆に感じさせないようにしているのである。文体を変えているのだ。

いったいどういうことなのか。

平野啓一郎のこの謎にもしも説得力が潜むとすれば、それは、それがそのまま小説という謎に重なる場合だけだろう。つまり、平野啓一郎は小説という表現形式の縁に立っているのだと、そう考えられる場合だけだろう。

ミラン・クンデラによれば、小説とはヨーロッパ近代に特殊なものであって、ヨーロッパ以外には成立しえないものである。むろん、クンデラはハイデガーを真似《まね》ているにすぎない。哲学を小説と言い換えたにすぎない。だが、かりにクンデラの言うとおりであるとすれば、小説なるものは、バルザック、フローベール、プルーストと来て、ヌーヴォー・ロマンで終わったということになるだろう。いわゆるクラシック音楽がケージで終わったようなものだ。クンデラも、ガルシア＝マルケスも、ラシュディも、小説以後を辛うじて生きているにすぎない。

指摘するまでもなく、こうして浮かび上がる「小説の時代」の終焉《しゅうえん》は、フーコーが『言葉と物』で浮かび上がらせた「人間の時代」の終焉に正確に対応している。砂浜に描かれた人間の顔が波に洗われて消えてゆくように「人間の時代」はいまや終わりつつあるとフーコーは言うわけだが、小説も同じように消えつつあるということだ。小説という表現形式の縁に立つということは、この波打ち際《ぎわ》に立つということである。

平野啓一郎の謎がこの小説という謎、過ぎ去りつつある謎に重なるということは、あらためて振り返ってみれば確かに大いにありうることだ。『日蝕』は小説というジャンルが生まれる直前の時代に取材し、『一月物語』は日本にヨーロッパ風の小説が流入し始めた時代、日本人もそれを書き始めた時代に取材している。『一月物語』も前時代の物語の趣を十分に具《そな》えているように、『日蝕』もまた具えている。『日蝕』の語り手は、主観と客観の分離を鋭く意識する時代の始まりにあって、逆にその合一に抗いようもなく惹《ひ》かれてゆく人物として描かれている。語り手は時代の始まりにあって、逆に時代の終わりを予告している。

『一月物語』もそうだ。『日蝕』が異界のなかの異界ともいうべき洞窟《どうくつ》のなかでアンドロギュノスに出会うように、『一月物語』も異界のなかの結び目ともいうべき禅堂境内の庵《いおり》で美女に出会う。夢のなかで。だが、夢は生々しく、かえって現《うつつ》こそが夢のようなのだ。

「夢も幻覚も、総《すべ》ては蛇《へび》の毒が齎《もたら》す後遺症なのではと疑うこともある。しかし、そこから先へと進むことが出来ない。疑いは、忽《たちま》ち各〻の体験の異様な迫力に呑まれてしまうのである。／それは時に、今この瞬間の現をだに呑み込もうとする。恰《あたか》も、目覚めているこの瞬間こそが朧な幻《まぼろし》であるかの如く。夢見られているのは、真拆自身であるかの如く。」

冒頭の透谷《とうこく》のエピグラフ「ひら〳〵と舞ひ行くは、夢とまことの中間《なかば》なり」と呼応する『一月物語』中の一節だが、このエピグラフが荘子の「胡蝶《こちょう》の夢」に則《のっと》っていることは指摘するまでもない。「知らず、周の夢に胡蝶と為るか、胡蝶の夢に周と為るか」(斉物論篇第二・十三)である。そしてその夢が、『一月物語』においては、文学の隠喩《いんゆ》、小説の隠喩であることもまた指摘するまでもない。作者の意図にかかわらず、それはそう読めてしまうのであり、これはつまり現実が夢に減《め》り込んでしまう物語なのだ——ちなみに、透谷が日本の小説家の原型であることは、透谷、独歩、芥川、太宰、三島と、生死の様式が意識的に引き継がれてゆくところに端的に示されている。熱情を情熱と言い換えたのも透谷ならば、夢と現実の混淆《こんこう》を愛したのも透谷である――。

夢の比喩を嗤《わら》ってはならない。夢は小説よりも古く、文学よりも大きい。夢を言葉にしたとき、人間の文化が、社会が、文明が始まったのである。この世は夢かという問いには、この世は言語かという問いと重なる限り、まったくの真実であると答えねばならない。

『葬送』は小説全盛の時代の話であり、『決壊』はインターネット全盛へと向かう時代の話である。そして、小説のみならず、インターネットもまた、それが言語の網目としてある以上は、夢の隠喩であるほかはない。『葬送』は『日蝕』に対応し、『一月物語』は『決壊』に対応する。『決壊』はインターネットを舞台に惹き起こされる事件だが、インターネットの不気味さ――夢と現実の混淆――を思い知らせるのはむしろ『一月物語』のほうなのだ。当然のことだ。インターネットそのものがもともと人間にあったものの外化にすぎないからである。

このような視点に立ってはじめて、有人火星探査とアメリカ大統領選挙を題材にした近未来小説『ドーン』の問いかけの、その問いのかたちが朧《おぼろ》げに浮かび上がってくる。二〇〇九年に刊行されたこの書き下ろし長編小説もまた千枚に及ぶ力作だが、芸術家小説『葬送』、犯罪小説『決壊』に続くその意匠は、なんとSFだったわけだ。複数の平野啓一郎をさらに過激に展開しているわけだが、しかしここでは複数性そのものが主題とされているのだ。二〇三〇年代のネット社会においては、どのようなインディヴィデュアル（個人）も多数のディヴィデュアル（分人）を持つことが常識とされ、人間のみならず社会もまた巨大な物語の束、夢の束にほかならない。社会そのものが膨大な書き手によって書き込まれてゆく小説のようなものなのだ。ヴォネガットやディックが切り開いた領野をさらに先へ進もうとしているといっていいが、しかしそれもまたもともと人間にあったもの、すなわち言語の問題へと帰着する。小説は人間の限界の問題であり、人間の問題は言語の限界の問題である。

俯瞰《ふかん》すれば、平野啓一郎は、明らかに、波打ち際の波に触れるそのすれすれの地点に、作品を置いて行っているのだ。だが、言語の波打ち際で起こりつつあるこれらの波の動きの詳細——たとえば時間——はいまなお少しも解明されていないのである。つまり謎なのだ。

平野啓一郎がいまなお謎なのは、この巨大な謎をまさになぞろうとしているからに違いない。指摘するまでもなく、謎は、とりあえずはただ深まるばかりだからである。

（平成二十二年十二月、文芸評論家）

この作品は平成十四年二月に刊行された新潮文庫『日蝕』と、同年九月に刊行された新潮文庫『一月物語』を合本にしたものである。

平野啓一郎著
**葬送** 第一部（上・下）
ロマン主義全盛十九世紀中葉のパリ社交界を舞台に繰り広げられる愛憎劇。ドラクロワとショパンの交流を軸に芸術の時代を描く巨編。

平野啓一郎著
**葬送** 第二部（上・下）
二月革命が勃発した。七月王政の終焉、共和国の誕生。不安におののく貴族、活気づく民衆。時代の大きなうねりを描く雄編第二部。

平野啓一郎著
**文明の憂鬱**
日常に潜む文明のしっぽから巨大な憂鬱が見えてきた。卓抜な論理、非凡な視点、鋭い感性で現代文明を斬る新感覚の文明批評49編。

平野啓一郎著
**顔のない裸体たち**
昼は平凡な女教師、顔のない〈吉田希美子〉の裸体の氾濫は投稿サイトの話題を独占した……ネット社会の罠をリアルに描く衝撃作！

平野啓一郎著
**あなたが、いなかった、あなた**
小説家は、なぜ登場人物の「死」を描くのか。――日常性の中に潜む死の気配から、今を生きる実感を探り出す11の短篇集。

三島由紀夫著
**金閣寺**
読売文学賞受賞
どもりの悩み、身も心も奪われた金閣の美しさ――昭和25年の金閣寺焼失に材をとり、放火犯である若い学僧の破滅に至る過程を抉る。

# 日蝕《にっしょく》・一《いち》月《げつ》物語《ものがたり》

新潮文庫　　ひ－18－10

平成二十三年一月一日発行
令和六年五月二十五日八刷

著者　平《ひら》野《の》啓《けい》一《いち》郎《ろう》
発行者　佐藤隆信
発行所　株式会社 新潮社

郵便番号 一六二―八七一一
東京都新宿区矢来町七一
電話 編集部(〇三)三二六六―五四四〇
読者係(〇三)三二六六―五一一一
https://www.shinchosha.co.jp

価格はカバーに表示してあります。

乱丁・落丁本は、ご面倒ですが小社読者係宛ご送付ください。送料小社負担にてお取替えいたします。

印刷・大日本印刷株式会社　製本・株式会社大進堂


ISBN978-4-10-129040-9　C0193